他者的惬意

王红坤 著

TA ZHE

DE

QIE YI

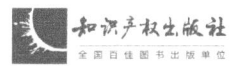

知识产权出版社

图书在版编目（CIP）数据

他者的惬意/王红坤著.—北京：知识产权出版社，2018.4
ISBN 978-7-5130-5353-2

Ⅰ.①他… Ⅱ.①王… Ⅲ.①散文集-中国-当代 Ⅳ.①I267

中国版本图书馆CIP数据核字（2017）第319992号

内容提要

本书是一本散文集。作者通过对日常小事的记录和剖析，传达了这样的理念：要把生活当作审美的对象——生活要审美化，同时要把审美的境界生活化——审美生活化，形成诗意栖居而又不脱离现实的和谐状态，这样我们在面对生活中的种种快乐与不快时才会从容、潇洒。

责任编辑：卢媛媛

他者的惬意
TAZHE DE QIEYI

王红坤 著

出版发行：知识产权出版社 有限责任公司	网　址：http://www.ipph.cn
电　话：010-82004826	http://www.laichushu.com
社　址：北京市海淀区气象路50号院	邮　编：100088
责编电话：010-82000860转8597	责编邮箱：luyuanyuan@cnipr.com
发行电话：010-82000860转8101	发行传真：010-82000893
印　刷：北京中献拓方科技发展有限公司	经　销：各大网上书店、新华书店及相关专业书店
开　本：720mm×1000mm　1/16	印　张：16
版　次：2018年4月第1版	印　次：2018年4月第1次印刷
字　数：220千字	定　价：48.00元
ISBN 978-7-5130-5353-2	

出版权专有　侵权必究

如有印装质量问题，本社负责调换。

自 序
Preface

  人类从事的一切正当活动都是为了更好地生存,更好地认识世界、改造世界。每一个生命个体来到这个世界上,无论他的生存环境如何,也不管他的生活是酸甜苦辣中的哪一种,都会成为他必须面对的客观存在,无法回避。当代社会,人类进入数字化时代,社会的分工与社会的大融合两种趋势并存。一方面,由于社会行业的复杂化、精细化带来了难以计数的分层、分众、分类,传统农业社会由于新技术的发展也不再是单纯的耕种,而是催生了生态农业、深加工农业等。传统工业社会更是如此,原来一件产品可以由一个人或一个团队完成,现在则要众多的部门专业性地完成,以生产线方式分别生产,最后组装。网络虚拟化空间的开发利用,进一步深化了这种分工,网络数字传播背景下的商业等服务行业、物质生产、精神文化生产、科技业等异彩纷呈,分工极其精细。教育行业同样如此,传统社会的蒙童教育、中小学教育、大学教育专业相对较少,而现在的层级行业类型化学校各式各样,专业更是繁多。另一方面,各行业各分工单元彼此之间又有着剪不断的联系,特别是全球化、数字化、大数据发展,使得各种分工成为相对的独立个体,一个部件的生产线相对独立,而对于一件完整产品来说这种独立性就不存在了,各部门处于一种"牵一发而动全身"的状态。总体看,人类处于一个融合的大集体、大时代,存在于麦克卢汉说的"地球村"中,彼此都是近邻。

  我们作为单个的生命个体,生存其间,都有自己的位置、角色,就如宇宙星辰，各归其位。不同的是，我们是有思想、有情感、有个性的生命，面对外部世界、内心世界都会有情感反应、价值判断。个体的情感、价值、喜好又都是千差万别的：有的人大学毕业已很满足，有的人读到博士还有更高的追求；有的人满足于温饱，有的人追求奢华；有的人在平凡岗位尽职尽责，有的人不断追求晋升……这一切构成了我们多彩的生活世界、崎岖的人生旅程。每一个人的生命轨迹都是独特的，正如世上没有两片相同的树叶一样，我们所有的、所经历的是自己的生活与生命，不能用一句"我想要他那样的生活"来整齐划一地要求自己，这是不可能实现的。因此，如何对待自己的生活、人生就显得至关重要。俗语说"态度决定一切"，面对生活的顺与逆、利与弊、好与坏等问题，不同的人采取的态度不同，其结果可能就不同。对此有这么一种说法：乐观主义者认为世界前面一片光明坦途，可以自由走过；悲观主义者认为世界前面有无数堵墙，阻碍重重无法逾越；现实主义者认为世界前面既有不少墙也有无数可以通过的门。乐观主义者盲目乐观，悲观主义者过于悲观，现实主义者的头脑是清醒的。我们每个人在面对自己的生活时，应当采取现实主义者的态度，当处逆境时不气馁、不失望，处顺境时不得意、不忘形。从人生美学的角度看，笔者认为要把生活当作审美的对象——生活审美化，同时要把审美的境界生活化——审美生活化，形成诗意栖居而又不脱离现实的和谐状态，这样我们在面对生活中的种种快乐与不快时才会从容、潇洒。

1. 生活审美化

自从人类有了思维意识，审美活动就开始了。对自然世界、人类社会和自身的审美丰富了人类的生活。从用贝壳装饰到现代多样的化妆术，从古人留下的壁画作品到现代技术复制的艺术品，人类的生活由简单变得复杂，由野蛮变为文明。人们在生存、生活、生产的过程中，体验到了除物质生活之外的精神生活与内心活动，它们虽然是无形的，却与外部世界紧密对话、相连。

贝壳的装饰作用一开始是不存在的，人们把它们用于生活记事或记录，最初是作为工具的，其审美功用是有意无意间形成的，是时间与人类思维进化的结果，正如原始人的结绳记事一样；原始的农耕图、狩猎图、捕鱼图……都是生活的写照与记录，其实用性是突出的，其审美价值与意义主要是后世考古发现不同时代人赋予的产物，掺杂了新的文化解读与误读；原始的歌舞最初也是生活的一部分，是人们劳作之后的生活释放，是高兴之际的即兴表达，是悲伤之时的哀号，是愤怒之间的咆哮，是两性喜悦的肢体反应。口语语言出现之后，人们的交流更方便，他们或云集或两两相对，直接面对面交流生活经验，讲生活故事、自然故事、他人的故事、自己的故事……久而久之，生活变成了审美对象，神话传说、自然传说、英雄传奇等口头艺术形式就走出了生活，又走进了生活。生活是审美的，审美也是生活的一部分，这种口头讲述成为人类交流与传播的最主要方式，也是人类艺术综合性的载体，它包罗生活万象：文字传播时代开始之前，人类最重要的传播交流方式是口语传播——口头传统就是口语传播的重要内容，它以活态与动态的方式记载传承着各民族先民的生活、生产、风俗习性、思想情感和追求，兼备历史、思想、文化、艺术审美等多重价值，具有人类学、民族学、历史学、文学、文化学等多学科研究价值，更是后世文化、思想、艺术发展的源泉。

集歌唱、舞蹈、表演等于一体的综合活动是口语传播时代人类生活审美化发展的必然形态，口语的各种复杂表达是人类模仿各种动物、自然界声音及生活中的各种声音而产生的音码语言，是人类直接而有效的交流、传播信息极为方便的手段，现在我们文明社会的交流，口语传播仍然是主导。古代人的生存经验、神话传说、游戏等都是依靠口语与记忆代代相传的。但是由于口语说完就消失，无法保存与记录，而不同的人记忆力又不同，随着时间的推移也会遗忘，还会因不同的人进行信息再传播时加入了自己的理解，运用自己有个性特色的讲述，往往改变了信息内容，由此产生了不同版本的信息，如神话传说在不同地区、不同部落人群中就有较大差别。这也就产生了不同地区、人种、民族审美多样化，同样是关于太阳神的传说，不同地区的内容不一，甚至审美观、自然观截然相反。而无论怎样变化，这些事实都证明审美是源于生活与艺术的，"生活起源说""劳动起源说""宗教起源说""游戏起源说""模仿说""灵感说"等，都表明生活是审美化行为的前提与基础。

符号及文字是人类文明的重要交流方式，也是人类生活记录与审美的重要发明。人类世界是由符号构成的，人通过符号与客观世界发生联系、交往，客观世界也只有通过符号才能为人所认识。人类生活离不开符号。换言之，有了符号、文字，人类生活审美行为变得更加可见、可感、可存。恩格斯早就从劳动学说的角度对人类文字等符号的发明做了明确说明："只是由于劳动，由于总是要去适应新的动作，由于这样所引起的肌肉、韧带以及经过更长的时间引起的骨骼的特殊发育遗传下来，而且由于这些遗传下来的灵巧性不断以新的方式应用于新的越来越复杂的动作，人的手才达到这样高度的完善，以致像施魔法一样造就了拉斐尔的绘画、托瓦森的雕刻和帕格尼尼的音乐。"恩格斯的"劳动说"，为我们科学认识理解符号提供了重要的依据，因为劳动不仅锻炼了人的肢体，还训练了人的大脑，从原始的本能中催生了意识。从人类学会劳动、记事的角度讲，意识的产生对人类能动地使用符号、创造符号产生了重要影响，是最早的精神生产形式，不过这时的符号运用还是原始简单的人与人之间的传播。在没有语言符号之前，人类与动物一样依赖动作、表情、叫声传播信息，而劳动催生的人类能动的意识，使人类摆脱了单一的信号传播，创造出了比动物更复杂的符号，他们变换自己的声音，或模仿各种动物的形态、叫声传递信息。随着人类大脑的进化、意识的复杂，人类声音符号的创造、动作的使用逐渐形成了规律化的符号体系，如打猎时的叫声、一般劳动时的"杭育"声、游戏时的笑闹声……预示了口头语言的产生。美国传播学理论家威尔伯·施拉姆总结了口头语言产生的几种说法：一种是"汪汪"(bow-wow)理论，认为语言是通过模仿自然声音（如狗叫、雷鸣或波涛）而形成的；一种是"叹息"(poo-poo)理论，认为讲话是由偶然地表达感觉或感情所产生；还有一种"唱歌"(sing-song)理论，认为语言是从传播感情或欢庆事件的原始歌声中演化而来的；一种是"吆—嗨—嚰"(yo-heave-ho)理论，认为语言是从用力时发出的呼喊声演变的；还有"哟克—哟克"(yuk-yuk)理论等。

以追求生存物质产品为目标的劳动，改变了人本身，进而产生了人类表达的声音语言，这个过程是漫长的，经历了几十万年甚至几百万年，语言的产生是人类文明最巨大的飞跃，它使人完全从动物本能传播状态下脱离出来，进入了真正的人类传播时代。

但是，口口相传的音码符号表达的局限性是非常明显的。口头语言是即时性的、无形的，只能依记忆保存在人脑，原始人大脑不发达，自然更容易忘记；口头语言传播距离有限，这是由于人的发声力量与听力决定的；口头传播还具有随意性、易变性，一件事经过几次传播可能会发生巨大变化，产生大量的错误。因此，寻找创造有形的记事、交流方式成为客观必然。

从无形的、易变的音码符号到具形的、稳定的图像符号，人类又经历了漫长的摸索。最终人类还是从劳动生存实践中，从大自然中找到了能够代替声音、动作表示某种意思的东西。如一个原始人打了三条鱼和两只野兔挂在木棍上，摘了六只野果放在石头上，自己的影子被太阳照到地上或映在水中，观察到树叶的形状以及太阳、月亮的形态，这些实物符号成为人类学会使用有形符号的客观基础，起初原始人对这些实物符号只能以声音语言表达，或用手势比画，后来人们发现可以用石头或木棍在墙上、地上画出它们大致的样子，由此学会了原始图画记物记事。与声音是模仿大自然一样，图形记物当然也是对大自然的模仿，根据考古学的发现，人类用图形或绘画来传递信息从旧石器时代晚期就开始了。那时人们将对自然界和自身的认识绘成简单的图画，刻在岩壁或各种石器上，这时的图画符号与所表现的自然界事物是一对一的关系。比如原始人甲捕了四条鱼则画了四条鱼在墙上记下，原始人乙打了三只鸟则在树干上画三只鸟。

到了新石器和铜石并用时代，原始人发现这样的画法太费时费力，于是就省去了对事物细节的描画，只绘大致标志性的形态也可表现事物，这样早期绘画就发展成了一种简易图画，具有了象征性、代码性，原始人使用符号的增多与想象创造的增多，图像符号也形成了一个复杂的系统，可以表达复杂的事物，结绳记事或画线记数就是象征性表达的开始，简化之后的图像符号就是原始的文字。这样声音符号与物化的图像文字符号形成了更为系统复杂、表现力更强的传播符号体系。文字符号与声音符号的结合，丰富了人类语言，也丰富了人类传播符号系统。

文字产生以后，人类社会分工的进一步加深，以及人们运用象征手段表达更复杂的想法或观点，促使了各种专业符号的产生。人类不断地使用符号、创造符号甚至研究符号。我国的"仓颉造字"传说，可以说是人类较早的符号创造记载。

人类创造与作用的符号是多样的，如语言符号包括口头符号与文字符号，非语言符号包括物体符号、肢体符号、时空符号、伴生符号、网络符号等，这些是人类生活中的有机组成部分，当然也是人类生活审美的载体。相比较而言，人类生活审美更多地使用象征符号，这是人类获得巨大进步之后的必然结果。

从生活审美角度看，人类创造的一切文化现象与活动都具有象征意义。早在原始社会，人们就用物质性的东西表达非物质性的东西，比如用贝壳表达对美丽的追求、对交换行为的标志以及作为礼物表达友好态度等。西方的"象征"一词，在希腊文中原来就是把两块东西"Put Together"（放在一起）之意。后来引申到语言学、文学艺术等领域，象征指的是用具体事物来表示某种抽象概念或思想感情的行为与方法。在文学中，作家们经常通过某种具体形象来表达与之相似或相近的观念和思想，或寄托某种特定的情感，采用的就是象征手法。这种象征行为，是通过使用象征符来传达象征意义的。从理论上讲，按照任何确定的标准都可以对符号进行分类。在符号学思想史上，符号学家们以自己独特的视角，按照各自不同的标准对符号进行了形形色色的分类。其中皮尔斯关于符号的"三分法"思想，影响最为深远。虽然他所运用的分类标准前后曾多次改变，而且他的符号分类系统也没有最终完成，但这并不能抹杀他对符号学尤其是符号分类理论所做出的巨大贡献。在皮尔斯的符号三分法中，最重要的还是把符号分为图像符、指索符和象征符三大类。由于这一分类体现了符号的不同表征方式，因而最有价值、最为实用，影响也最为深远。

象征符的符号形体与符号对象之间没有相似性或因果相承的关系，它们的表征方式仅仅建立在社会约定的基础之上。例如，语言就是典型的象征符，语言与它所表征的对象之间没有什么必然的联系．用什么样的语言符号来表征什么事物，仅仅建立在一定社会团体的任意约定的基础之上。不同民族可以有各自不同的约定，从而形成不同的语言符号系统，例如汉语、英语、阿拉伯语、爱斯基摩语等。与之相关的文字、手语、旗语、鼓语等都属于象征符。一些抽象的概念、情感等，本来就很难找到可以模仿或直接联系的感性特征，因此也多用象征符来表征。例如，玫瑰花是爱情的象征，鸽子是和平的象征，红色是喜庆的象征，白色是纯洁的象征，国旗是国家的象征，城徽是城市的象征，图腾是氏族的象征等。其他诸如姿势、表情、动作、衣着、服饰以及方位、数字等，只要把它们与另一事物人为地约定在一起，并得到一定社会群体的认可，它们都有可能成为象征符。在人类的符号活动中，对象征符的运用和讨论最为普遍，以致许多人把"符号"一词狭义地理解为"象征符"。

象征能力是人类特有的基本能力，通过这种能力，人类能够发现宇宙和社会万物间的象征关系，并从个别事物和眼前事物、从包罗万象的具体性和千变万化的多样性的束缚中把自己解放出来，进入一个自由的传播境界。人类创造出了最完整的象征符体系，利用这种体系，人类能够保存和传达自己的智慧和经验，协调和控制社会行为，创造和继承社会文化。从这个意义上来说，象征活动是推动人类社会进化、发展和变革的重要机制。

从广义上讲，文化是人类文明成果的符号化表现，一切文化现象都具有内在的象征意义，即文化是符号化的，且具有象征性。正如文化人类学家C.吉尔兹所言：所谓文化，即"人类为了传达关于生活的知识和态度，使之得到传承和发展而使用的、以象征符形式来表现的继承性的观念体系"。他强调的是文化的符号性和象征性。

在消费领域、政治领域、经济领域以及生活与娱乐领域也都充满了新的象征符以及新的象征意义。这都是由生活审美化的天然特点决定的，文明社会人类只要与生活发生联系，就会有审美与象征意义的存在。换句话说，人类生活本身就具有审美特质，这正应了车尔尼雪夫斯基"美是生活"的著名判断——"任何事物，凡是我们在那里看得见依照我们的理解应当如此的生活，那就是美的；任何东西，凡是显示出生活或使我们想起生活的，那就是美的"。

因此，我们人类生活中的一切可以称得上生活的东西，都可以作为人类通过符号表达的人类思想情感活动，都可以作为我们的审美对象，而其中的关键是人类要有一双发现美的眼睛与一颗体验美的心灵。这种生活审美化的追求在西方现代美学研究中已经表现出来，英国的学者迈克·费瑟斯通对日常生活的审美化问题做了三个方面的说明："我们可以在三种意义上谈论日常生活的审美呈现。首先，我们指的是那些艺术的亚文化，即在第一次世界大战的20世纪20年代出现的达达主义、历史先锋派及超现实主义运动，他们追求的是消解艺术与日常生活之间的界限。第二，日常生活的审美呈现还指将生活转化为艺术作品的谋划。这种既关注审美消费的生活，又关注如何把生活融入艺术与知识反文化的审美愉悦之整体中，应该与一般意义上的大众消费、对新品位与新感觉的追求、对标新立异的生活方式的建构联系起来。第三，是指充斥于当代社会日常生活之经纬的迅捷的符号与影像之流。在这个社会中，实在与影像之间的差别消失了，日常生活以审美的方式呈现了出来，即出现了仿真的世界或后现代文化。"费瑟斯通论及的这三个方面表明艺术家的创作与现实思想行为合一，把生活直接当作艺术品或运用到艺术创作与表演中，或者消除生活与艺术的界限，特别是网络生活、消费等与现实生活的融合，使得这一趋向更为明显，生活网络直播、数字化、影像化的即时分享与传播，使得日常生活随时随地成为审美对象，至少成为适应不同阶层的审美对象，这些生活审美化实践已经成为当下人们的生活常态。

2. 审美生活化

人类通过生活实践、生产劳动创造了丰富的物质与精神成果，同时也创造了一系列审美成果，总结了一些审美经验，凝结了一批审美思想。人类的审美活动也随着社会分工的复杂化而独立出来，形成了多学科多种艺术门类的审美行为。这些又必然反过来影响人类的生活，人类以审美理想观照生活，把审美生活化。人类审美理想生活化的征程是人类自身进化与完善的必然追求，在这一征程中充满理想与崇高的审美悲壮感、成就感、自豪感。这是由人类对幸福美好生活追求的因子决定的，任何一个民族都不能避免这一进程。

从发生学角度看审美生活化与生活审美化，这两个运行方向是相对立的，而在具体的生活与审美实践中，二者总是难以区别，特别是在人类文化审美大众化阶段，更是交叉混杂、共生、混生的。有人追求知足常乐的生活状态，有人追求气势磅礴的人生境界，有人心怀阳春白雪的生活理想，有人乐于下里巴人的热闹，更有人希望过上诗歌般的田园生活……不同的人群或个体，根据自己的审美趣味与理想建设或谋划生活。正如人们也把生活创作为或谋划为审美艺术品一样，无数人接受了不同传播渠道传播来的艺术审美思想，并把其定为自己奋斗的目标。柏拉图在古希腊的对话争鸣中为时人规划"理想国"的蓝图，托马斯·莫尔设想的人类"乌托邦"，郭德文等的空想社会主义，马恩的共产主义思想等，是从社会理想审美层面，建构审美生活世界；萨福、湖畔派诗人、陶渊明、梭罗等田园文人则从个性化的审美生存体验，表达对美好生活的追求；庄子、王阳明、卢梭、海德格尔等人则从哲学角度探寻生活与世界的意义。

不少人对中国魏晋时期的玄学思想不认可，其实它是当时人们对天人关系的新认识，是老子思想的新发展。它之所以一直能影响到宋代中期，说明其影响力是不容小觑的。从审美意义上说也是一种理想追求，更是一种审美生活化的哲学表现。

不同社会阶层的人都有自己的生活理想，有自己参照的审美理想来指导自己的生活，也把自己的生活当作审美的对象。正如农民收获的成果成为他对劳动成果的自我肯定与欣赏，此时对他来说生活是美的。而他同时也会把自己通过各种渠道得来的审美理念与信息转化为自己的生活理想，并在现实中按照这一理想去实现它，过一种理想田园式的生活。文学家、艺术家、教育家等从事社会科学行业的人更加明显，总是以书本中、理想中甚至幻想中的审美来选择生活或从事生活行动，德国哲学家沃尔夫冈·韦尔施就明确指出：生活审美化涵盖了生活的审美化和审美的生活化两方面内容。日常生活的审美化指以审美的态度来改善日常生活，生活中处处充满美的元素，日常生活以美的姿态呈现；审美的日常生活化指以人类艺术与审美理想中的美好境界要求生活，高雅艺术走进了人们日常生活中。生活审美化与审美生活化二者之间界线消失了，艺术的生活方式走向平民化、世俗化和实用化。而随着审美艺术形态的多样化、方便化、技术化，审美成了我们生活的一部分。影视、网络、微媒体、自媒体等新兴载体传播的艺术作品，与青年群体的生活休戚相关，很多年轻人以影视剧中的方式生活，以影视剧中的标准要求自己、要求他人，特别是家庭生活与爱情理想。审美世界成了人们模仿的对象，人们按照艺术作品中的东西塑造了生活、要求着人生，本来源于生活的艺术作品，纷纷被现代消费社会当作消费的对象、模拟的对象。传媒技术载体的多元化和传播手段的现代化使我们进入了"传媒时代"，现代传媒孕育了大众文化，大众文化又借助传媒的传播技术和功能，将艺术审美形式泛化到日常生活中去，使文化成为一种商品，进而发展为一种产业。文化产业一方面依托市场和传媒批量制造出符合大众需求的审美产品；另一方面也影响和改变着大众的审美需求，将大众培育成符合文化产业要求的消费者。将审美的态度和标准转化为日常生活的态度和标准，这是审美生活化的重要表现，也是生活与审美之间融合又冲突的表现。

但是二者之间关系的融合并不意味着艺术、审美与日常生活等同，如果是那样的话就会出现很多社会问题。传统意义讲的艺术与审美源于生活、高于生活是非常有道理的，但是如果我们把它们等同起来，就会产生极端功利主义或极端避世主义。生活与审美距离的落差会产生不满足与苦恼，"理想很丰满，现实很骨感"这一通俗的说法还是很有深度的。完全把审美与生活等同，还会产生对现实的无视，出现鸵鸟精神，沉浸在一种自娱自乐的境地，失去了奋斗的动力，走向了艺术与审美理想的反面，审美的因素转化成了麻醉剂。

3. 生活、教育与审美

生活、审美离不开教育。我们在与自然、社会接触的过程中接受一般教育，我们在学校中接受专门教育，学会生活、学会审美、学会创造美……可以说这三者是人类生活的三重奏，少了任何一者都会不和谐、不完整。发现美、认识美、创造美、欣赏美离不开生活与教育，教育是为更好地生活与审美，生活当然与审美、教育也密切相关。生活美、教育美、艺术美三者也自然成为人们思考的三个重要领域，生活美学、教育美学、艺术美学也成为重要的美学学术分支。本书的着眼点不是探讨这些美学理论问题，而是就生活、教育、审美的各种现实问题进行描述、讨论、表现，进而思索生活的意义、审美的价值、教育的方略，自然分成了生活篇、审美篇与教育篇。虽然不能成体系，但也是思想、观点的火花，如能够照亮师生学习与生活的一隅就足矣。

目录

第一篇 生活之美

1. 博客心情 … 003
2. 永远的小乌龟 … 004
3. 不一样的恋爱，一样的婚姻 … 005
4. 回家归来 … 007
5. 不得不说 … 009
6. 那些书香飘飞的日子 … 011
7. 初冬广场的恋爱 … 013
8. 处处是爱 … 015
9. 春节漫忆 … 017
10. 从《后记》想到的 … 020
11. 从春天到冬天 … 021
12. 粗人、毛人、蠢人及我 … 023
13. 大哥大嫂的浪漫往事 … 026
14. 大雪及其他 … 028
15. 到农村去 … 029
16. 丢了从此就没有了吧 … 031
17. 冬天的菠菜 … 033
18. 对死亡的敬畏和对生的永恒的追求 … 033
19. 您在天上飞 … 035
20. 又是母亲节 … 038
21. 与母亲有关的只言片语 … 040
22. 告别 … 043
23. 更见温柔的眼神 … 044
24. 关于婚姻 … 045
25. 何以幸福 … 047
26. 怀想让我如此欲罢不能 … 049
27. 欢愉 … 051
28. 婚礼小记 … 053
29. 坚持将购物进行到底 … 055
30. 漫步在我的后街 … 057
31. 赶集去 … 061
32. 善到极致 … 062
33. 他者的惬意 … 064
34. 昙花这般羞涩 … 066
35. 天冷了想到的…… … 067
36. 为了回家 … 069
37. 为了忘却的纪念 … 072
38. 阳台上的吊兰 … 074
39. 杨和平的幸福 … 076
40. 永别 … 078
41. 小票书签 … 079

第二篇　教育之美

1. 文而化之的长效教育策略 ⋯ 085
2. 共享教育理念与辅导员工作的创新 ⋯ 098
3. 伴随孩子一同成长 ⋯ 104
4. 悲壮的教育 ⋯ 113
5. 餐桌教育 ⋯ 115
6. 调整孩子的心态 ⋯ 118
7. 分享孩子的快乐 ⋯ 120
8. 高考前家长该做什么 ⋯ 121
9. 孩子大了，我却很不安 ⋯ 123
10. 和孩子一起滑旱冰 ⋯ 124
11. 孩子对我的评价 ⋯ 126
12. 孩子渐渐长大 ⋯ 127
13. "我们换妈妈吧" ⋯ 130
14. 孩子进入青春期，母亲该做什么 ⋯ 132
15. 家庭教育何在 ⋯ 135
16. 妈妈有什么用 ⋯ 137
17. 那年那月 ⋯ 138
18. S：从退学到考入上海交通大学 ⋯ 140
19. 国学沙龙兼教育思考 ⋯ 144
20. 如果我是心理医生，我能拯救她吗 ⋯ 145
21. 塞翁失马之后 ⋯ 148
22. 树下无助的哭泣 ⋯ 149
23. 跳起来摘果子 ⋯ 152
24. 为什么要读高中 ⋯ 154
25. 学生厌学的分析及应对策略 ⋯ 155
26. 雪花飘及格丽娅 ⋯ 159
27. 只因为我有了这么多学生 ⋯ 160

第三篇　审美之美

1. 从属者女人的悲歌 … 167
2. 凸显"丑"的美之境 … 172
3. 海宁，那些浪漫的小街和房子 … 178
4. 到时间的另一边去 … 182
5. 对于痛苦的思索 … 183
6. 凡人的悲哀 … 185
7. 感受名画 … 187
8. 感悟青春 … 188
9. 关于浪漫爱情之一 … 190
10. 关于浪漫爱情之二 … 191
11. 花事 … 193
12. 恍若隔世 … 195
13. 灰姑娘 … 198
14. 回味周末 … 201
15. 惊异 … 201
16. 流年似水 … 203
17. 美丽的下午 … 205
18. 像雄狮一样活着 … 206
19. 穿越百年的诗意 … 209

20. 秋天与阅读 … 213
21. 生命如阅读 … 216
22. 生命是用来度过的 … 217
23. 诗意的生活 … 219
24. 文化是个啥东西 … 221
25. 文学培养爱情的疯子 … 222
26. 一杯苦咖啡 … 224
27. 由哲学笔记想到的 … 225
28. 与漫谈等朋友漫谈文学与爱情 … 228
29. 阅读迟子建 … 229
30. 阅读杂感 … 232
31. 遭遇阅读的困境 … 235
32. 做独特的女人——克里斯蒂娃印象 … 237

结语　一本书的命运

第一篇 生活之美

SHENG HUO ZHI MEI

"活着,多么美好!"

——雨果《巴黎圣母院》

"美即生活。"

——车尔尼雪夫斯基《艺术与现实的审美关系》

1. 博客心情

有很多时间的时候，什么也不想说，不想写；可是想写的时候，往往因为太忙要么只匆忙记下几句话，要么没有思考，要么就匆匆搁笔。因此，要想在既有好的心境又有充足的时间里写点东西是很奢侈的事情。

于是，把这里当作繁忙生活当中"自己的屋子"，除却那些工作生活中需要认真对待的人和事情、需要认真说的话以外，这里就是田间地头，可以供我休息；这里有朋友温和的眼神，有博友对我隐隐的牵挂，有炎热天气的树荫，有冬日寒风中的阳光。

可是不同的是，既然是自己的屋子，却有许多彼此知道但不了解的朋友的光顾。常常想，到这里来光顾的朋友，首先是对自己关心或关注的人，他也许在设想着这个博主的生活、思想、工作，甚至设想着博主长得什么样子、什么文化程度等，有这么多无言、不见面却又不可缺少的朋友，是多么神奇的事情！所以我理解了为什么生活如此繁杂，心境一样起伏不定的博友们总是挤出时间在这里度过。久了，大家都无法离开，都惦念着对方。

几日不见某个朋友，就期待着对方，期待看到对方的文字，就如同看见了对方，就知道对方是平安的、幸福的。如果因为自己太忙或太懒散而没有在这里留下文字，就觉得愧对来作客的朋友，为了朋友的期待，为了自己的期待，我要好好招待朋友们，没有很好的礼物，就用自己的一颗心吧。

2. 永远的小乌龟

当孩子从阳台上回来告诉我小乌龟死了的时候,我毫无感觉,随便地说了句"不可能"。因为以前小乌龟常常好像死去了一样,却只是在休眠。孩子说,"是真的,因为它的头和四肢都伸开不回去了。"

我才心里一惊,去看了看,果然一点也不动了,几乎和大灰狼同声说:"再给你买一个吧。"

孩子无言。

小乌龟已经在我们家生活近三年了,给孩子带来了许多快乐,每日放学归来就去阳台看看小乌龟,喂点食,换换水。关照小乌龟是孩子生活的一个重要内容了,我常常在孩子的呼喊下,也去看看小乌龟。不知道小乌龟一直在阳台上生活,它会不会有思想,也不知道它是否也像孩子喜欢它一样喜欢孩子。看着它的小眼睛的时候,我常常有一种敬畏,也许它已经适应了我家的生活,适应了它自己的生活环境,也许在我看它的时候,它也在观察我那一刻的心情,不知道它是否觉得自己的生活环境过于单调,过于闭塞,不知道它是否想回归大海或河流。可是,就这么一直在我家的阳台上。

它真的走了。

我有点不敢接受这个现实,又去阳台,反复检验,才知道它真的就是那样子了。

吃饭的时候,大灰狼说下午再买一个,可是孩子没有吱声,我也没有吱声。我知道,他想安慰我们,可是却不知道怎么说好。一下子空气有点凝固,孩子只顾低头吃饭,后来我和大灰狼不约而同地发现了,使劲低头的孩子正在流泪,我看到一大滴一大滴的泪水滴到了桌上。

是的,可以再买一个,可是失去的那一个再也不会回来,而心疼和不舍的正是失去的那一个。

我很心疼小乌龟，我更心疼孩子，心疼孩子失去小乌龟的感受，虽然我和她一样也难过，可是平时很不愿意表露感情的孩子却难过得一塌糊涂。

我不敢再问孩子是否再养一只小乌龟，怕再引起她难过。也许，她没有勇气再养一只，因为怕有一天会再承受离去的哀伤。

不论怎么呵护孩子，她终究会承受失去及失去给自己带来的情感挫折，成长的道路还很漫长，今后不知道又有多少次失去小乌龟相似的经历和心情，于是慢慢地，她便长大了。

3. 不一样的恋爱，一样的婚姻

何止那些少男少女在虚构着未来的婚姻，即使曾屡遭婚姻挫折的人，仍然对婚姻的幸福充满了畅想，这才不断产生不同年代、不同国度、不同版本的爱情故事。

经历了恋爱的起起落落，人人都在为追求最后的幸福生活而与生活中的琐碎抗争，战胜恋爱中所有的阻碍，比如时间与空间的阻隔、父母的反对、性格的冲突、竞争者的觊觎……最终步入婚姻的殿堂。

而婚姻并不是恋爱的终点，原本那些发生在恋爱中的浪漫故事，随着日渐贴近的现实生活渐渐远去。家庭关系的处理，柴米油盐的算计，孩子的哭声及孩子未来的教育，生活的种种纷扰，使得原本建立的爱情信念动摇了。于是，婚姻变得并不像想象的那么美好，并不像在恋爱中所希冀的未来那般如愿。

人们就是常常这样为虚构的婚姻的幸福而陶醉，而真正婚姻来临的时候，却没有能力去营造婚姻的幸福，甚至连设想也没有，就开始慨叹婚姻的不幸。每当这个时候，人们就十分赞同钱钟书先生所说的"婚姻就是个围城，在外面的想进来，而在里面的就想飞出去"，这种对婚姻的认知几乎使人人自危。

婚姻是如此深奥，常常始料不及地发生在恋爱阶段里难以想象的曲折，让人们对幸福婚姻报怨甚至望而却步。因此，婚姻应如人们常说的"要懂得经营"，婚姻为什么如此深奥？

记得几年前写的《结婚十年间》的纪念文章，其中被编辑删掉的一句话是："我将永远渴望爱情，如果有上帝，就让他救赎我这颗向往爱情的心灵吧。"不知道编辑当时是怎样理解的这句话，我一直非常疑惑，是不是编辑认为这样的渴望是很奢侈或者很虚假呢？

少年时代如此渴望，青年阶段如此渴望，中年、老年一直都会在这样的希冀中生活下去，几乎所有的人都不会拒绝甜蜜的爱情和幸福的婚姻，人只有在爱情的滋润中才能保持生命的活力，人们因为怀着这样的理想，而踏上红地毯。

殊途同归吗？可是被人们屡屡称作"坟墓"的婚姻，为什么不能变成殿堂呢？而高居殿堂中的主人公，为什么不可以永远都是女皇和帝王呢？

心态决定幸福，如果我们渴望幸福的婚姻，渴望爱情永在，那就欣赏我们的爱人，欣赏他（她）的优点与缺点，些微的残缺正是美丽所在。恋爱阶段的美好，正是因为彼此都夸大了对方的优点，充其量欣赏和感受对方美的一面，而近距离的婚姻使彼此看到了对方的缺点，就以为婚后自己的爱人变了，其实什么也没有变，而变化的是自己的心态。

不用挑剔的眼光看待对方，用发现美的眼神去欣赏对方；不用苛责的语言抱怨对方，而用温婉的话语感化对方；不用冷漠的心疏远对方，而用激情去融化对方；把对方的父母当作自己的父母，把对方的爱好当作自己的爱好，把对方的朋友当作自己的朋友……生活何处不幸福呢？

看看恋爱时的那些信，回忆恋爱时的那些情节，仍然让人怦然心动，一起回忆过去，一起重新体验过去的浪漫，难道不是对婚姻的修复和充盈吗？

和朋友聊起婚恋，很多人是一脚坚实地踏在幸福的红地毯上，一脚在门外徘徊，追忆恋爱阶段的甜蜜、忧伤。无论恋爱阶段遭遇了多少迷惘和困惑，多少难言的忧伤和痛苦，却总让人有挥之不去的怀念。人们总愿意用过去的美好对比现有的生活，发现原来的忧伤也是美丽的，而现在日常的幸福就是生活的不幸，因为它过于庸常。

我每每和先生发生了不愉快，离异的朋友都语重心长地告诉我："吵架也是幸福的，好好地珍惜你们现在的生活吧。"离异往往是不能忍受对方的不得已的选择，可是他们仍然郑重地向我抛出这一句看似平淡的话。我想，既然如此，他们为什么要分开呢？或许他们有不得已的理由。他们在分手之后一定承受了我难以想象的情感的折磨，最折磨人的或许就是后悔了——后悔不曾善待对方，后悔没有宽容对方，后悔自己轻易做出的决定，后悔对孩子心灵的戕害，使得两个人都无法回头。那些曾经的温情，那些曾经的甜蜜，那些曾经共同承担的困难难道不足以让两个人言归于好吗？

我怀着这样善良的愿望，期待那些恋爱中的人好好把握现在的幸福，我更期待那些"围城"中的人调整心态，权且把自己当作十分平凡的人，用我同事的一句话与所有向往幸福的人共勉："因为我们是平凡的人，就让我们感受平凡人的幸福吧"。

4. 回家归来

最不堪回首的是，公公婆婆站在大门外目送我们远去的情景，他们久久地站立着，一直看着我们，似乎能看着我们再回来。结婚十多年来无数次回家，无数次重复这样的情景。

婆婆家的大门口正在村的大街上，到这条街的尽头大约一公里，他们就这样久久地站在门口眼看着他们的儿子、媳妇、孙女一次次地从他们的眼前离开，一直消失得无影无踪。我最不能忍受这样的情景，我想比我最最不能忍受的是他们多么想留下我们而我们必须离去的现实。他们的确很老了，不仅头发是白色的，而且弯腰驼背了，眼睛和听力都不够好了。多么想永远守护着他们，颐养天年，让他们充分享受天伦之乐，可是，我们还有那么多未竟的事情。

就是在这样的心态下，我的母亲离开了我，我再也没有机会让她从我身上体验母女相处的快乐，于是我更想在公公婆婆身上实现自己未竟的心事。可是，日子还是那样匆忙，丝毫没有改变，每日的买菜做饭、读书写字、奔波、家务……只要生活着，就必须做数不清的事情，这些都残酷地剥夺了与老人相处的时光。公公婆婆非常善解人意，他们对我们从来没有任何要求，即使十分想留下我们，但是他们总是理解我们还有更重要的事情。而早些年没有那么忙的时候，我们只顾经营自己的小家庭，享受自己自私的幸福，而把他们抛在脑后，以为春节陪他们过年就不错了。

他们实在早就没有什么劳动能力了，上半辈子身体强壮的时候，没有赶上好的政策，几十年都是为那很少见到效益的生产队而忙碌。"大锅饭"的时代把他们的青春消磨了，而赶上可以种自己的土地的时候，他们就老了，身体衰退了。虽然岁月无情地销蚀了他们强壮的劳动能力，可是以劳动为主要生活方式的公公始终没有间断过劳动。他自己开的小荒，在河边，在岭下，那角角落落里种植着玉米、小麦什么的，虽然一直没有什么好收成，可是他们一直在忙碌。

近几年，公公只在小河边的树下种些菜，那些菜年年在树下索取一点点营养，瘦弱而零落，实在不如集市上买的菜好。可是，这却是公公晚年的一个"大事业"，因为他有的动力就是等我们回家的时候，他可以让我们带上一些他自己种的菜。今天又带了一些，其实他们实在没有什么可让我们带的，可是他们总不会让我们空手而归。今天带的是白菜和辣椒，那白菜还没有长出雄壮结实的芯，恐怕也很难长出来了，可是公公还是去了菜园拔下五六棵，把外面的那些绿的叶子剥下来，剩下里面好的给我。即便那些好的也远不如在菜市场买的好，可我还是认真地收拾了带着，因为那是他每日辛苦劳作的最终目的。那些从菜市场买回的新鲜的菜，常常堆放在家里，忙得顾不上吃，时间久了就扔掉了。而公公亲手种植的菜，我是不忍心扔掉的，那包含着无言而勤劳的公公对我们最深沉的疼爱。

更多时候，回家是陪婆婆聊天，她没有文化，可是说出的话经常富有生活哲理，这些哲理完全是她自己生活经验的总结。今天问及我先生为什么还没有回来，我说在忙，她又问是否在挣钱养家，我说没有，在消费。她就让我转告远在上海的先生："母亲想他了，想得流眼泪，让他快回家。"我知道，她心疼我一个人顶着家庭，里里外外很辛苦，我如此告诉她的儿子，他就会尽快回家了。她实在不懂得她的儿子也在他方辛勤劳动，而他的劳动是在纸上耕作，要写出更多的好文章。

我们所处的年代不同，生活方式与思维方式也迥然不同，更有文化上的距离，可是我却非常喜欢跟她聊天，从容淡定，娓娓道来，没有对生命消逝的紧张和恐惧，满心满脑子都是爱。就是这样，总让我不忍离去，总让我从农村到市里后的一大段日子，都怀着心事。

5. 不得不说

如果不是一颗特别敏感的心灵，如果不是一颗特别善良的心灵，我想他不会放弃了一个男人的尊严在电话里哭了，他一定承受着生命中不能承受之重。长达两个小时的倾诉，我几乎和他共历了他沉重的感情历程。

他们的相识是在充满着青春活力的时候，他们共同的日子就像一只杯子，装满了让对方永不磨灭的印象。可是，对于一对爱情的痴子，事情的发展远非惯常思维所及，偏偏爱情就在彼此纠缠不清中丧失。如果都想念着往日的那些非同凡响的时刻和细节，如果都退让一下，如果一方要求不是那么苛刻……他们在一起是多么幸福的事情！我常这样思考他们的问题。可是，没有人强迫他们分开，没有经济上的纷扰，没有家长的干预，几乎没有现实生活的困扰，偏偏就是因为感情的纠葛，爱情就走向消亡。就是这么无奈！

那时，她一定散发着十分耀眼的光泽，他们的爱情才来得那么汹涌澎湃，每天捧着冰心的诗度过大学生活。可是如果不是遇到他，也许她还是自我，就是因为遇到他，她的心慢慢地从自己的躯体中抽离，就这么一步一步地成为爱情的奴隶。她的感情生活中已经没有什么规则可循了。

我无法述说他们的细节。

但是结论是，脱离现实生活、脱离自我的爱情，会毁掉一个人的青春和幸福——尤其是女人。

尽管我认为自己有足够的说服能力，但我仍然无法挽救他们的爱情。

我认为一个敢于爱着而且具有爱的能力的人，不是那种把对方的生活用力地施加到自己的私欲生活的人，也不是那种给对方重压的人，而是给对方最小压力的人。具有包容的爱情是从削减自己的可能性开始的。他们以及那些走向婚姻灭亡和爱情消亡的人们，在不自觉中加强了对对方的束缚。有人曰："对对方的限制完全出于爱。"这句话或者约等于"爱就是限制"，可是这里只限制了别人，而没有想到从自身开始限制。

她完全丧失了最初的自己，而且走得太远。因为她要得太多，从而失去得太多。

要什么呢？一个人若是精神上有足够的力量，根本没有必要向谁索取什么。一个女人的力量和内在质量，与她的长相、她所处的地位和在什么地方无关，女人始终应该坚守的是学会拒绝什么，而不是把自己抽空后依附于别人，依附就意味着丧失。

女人要把活着的内容呈现给人们，那活着的心灵、活着的思想、活着的知识永远是可贵的，并且要坚持的。女人的强大应该得益于尊重，作为个体女人的独立和博大。

内在的高雅和行为的高贵是女人的法宝。

他承受着那些不能承受之重，而她也一定沉重。但是我知道，有些话说出来是苍白的，很多东西是要自己经历的，经历之后再回头才明白。否则为什么一代代的人都要不停地亲自经历和重复上一代人所经历的沟沟坎坎，而不愿意倾听过来人的话，去走点捷径呢？

无论我怎么慨叹，他们注定要分离了，那就分吧，分离后人生才丰富。

我这才知道，原来两个很诗情画意的人，两个十分善良的人，未必适合生活在一起。

6. 那些书香飘飞的日子

"很多年前我就喜欢这些诗。" 3岁的时候，女儿对着唐诗是这么说的，这让人忍俊不禁。"草色遥看近却无"常常挂在她的嘴边，以至于我们全家常常沐浴在春天的畅想中。

"在没有妈妈陪伴的日子，你会和谁在一起呢？"

"妈妈，书会陪伴我！"这是我的女儿在小学五年级的时候与我的对话。那时我和爱人在上海分别读硕士和博士研究生，我们一家人一起上学。

孩子度过了三年没有妈妈的陪伴的日子，而在那无数个日夜中，还有妈妈的替代——那些给了孩子无穷乐趣的书。《小王子》《时代广场的蟋蟀》《西游记》《安徒生童话》《爱的故事》等是孩子的挚爱。

感谢那些书，感谢写书的那些大师！卢梭的《爱弥儿》《卡尔·威特》的教育观及苏霍姆林斯基等教会我如何教育孩子，教会我如何做一个高雅的母亲。

在那些可怕的日子，我不知道如何教育孩子。我以为大声训斥是教育孩子，以为教她一切听从父母是教育孩子，以为随意扔掉自认为孩子不需要的东西是教育孩子，以为剥夺孩子的玩耍是对孩子的拯救……于是，我曾经那样粗暴地把她自己从校园的小道拣来的小瓶盖、小树枝、五彩的玻璃冠以"不卫生",不顾她的哭喊,直接扔到垃圾桶;我曾因为弄脏了桌布而把她辛苦画出来的画揉碎;我曾经把她喜欢吃的糖一股脑儿地扔到垃圾桶……我以为这都是对她的关心,我以为这是对她的教育,我那可怜的教育观因为读了卢勤的《写给年轻的妈妈》而被颠覆。

那是妇联发给每位家长的一本书,几篇文章就深深地刺激了我,那位"蹲下身和孩子平视"的家长使我认识到:要用孩子的眼睛看世界才真正知道孩子需要什么。好在,一切还来得及。感谢妇联!感谢卢勤的《写给年轻的妈妈》!

孩子在长大,妈妈必须持续学习才能有资格教育孩子,隐隐的压力是我学习的动力。"没有不好的孩子,只有不好的家长;没有不好的学生,只有不好的老师。"冰心的话一直牢记在我心间。

记得有一次,老师批评女儿数学学得不够严谨,晚上我发信息询问老师情况,但没有得到回复。我有点相信孩子的话,觉得老师的确如孩子所猜测的不够敬业和关心学生。可是第二天早晨老师回复了一个长长的信息,让我感到愧疚不安,老师因为手机没有电,才迟复我的信息。她说:"我对杨柳青的要求更高,因为她一直很努力,我很喜欢她,希望她将来能够有所建树……"这个信息是我教育孩子的由头,我看到了孩子因为误解老师而满脸羞愧,我告诉孩子:"我觉得很对不起老师,因为差点听你的一面之词而错怪了老师。也希望你以后多换位思考,做一个大气、胸怀宽广、善解人意的人"。

美国沃尔夫的经典研究表明:智力并非影响学业的主要因素,学业成就深受家庭的影响。

清华大学的一位教育博士曾经做过一个调研,结果是:"母亲的教育导致孩子在社会的分层,决定孩子未来的生活质量。"母亲的受教育程度、学习能力对孩子的影响将到大学阶段。一个超越学历和家庭背景的因素就是终身学习能力,如果母亲具备了学习能力就可以弥补学历和经济不足导致的教育缺陷。

你想让你的孩子成为优秀的孩子吗?请先不要质问孩子,更不要质疑学校的老师，而是首先反问自己，你有没有给孩子创造好的家庭环境？

心理学家詹姆斯·希尔曼曾说，那些在童年时代读了许多故事或听说过很多故事的人"比起那些没有接触过故事的人来说，会有较好外表和前景……及早接触故事，它们就会对生活产生关照。"为了这样的理由，我至今仍频频地回顾这些读物，并巧妙地引导孩子养成读书的习惯。

书的光芒以不同的方式照耀在每一个人身上，也以不同的方式照耀在我们人生的不同阶段。

如果你遇到教育的困惑，那就请读书吧；如果你不知道怎样才能让自己更美丽，那就读书吧，如果你不知道如何应对青春期的孩子，那就读书吧！

因为读了书，我们才看起来是美丽的；因为读了书，我们才看起来不那么枯燥；因为读了书，我们才更加确认世界上有很多我们没有看到的善良和温暖；因为读了书，才使得所有的日子变得那么充实；因为读了书，才能向孩子看齐……

最后，用斯蒂文森的诗与所有的母亲共勉：

这就是世界，而我就是国王；
蜜蜂来我旁边歌颂，
燕子为我飞翔。

愿天下母亲都以最恰当的方式给孩子最温馨的爱和知识的力量，朝着我们到达不了的地方前进！

7. 初冬广场的恋爱

我和朋友往回走的时候，市中心广场上已经没有那么多人了，自从天气变冷，人就少得多了，晚上9点以后就更少了。在广场的中心，我看见一对恋人正面对面地站立着，旁边停放着一辆自行车。小伙子戴了一副眼镜，看起来很文气，小姑娘很时尚，充满青春气息。这样的情景总让人联想起自己青春年少的故事，甜蜜且回味无穷。

可当我走近的时候，意外地听见他们在吵架，他们的表情，他们的语气——尤其是那女孩的语气充满着受伤者的愤怒，小伙子的声音比较低，我听不到他说什么。转眼间，女孩愤然离去，她径直往广场西南方向走去。他们的举动无形中抓住了我的心，看见小伙子呆立了几秒钟，我很着急，心想："小伙子，你快追啊，追上她，就什么事情也没有了。"可是，小伙子转身离去，骑上车就走了，头也不回，瞬间离开了广场北去，消失了踪影。而那女孩继续往前走，当她以为小伙子可能会跟上她的时候，她回过头却发现毫无踪影。女孩不再往前走，就那么站着，灯光朦胧中我看不清小姑娘的表情，但是可以肯定她很委屈、失望、气愤，因为她多么希望小伙子的反应是来追她，这样就一切都会好起来的。

可是小伙子没有出现，姑娘站立着，回头寻找小伙子的身影，那是多么让人伤心的时刻，我真想安慰她。聪明人都知道，女人最喜欢谎话，只要爱的人说一句赞美的话——哪怕是假话，她也会很高兴，女人很好哄。可是很多男性就是不开窍，反而认为女人麻烦。记得从网上看过一篇文章——《老婆是用来疼的，老公是用来欺负的》，里面罗列了很多条关于如何处理夫妻关系的警句，幽默而富有生活气息。也曾记得一个老太太也这么说过："老婆是用来疼的，老公是用来撒气的。"看起来很不公平，但其实里面包含着对丈夫深深的感情。如果没有爱，没有感情了，还谈什么需要呢？

我很替女孩难过，觉得小伙子太气盛了，哄哄女孩就好，却那么决然地离去，小姑娘纵有千般委屈万般柔情，可是得不到呼应。

想起自己结婚前后发生过多少这样的事情，在马路上，在校园里，在商场的狭窄走道上都曾发生过类似的事情。记得有一次在商场，两个人因为购物发生了分歧，争吵之后就分道扬镳了，气愤几乎燃烧了我，觉得整个世界就只有我自己，只有我在承受着委屈和气愤，无意间听见了旁观的售货员哧哧的笑声，或许那时的情景一定很可笑，就那样各奔东西了。还有多次，在大街上发生分歧了，我们彼此气鼓鼓地分道扬镳后，为了保持各自的"尊严"，谁也不回头，一直往前走。尽管如此，我仍希望他跑上前来和我并行，即使不用言语，我也会感到幸福，所有的气愤也会烟消云散。可是，因为年轻总是不懂，都得维护各自的"尊严"。我虽然一直前行，但是觉得有人尾随，偷偷回头看，看见他远远地跟在后面，就像战争电影片里那些跟踪者一样，保持着距离，不让对方看见。其实，彼此的心里想的都一样，都害怕离去，可是为了充分表达自己的愤怒，都得坚持着最初的行为。

广场上的女孩，不知道她是否和我当年一样的心情？其实，后来看，吵架也很美好，漫长的婚姻后，才懂得过去的那些争吵和争吵之后加深的甜蜜，才真正构成了婚姻的过程，歌词唱得好——"不经历风雨，怎能见彩虹"呢？

8. 处处是爱

如果不是我祥林嫂般的诉说，也许我就没有那么深刻地感受到那么多的爱，那么多的牵挂，那么多的告白。做祥林嫂也是为了能获得意外的治疗方式，接受更多好的建议，并从中遴选适合自己的。

在马来西亚的那个下午，差点因为过敏性哮喘留在那里了，好在当时没有惊动别人，吃了药就扛过去了，事后才听说邓丽君就是因为同样的病永远留在了那里，想起来后怕，那天是11月27日吧。之所以这样记录，是因为我一直在研究我是在什么情况下才犯病的，现在总结是：一是过于劳累，二是空气污浊，三是湿热的空气不适应。而马来西亚我将不会再去第二次了。

古老的马六甲海峡，古老的街道，古老的大树，古老的炮台……天知道，我如此喜欢那些古老的东西，它们都留在我的记忆里了。那天晚上在古老的树下，一粒鸟粪打到我的鼻梁上，现在想起来还有丝丝的凉意。

惊闻如父般的包桂元老师在上海永远地离开了我们，而那时我恰在新加坡，班长则带部分同学去奔丧了。之后班长郁又则被奉为老大，因为老师的离去，我们倍加感受到同学们之间的亲情。老大听了我的遭遇，一直强调他就是我娘家哥，任何事情都要告诉他的，似乎他在悔恨如果那时他在，也许我就不犯病似的。其实这与任何人无关的，他在我一样会呼吸困难的，可是他的话感动了我，权当是我哥了，这样有什么不好呢？

我从马来西亚回来两三周了，卫东调动了她百忙中的老公，为我接风洗尘。马来西亚的经历被"洗"得一干二净，剩下的都是美好的回忆了。同学都可爱得一塌糊涂，至亲的人，已经没有了男女之分。号称"心脏一把刀"的李勇同学，很少表达自己的想法，大概也是酒精的作用，一再交代我要好好锻炼，要减轻体重，因为他说体重越大越会增加心脏的负担，一旦哮喘发作，就会增加负担。也许他内心想到的更多，更可怕，大夫总是这样。他一味地交代我，眼睛一直在盯着我，唯恐我听得不认真。终于我明白了，我要通过锻炼加强免疫力，要随时带药，要保持体重适中。同学聚会变成了一个祝福我健康的专题讨论会。

感动得太多，却无法说感谢。

总想记下来，总是被琐事缠绕。

此刻满桌的圣诞果，满屋子的鲜花，各色的小礼品使我的办公室鲜亮无比。每一个小礼物都是同学们的心意，一个个可爱的包装给我带来了麻烦，我不舍得拆开，又必须打开，里面充满了诱惑，不只是物品本事，而是藏在里面的文字。送花和礼品的人，都是精选的包装纸，精选的礼品，我能想象得出，他们在选择的时候一遍遍地比较，他们会考虑到我的喜好，我的情致，所以每个包装纸都饱含着他们的心意。有意思的是，当几位同学在走道里手持鲜花和礼品正讨论进我的办公室如何表达的时候，我正在他们的身后，看到了他们的犹豫。可爱的同学们！

他们都懂得如何表达爱，因为表达，也因为不知道如何表达，而我都深切地感受到了。

大灰狼说现在的年轻人都追随国外的节日，我觉得这也没什么不好的，每一个节日都是表达的载体，他们会通过这么多美好的节日传递着他们的感情和他们的爱，有什么不好呢？

卡尔·威特用木头做成花瓶，自己从野外或者花园采摘各色花儿，放在太太的床头，当太太醒来的时候，感受他浓浓的爱意。当儿子懂事后，卡尔就让儿子一起为妈妈摘花，儿子于是从小就懂得爱妈妈，懂得去表达爱，多么温馨的家庭！大灰狼不再言语了，因为小妮妮也在听，他们都是不善于表达而放在心里的人。

幸福何止是物质财富，更深刻的是爱，我应当好好爱人，爱生活。

因为我曾当很多同学的面骂过老班长对前妻的始乱终弃，使他产生了心理障碍，每次见我时先央告我不要批判他。而我那天晚上向他保证，我会认真地生活，努力锻炼身体，因为我要与他较量生命的长短，因为我要坚持对他的批判而使我的生命充满了战斗力和意志！

9. 春节漫忆

快过年了，好多人已经为新年做准备了，而我一直忙碌地工作。白天忙，晚上就筋疲力尽，看见好多朋友南下享受假日，十分羡慕，还不知道什么时候放假呢！从很久以前就养成的迎接新年的习惯一直没有改变，家里所有的东西要彻底清洗，还要备上年货以及各种零食和水果，最重要的一项是回农村的婆婆家过春节。

经济发展很快，婆婆家也不是地道的农村了，但是过年的味道远比市里浓厚得多。每次去婆婆家，都十分珍惜住在那里的日子，虽然条件比较艰苦，没有暖气，购物也不是非常方便，但是具有农村的特色。婆婆家小院里的那片竹林，春节的时候尤其粗壮，散发着勃勃生机；还有窗前的倒挂金钟总是提前开放，一片夺目的黄色。街口站着晒太阳的老人，满脸写着淳朴，他们看见我都主动搭讪，充满了善意。

我还喜欢清晨起床前大街上的叫卖声，农村人起得很早，喜欢一大早出市，买鸡架子、油条、豆腐、馒头、猪肉等各类食品。我觉得那些东西不大卫生，并且味道也一般，如果在市里一定不会买的，而在农村的大街上，和那些老乡一起凑热闹买的东西觉得特别有味道，吃起来也特香。

村后面的桃树林，远看光秃秃的，可是树枝上桃花的蓓蕾正包裹得结实呢，让人很容易想到桃花烂漫的春天。小河里的水很浅却很清，可以看见秋天的时候落在里面的杨树叶，一片一片地铺在水底，只有小鱼儿是活跃的，偶有的一阵小风，使得水面荡起一丝丝的波纹，是那么微小。而夏天的时候，在远处是看不见这里的小河与小桥的，因为完全掩映在绿树之中了。

记得很久之前的一个春节，孩子还没有出生，我坐在桌前看书，翻开抽屉看见一摞本子，不经意地打开看了，却看了那么多我不曾知道的信息。那些本子都是先生中学到大学的作业、日记、家信什么的。最令我难忘的是一封给父亲的信，那时他上大二，他对父亲说，快放假了，要回家写东西，请父亲多准备点煤油，晚上也可以看书，如果草纸不贵就买些，回家练字。我一直难以想象那时他家是多么贫困，而那时他们村里的生活状况是一样的，后来听村里人告诉我，先生工作后的第一个月的工资都分给了村里那些交不起两元钱的农户。我于是明白了我们恋爱期间他常常叹气的原因，村里的自然条件很差，20世纪90年代初，还没有多少农村人有经商的意识和勇气。

第二个资料就是他写的一篇日记，说的是大学的时候，一篇文章发表并获奖了，得到的40元奖金被同学们一起享用了一顿晚餐。那时的40元还是蛮顶用的，可是他的心里很吃紧，因为没有人知道他常常是吃不饱的，因为家里境况不好，很少开口跟父母要钱。而那40元就那么一下子花掉了。

看到这两篇文字，我一下子了解了他很多深层的东西，很心疼。我们一般的年龄，不一般的成长经历，我明白了在以后的日子里，无论环境多么恶劣，他都能非常平静地做自己的事情的缘由了，远不是我那么浮躁和毛糙。

头几年，我每天给自己订的学习计划很苛刻，即使在春节那么忙碌的日子，我也得完成每天的计划。最难忘的是春节那天，人们都围坐在"憋气炉子"周围取暖、吃瓜子、聊天，而我得远一点坐着，旁若无人地背单词，那些背过好多次仍然记不下的单词，不舍得就这么聊天过去了。现在看来，当时以及后来的很多行为很有"苦行主义"的做法，因为当日的计划不能完成，即使玩也不痛快。由此想到，人是要给自己订计划的，否则老是原谅自己的惰性。

今天婆婆村里的一个人打电话告诉我，婆婆一下子买了三袋盐，很奇怪她要买那么多盐，她说做臭豆子咸菜，是捂得发黏的豆子和萝卜片等配料做的咸菜。因为前一段时间婆婆在我家的时候，我总喜欢买这样的咸菜吃，所以她要亲自做给我吃的。而且她还反复晒我用的被褥，她总是在周末的时候晒被子，期待我们回去住。她常常为我买好卫生纸、香皂、新毛巾之类的东西，其实我不用香皂，可是在她这个年龄的人的眼里，在她住的村庄里，这样的东西是不常用的，只有城里人才用，她却为我准备着。香皂，她一生都不用，却为我想得那样周到。

每次过春节，婆婆都怕时间过得很快，怕我们都走了，邻居的嫂子对我说，她曾劝婆婆要求我多住几天，婆婆告诉她："我不能扯他们的后腿，我知道他们很忙。"我没有她这么老，孩子没有离开过我，也不知道期盼儿女的心情怎么样。可是她怕耽搁我们的事情，十分想我们留下，却从来不说，自己看着我们一家三口离去后，慢慢咀嚼着思念的味道。

虽然我非常想留下多住几天，可是我仍然要工作，仍然还有自己的很多似重要而又不是特别重要的事情，使得我一定要离开她。

10. 从《后记》想到的

　　潮把她的《后记》送到我手上两天了，我一直没有成块的时间修改，终于在上午的时间里认真地阅读并进行了修改。修改的同时，百感交集，人的命运祸福无常，我进入了潮的过去和现在的生活，深刻地感伤着。

　　潮的父亲是本地乃至全国比较知名的书画家，祖籍江苏淮安。潮的父亲47岁的时候才有了潮，从此视为掌上明珠。不幸的是，潮的父亲被打成"反革命"，发配到边地，一去就是6年。小潮和母亲在举目无亲的异地，相依为命地生活着，当1976年"拨乱反正"后，潮的母亲因常年的哀伤身体每况愈下，在潮14岁时去世了。父亲十分珍惜被平反以后的日子，日夜创作，那个时期创作出了大量的作品，为繁荣当地文化做出了贡献，作品也因此走向全国。可是命运再次将小潮的命运推到厄运里，父亲因积劳成疾终于病倒，因心脏病而猝然离世。

　　如果说在自己年少时失去父母是很悲惨的事情，可是更悲惨的事情在潮中年的时候降临了，潮倾注了近20年的时间培养的儿子，在2006年的夏天离开了人世。

　　我自认为理解潮，可是那深切的疼痛，刻骨铭心的创伤怎是言语上的安慰能够减轻的呢？我知道任何语言都没有了意义，发生在谁的身上都可能无法承受。整整半年，潮没有上班，把所有的电话关闭，她拒绝和任何人联系，几乎每天她都在家里，守候着自己的深度痛苦。我几次去看望她，碰巧她都不在家。

　　潮比较内向，虽然她大我六七岁，可是没有觉得有什么年龄的差异。她不爱说话，或许她经历的痛苦太多，从小就形成了比较忧郁的性格；她的工笔写意画都比较灰暗，也许与她的成长过程有关，她的语言都融进她的画中。

潮常常关闭手机——即使是孩子还健在的时候，因为工作忙碌，我没有时间跟她约见，就常常打她的电话，只要她的电话关机，要么是她的身体不好，要么是心情不好。我常常很惦念她，她的单位离我家并不远，可是电话一旦不通，我总很不安，常常十分心疼她。孩子上高中的时候，因为爱人感情的不忠而产生了婚变，她常常在节日的时候，一个人在大街上度过。每次节日打电话给她，我总是心里惴惴不安，我不忍她一个人在节日的孤独。就想，如果我不是要回婆婆家陪婆婆过节，就把她邀请到我的家一起过，不要让她独自咀嚼孤独。

回顾我自己那些过往的日子，好多次被困难压得喘息不过来，常常以"今天就过去，明天，还有更多的明天就会来临，一切都会过去的"来安慰自己。虽然一直追求完美，生活的过程中仍有那么多不完美的日子，可是这些不完美才最让自己怀念，怀念过去那些不完美的日子，屡屡觉得自己很成熟了，可是与潮比，我实在很浅薄，我无法深刻体验她内心的苦楚和切肤之痛。

今日看着潮的《后记》，我进入了角色。很多时候，自己没有经历的时候，不懂得去关心别人，经历了一些事情后，才真正觉得自己很自私，很少换位思考，更多的是接受别人的给予，而很少奉献。

我祈祷着能赐予人幸福和安康的上帝保佑潮，如果上帝真的存在，就让健康快乐永远与她相伴！

11. 从春天到冬天

恍然就从春天一步跨过来了，《天气预报》刚刚报道明天就降温了，我将开始穿上棉衣。

每天早晨可以站在阳台上欣赏楼下的银杏树，前几天一树的黄色，今日枝干光秃，那厚厚的黄色全在地上了。没有一楼邻居的声音和背影，尽是黄花满地。

且不说感情，这样的季节是人的身体最脆弱的，我每天都会哄着父亲多吃一点点，天气渐凉，他的胃口很不好，开始反流，恶心得难以下咽。看着他一天天地消瘦我爱莫能助，全世界的人都不能分担他的感受。我每顿做两种饭，希望他能够选择一样喜欢的，可是总剩在碗里，看着他难以下咽的样子，很揪心。

"再吃一点吧。"我总是小心翼翼地央求。

妮妮说："您不是他，您怎么知道他有多么难受呢！"

妮妮一天天很平静又紧张地往返于学校和家，这个租的临时的家，已经留下我们的声息，若是6月份搬出，或许我现在就该提前调整。妮妮，即使一起吃一顿晚餐也那么奢侈，我为此愧疚不安，多想为她多做点什么。清晨我洗一些水果，如果中午她回来见不到妈妈，可以吃上妈妈为她准备的水果。

书还在看，更多的时候成为休眠良药，也罢，省去躺在床上胡思乱想而不得已睡眠。渴望爸爸尽快康复，如以前的样子，常常听到他悠扬婉转的京胡声从窗内飘出来，我好奔着回家。

爸爸一生钟爱京胡，业内有人评价他的京胡水平是本地数一数二的。用他自己的话说，京胡是他生命的一部分，他和他的票友们每周都会出现在他单位的老干部活动室、老年大学、人民广场等地方。无论春夏秋冬，他从来都不会离开京胡，不论高兴的时候还是有心事的时候，他都会拉京胡去表达，那抑扬顿挫的京剧的旋律里，流出的是我永远也读不透的深沉。

若干年前，在小弟结婚的那天，也是票友欢聚的日子，几十名票友在爸爸的组织下，早早地来到弟弟举行婚礼的宾馆。那是一场盛会，票友们都准备了不同的曲目，从早晨8点一直唱到婚礼举行。前来参加婚礼的亲朋好友和宾馆的工作人员全都是观众，不论他们懂还是不懂京剧，单单因为这个巨大团队的欢庆也深深地吸引了他们。我认识爸爸很多票友，其中一位阿姨告诉我，作为京胡高手，爸爸从来不歧视任何唱得不好的票友，并非常耐心地配合不同的票友，因此他深得票友的尊重。

爸爸身体欠佳的日子，我听着二胡的声音也带着凄凉，是因为我的忧心的缘故还是那里面也有爸爸对故人的思念？我不敢去问个究竟，或许，即使问他，也得不到答案。我自小到40多岁的岁月里，爸爸一直是深沉的，他的言语很少，更多的语言都交给了京胡。偶尔我会把工作中遇到的难题说给他听，记得有一次，他非常淡然地说了句"庸人自扰之"。我不敢再轻易地诉说了，只觉得自己很浅薄。

爸爸说得最多的话，是儿时他给我们姐弟仨讲的故事，早期讲的都是《一千零一夜》、古希腊神话，后来也多讲《聊斋志异》里的故事。那时候，我们仨就围坐在爸爸身边，爸爸一反常态，绘声绘色，我们都非常期待。中学以后，爸爸经常给我讲外国文学作品中的故事，并且常常从临沂一中的图书馆借书给我看，记得当时看过《飘》《俊友》《傲慢与偏见》《钢铁是怎样炼成的》《静静的顿河》等，连《源氏物语》也稀里糊涂地看过——虽然没法看得很懂。

越是想起他的好，越有深刻的担心，总是担心他的身体，这即将到来的冬天，平白地增加了忧虑。

12. 粗人、毛人、蠢人及我

粗人、毛人、蠢人都是我，三者都很适合描述我。天知道我怎么是这样的人，先天生成，后天难改。

小的时候我常常碰倒桌椅，疼得瞬间呼吸不顺畅，不仅腿上碰出一块块青，还要招致爸爸的严厉批评。爸爸还总是指责我叠的被子不够规范，不够整齐，总是指责我犯类似的错误，还常不小心把碗、盘子弄翻，稀里哗啦不说，还常摔碎一两个，把桌上的墨水瓶碰翻，墨汁漫延到整个桌上而手忙脚乱，爸爸说我的动作不协调。

奶奶是大家闺秀，动作轻柔，举止很高雅，包括思想和说话都很大气，爸爸和妈妈都是老师，家庭环境还不错，我似乎与他们心中的期待很不一样，很没有大家闺秀的举止和风范。

这么多年了，我努力地学习，努力地改变自己的粗毛病，我上学做操的时候是被作为典范，我跳舞的时候常被赞誉，学校开运动会我一直是积极分子，还参加过舞蹈表演，虽然这样的事情不经常有，可是足以证明我不是一个"动作不协调的人"。

可是粗的行为还是层出不穷，不仅以前发生的事情仍然常常发生，还产生一些没经历过的事情。比如，小学时在妈妈的学校看人家割校园里的草，我也拿起镰刀尝试，结果第一下就把食指割了一个很长的口子，到现在几十年过去，手上还有深深的伤疤，很影响我的食指指甲部分的美观。

我曾经在起蹲的时候，碰到铁皮橱子的棱上，直接疼晕了，鲜血从头上流下来，只好去缝了四针。虽然这是血的教训，使我警戒了很多年，可是上周搬办公室的时候我还是再次经历了尖锐的疼痛，我再次碰到橱子棱上，疼得立刻抱住头，半天起不来，瞬间头上起个大包，疼了好几天。

自从有了家有了孩子，我的毛病似乎加重了，菜炒煳、水烧干的事情时有发生，把干净衣服投到洗衣机、穿翻衣服、乘反公交、切菜常把手切破、剪子掉到脚上……这些事会反复发生。

至于碰到沙发角、楼梯角、桌角这样的事情更是接二连三，我的腿的不同部位还是此消彼长的瘀青，看到这些瘀青的时候自己也忘记什么时间、什么地点碰的。

上述这些历史的记忆，是因为我今天又受点小伤，上午从橱子取文件的时候，四个盒子想一起抱下来，结果高估了手的力量，一下没拿住，盒子一下子砸到我的脸上，在腮下划了一道口子，火辣辣地疼，我赶紧触摸着受伤部位，接着血就出来了，完全是工伤，因为我号称"粗人"，粗人这样的举动很正常，并没有招来很多同情。

很沮丧，看着破相的脸。

F先生赠送一枚创可贴，看来看去，比那伤口还难看，但是好意难却，我怕伤着该先生的好意，还是拿出小镜贴到脸上了，谢谢F先生，关怀的作用大于创可贴！很温暖。

其实我一直认为自己感情丰富而细腻，却如此粗陋不堪，傻事不断，常招致大灰狼的嘲弄，他说我很"纯"，开始听起来很受用，我是很纯。后来因为他再次这么评价是在做完一件蠢事后，才知道"纯"原来是"蠢"。我的举止和我的内心居然反差如此之大。

当然，内心细腻丰富是我自己的感受，至于别人如何看待我没有考究过。

不仅粗，而且蠢，关键是笨。

笨在于我就是脑子反应很迟钝，尤其面对伶牙俐齿的人，遭到伤害是难免的，总是缺乏回击的灵感和语言，过后才想出来怎么反击那些言语伤害我的人，可是已经晚了。"伤害"的表述有些严重，不过就是开开玩笑。

一个缺乏幽默感的人！

我蠢笨的一个很重要的原因是不会掩饰自己，呈现得过于原生态，常被人曲解，常被人想得复杂了，而自己的反应迟钝不足以来保护自己避免受伤，于是受伤是经常的事情。评估办人人号称容易"受内伤"，而我觉得我也许最容易受内伤了，因为我的蠢笨。

Z小姐很有教养，很善解人意，很善良，她曾经善意地对我说：你容易招致女人嫉妒。这话可令我很吃惊，更多的是感动，这句话的背景是，她是爱惜我的感情，而且她没有嫉妒。虽然我还没有搞明白我有什么是值得嫉妒的，没有好的性情，没有好的作为，没有好的姿容，没有好的衣服，没有好的地位……我简直是一塌糊涂。可我还是很感激她，也许我不能如她期待的那样不再招致嫉妒，可是不知道问题出在哪里。

中学的时候一个女同学因为我一笑脸就红而不高兴，那时我很自卑，于是就很讨厌自己脸红，虽然至今还是容易脸红，可是那时不会解释，而现在知道是毛细血管丰富，容易充涨。干吗在乎她怎么看我呢？

大灰狼也常曲解我的好意，或者歪曲我的意思，我为此常受伤，不知道站在别人的角度我是啥样子。

我的粗陋、我的毛糙、我的蠢笨也许很难改变了，对妈妈最大不满意是将这样的性格给予我，在后天也没有把我教养好，而我最担心的是我的女儿也如我一般，好在她看起来好多了。

13. 大哥大嫂的浪漫往事

其实"大哥"是我的同事，小范围的同事聚在一起，我们常常喜欢这样称呼他。

大哥才华横溢，却又十分谦逊，与他共过事的人，对他最经典的评价是：他从来不知道拒绝。无论是别人有求，还是工作，他从来不说"不"，他经常接到临时性的工作任务，甚至不是工作职责范围内的事情，要短时间内完成，多是费脑耗神的事情。他常常通宵不眠，第二天仍然准时上班，从他表情和语气上，从来看不出任何怨言或者有功者的资本。

大哥很帅气，是那种斯文的帅气，我们开始都以为大嫂当然是闭月羞花，当我们见到大嫂的时候，完全不是我们想象的样子。大嫂毫无现代女人时尚追求的痕迹，完全是非常朴实的那种，有"大嫂"这个称号的厚重和母性。他们夫妻俩从外形到文化内涵上明显有差异，可是，他们有什么浪漫的故事？

关于大哥大嫂有很多版本的浪漫故事，比如"煤油灯""台灯"和"路灯"三个阶段的故事、"斧子"的故事、每周骑车80里相会的故事、鸿雁传书的古老的故事……我今天只说最后一个故事。

大哥16年前在复旦大学学习,离家很远,电话又没有普及,不可能像现在一样可以电话听声音或者在任何时候发手机短信,也不可以上网聊天或者语音聊天、视频聊天,更没有条件飞来飞去,那时的生活条件也远无法和现在的比。大哥和大嫂只能用书信联系了。

那时的大哥30岁多点,和大哥同处一个房间的同学是已婚的人,同学看到大哥每周有三封来自老家大嫂的信,每次大哥都回信,同屋的同学很纳闷,为什么自己和大哥有那么大的不同呢?自己夫妻俩就觉得没有那么多的话要每周三封信,而大哥大嫂究竟有多少话儿要说呢?

终于憋不住这好奇心了,同屋的人问大哥:"你们夫妻俩每周三封信,怎么有那么多话说呢?"大哥浅笑了一下说:"都是鸡毛蒜皮皮的小事,要是你好奇,就给你看看。"说着就把手里的那封信给了对方,同屋的人无比好奇地读起了大哥的情书:"我今天又买了一个新的床单,花了20元钱……"原以为会有很多激情澎湃的爱情宣言,原以为会有让人牵肠挂肚的思念,原以为会有一个人撑家的满纸怨言和辛酸,可是片字都没有,全是琐碎家事。

同屋的人似乎很失望,说:"我爱人就是买三个冰箱也不会写信告诉我的。"

后来,还是每周三封信,同屋的人有没有再读我们不得而知,但是我想,不用读也知道,或许下封信里会说,又买了几包盐、吃了几次水饺等。就这样寡淡无味的信,他们乐此不疲地往返着。

我忽然想起另外一个与大哥大嫂无关的事情,也是一个年长很多的同事,她是20世纪70年代结婚的。那时,没有汽车可以接新娘,骑自行车接就是很先进的方式了。同事当时在基层工作,结婚的路线要经过一段土路,她说他的新郎去接她,就是自己骑一辆自行车。用她的话说,路上遇到情况还要多次下车,比如遇到沟沟坎坎、遇到有水的地方都要下车。她的孩子现在已经在北京工作,她早就拥有了自己的汽车,可是她跟我讲当年的这段往事的时候，仿佛回到了当时，脸上荡着甜蜜的微笑。

我也跟他们一样，心里充满着甜蜜的回忆。

14. 大雪及其他

上周四的下午，我被抽调到另一个新组成的部门工作，等待6月份的评估。我和另外8个人将奋斗6个月的时间，没有周末和节假日，中午常不能回家。要命的是我离开了我的办公桌、我桌上的书、我的物品、我的同事……虽然新的部门也是同事，可是我仍然无法离开已经一起共事那么久的同事。

刚去的那天刚好下了一场大雪，至今那个辽阔的院子还是覆盖着一层雪。似乎好几年没有看到这样的大雪，每当下雪都担心会化去，可是这次雪停留了这么久，放眼望去真的如童话世界。白的雪为什么会让人产生这样的感觉呢？是因为洁白而感觉纯洁或者纯净？

每日埋头审核材料的时候，时间很快就过去了，周围的东西都是资料，没有我自己的痕迹，可是半年后，也许我将又无法与这里割舍，不知道是心态老，还是太容易产生感情。总喜欢已经习惯的，先入为主对我来说这么致命。

记得多年前的一篇文章里说过一句话：我这人不能有太多的经历。储藏在心里，难以释怀，经历得多了，怀念就多；怀念多了，失落就多。人无法拥有永远的朋友，永远的亲人，永远的相伴，总是要分离，总是要告别，所以我比一般人更容易伤感。明明知道一切都会成为往事，一切都会成为旧人，可是还是想挽留。

我将改变生活和工作方式，以适应以后的工作。也就告别了那个阶段的我，可是不知道6个月后，我还能回到现在否？那时的我和现在的我哪个更精彩呢？

要是那仍然存在的雪不化掉就好了，可是怎么可能呢？就如我，明天和今天仍然是不同的。

15. 到农村去

我战战兢兢地开车去了农村，一路上踩离合的那条腿处于高度紧张状态，所有的十字路口我都紧紧地踩着离合，唯恐不小心车子会冲上前去撞上别人的车。这样的情景不仅在大街上见过多次，而且也在梦中经历了几次。我之所以在路上这么紧张，是为了到达目的地时那种无限放松的感觉。

大灰狼不在家，我很久没有去看望公婆了，他们一直在想念我们，我知道他们永远都不会打电话让我们回去，因为他们知道我们有自己的事情做，但是他们的心里十分想念。此去看望他们，还有私心，我希望去那边会让我短暂地遗忘工作和生活的压力，进行彻底的心灵转换。

我在乡间的小路上几经转弯到家，虽然空气是冷的，可是我仍然打开车窗，泥土与干枯的植物发出的温暖的气息，还有小河里只有在冬天落满了植物的叶子才有的独有的气息，扑面而来，深入我的心脾。这样的气息，使我心里忽然怀念起一些人和过去的一些事情，虽然此刻的情景也会成为未来怀念的内容。

公公婆婆看见我回家了，高兴地坐在我的身边，虽然没有说多少话，可是我感到了他们的期盼和对孩子独有的温情，他们不表达，却使我感受得更多了。

意外的是参加了婆婆家一个亲戚的婚席，在农村叫大席，一个姑娘出嫁的约客宴请，第一次领略了农村的喜筵。

在村子中间有一个小饭店。这不重要，关键是喜筵要"四大件"，大家围坐在一起，先上点心和凉菜，后来上第一道大菜，叫"参底子"，真够大的，好大一个茶盘作为盘子，满满一大盘的菜，有海参、白木耳、黑木耳、肉片片等。新鲜，味道比我想象得要好。还有好多没有吃完呢，就被端走了，我眼巴巴地看着喜欢的黑木耳、白木耳被端走了，莫名其妙，接着上第二道，是烧鸡，仍然是半截端走上第三道……

我非常纳闷为什么非要这样，小声问旁边的女老乡，说是风俗。不管是否吃完，都要把上一道菜端走才能上另外一个，那么每一道菜上来后，客人要抓紧吃，否则第二个来临的时候就得端走第一个。由于这样的安排，每个人都尽情地吃，四道大菜上完之后再上几个普通的菜，那时其实大家都很饱了，但是还没有结束，稍后会给每人上一碗面条，这总该结束了吧？不！还有呢。吃过面条，每个人要出去活动活动，为了消化一下再吃下半部分筵席的饭菜。如此一来，整个筵席将从中午12点延续到下午4点以后，整个阶段就是不断上菜，不断吃。遗憾的是，因为我的时间很仓促，四道大菜上完我就走了，没有坚持到最后，没有吃上面条，也没有等待下半部分。

回来跟我的朋友讲起，朋友说，这样的大席分"上集""下集"。原来像是电视剧，还分上、下集，我上集没有进行完就走了，没有体验下集。

主人敬酒也不是我经历的要自己一饮而尽，先喝为敬。因为我非常惊诧地是看到他倒了满满一杯酒放到我面前，也就是说我看着两杯酒了，刚端上的就是他敬的。天哪，自己不喝，每个人给端上一杯就等于敬上了，interesting！

最搞笑的是，坐在我两侧的是两个女老乡，她们发现了我的手，惊呼道："你的手真白，真胖！"说罢，一人抓起一只我的手开始摩挲起来，"啊，好软！"她们朴实地笑着，连皱纹也绽放着光彩，说着，同时握着我的手，我的手就这样分别在她们两个人的手中。天哪！仅此而已，我的手比我的女朋友们还是很有差距，而与她们时常劳动而不注意护理的手显然还不错，可是在饭桌上的这种行为，实在令我尴尬，却不知道如何面对。

酒席难忘。

回到婆婆家，看着婆婆公公坐在我的旁边，心里很温暖。如果没有周一，如果不用上班，如果没有那么多需要做的事情，我真愿意就这么坐在他们中间，放松而温馨，我感到了我的重要，我也感到了他们对于我的重要。

16. 丢了从此就没有了吧

在一大圆桌的同学间，我又走神了，因为蕾从北大医学博士毕业回来，高中的同学为此相聚一起，难得有25人的规模，那些嬉笑、激动的言论、久违后的亢奋充满了房间。

我走神了，左手不自觉地把弄着颈上的水晶项链。

哗，项链散落了，从我的手中溜走，稀里哗啦，蹦在地上还有悦耳的声音，那声音一定不如我的尖叫声大。天哪！天哪！它们全跑掉了，从我的衣裙滚落到地上，还在蹦着，闪烁着五彩的光泽。

我心爱的水晶项链！

我只管惊叫着了，所有的人的眼光都投到我的身上，那一刻才开始后悔，我心爱的东西要珍惜，我怎么不知道它会断开的呢？

我在遗憾中。

当醒过来的时候，同学们都在手忙脚乱地为我寻找那一粒粒的水晶了，低头时，身高1.8米多的伟峰同学已经蜷缩在餐桌的下面，他那么胖壮，在桌子下面实在很委屈，更多的珠子在他的手里，他起身递给我，又继续寻找，其他同学三三两两地递给我一些，我也在地上找，翠微帮我串上，只是断开的地方没有办法连接，我们用餐巾纸一层层地包起来。

就这样把热闹的聚餐搞得更热闹了，如果不是亲爱的同学们一起，这是十分荒唐的，如果不是同学，我也许就得看着珠子散落在地的情景心里只有着急了。

感谢翠微、伟峰以及诸君，能容忍我的邋遢，我的失态，我的不专心。

珠子再度被串起来了，可是戴在颈上似乎短了一些，心里很不爽。

坏了再修复，就不是以前的了。以前的就是被我丢掉了，丢掉了心爱的东西，就如丢掉了魂魄的一部分。近日来一直为此隐隐不欢，而又不能改掉粗陋的毛病，如此一个女人，与细致和阴柔相去甚远，我想大灰狼能忍受我到今天已经很不容易了。

我自己常不能原谅自己，一再犯此类的毛病，却总是改不了。

我曾对别的男人说，自己的妻子健忘是可以原谅的，因为我认为女人婚后都十分健忘，因为她的脑子里都盛满了丈夫、孩子和家务，唯独把自己遗失了，拿在手里的东西也要到处寻找。所以，失魂落魄几乎是所有女人的通病，除非养尊处优，不需刻意记得自己的丈夫、孩子、老人的女人活得过于细致有条理。而男人常常是看到妻子眼前的毛病不能原谅的，他总是把眼前的女人与婚前还是女孩的她进行比较，可是那时女孩心里的确单纯得只有他，前后是无法相比的。男人没有看到这样的变化，而心生怨恨，积累多了，就讨厌起眼前的"黄脸婆"了，而女人也常常就这样迷失了自己，回不到从前的青春靓丽了。

何止是青春靓丽，女人的心也无法回到从前，女人的感情也回不到从前，中间横隔着这么多的岁月，这么多的柴米油盐，这么多的恩恩怨怨以及诸种幸福……

那时的幸福和眼前的幸福的含义一定不同，眼前的幸福更多地建立在别人身上，以丈夫为荣，以孩子为荣，唯独少了自己。

坏了才懂得要珍惜，失去了才觉得尤其珍贵。还有好多没有失去的，还有好多是可以挽救的，重要的是别丢失了自己。

婚前尽管很贫寒，大灰狼还是为我买了银的嵌紫色水晶的戒指，为这枚戒指，我丢了又找，几乎神经兮兮，可是后来固定水晶的小花瓣断掉了一侧，从此没有戴过。他说再买一枚，可是他哪里知道，这一枚永远不会有替代品了，一直埋在心底是个心事，只有最初的那个才是属于我的。

我回不到从前了，还好我还有现在，丢了所有过去的，我还有此刻。

17. 冬天的菠菜

有戏言秋天的菠菜最含情，而大灰狼在我生日的今天，为我准备的是一碗冬天的菠菜，说那是我的生日礼物，因为他没有时间为我准备生日礼物，而晚上我还要值班。今天他已经没有机会了，确切地说，这样的礼物比较符合他的个性——生活的真实，这让我哭笑不得。我说没必要那么矫情了，我有丰富的内容，我有稳定的情绪和生活方式，有没有人祝贺我的生日不重要，最该想到的是多年前的今天给我生命的妈妈，最应该为她祈福，感谢妈妈给了我生命，感谢她对我的培养，我没有辜负妈妈！

一直重视生活内容，也更重视生活形式，现在居然不再那么苛求，形式已被推在身后了。仅一碗菠菜，也把柔和和温情递到我的心里了，太繁华的形式可能不长久，太华丽的祝福也许会滋生过分的期待，也许明年的平淡会陡升很多伤感，就这样吧，很朴实的祝福。

使那些遥不可及的期待变得近在咫尺的绝妙的办法，是从自己的内心寻找自己想要的。

期待威士忌吧，朋友从国外带来的，说是要推后为我过生日，找个由头可以挥洒一下。

18. 对死亡的敬畏和对生的永恒的追求

当我跨过此生的门槛的时候，我并没有发觉，死亡之神无时无刻不在追随着我。

她关照我，无论我疾病，无论遇到那么多凶险的事情，还有煎熬心灵的事情，她一直跟在我身后，她将根据我在世界上的种种表现来决定是否要把我召回。

我以一个女儿的身份，以一个学生的身份，以一个母亲的身份，以一个妻子的身份，以一个好朋友的身份，以一个陌生人的身份……我对所有我所能关照的人予以关照。我尽情享受着每天升起的太阳洒照在我身上的温暖阳光，我尽情感知着亲人、朋友对我的关怀，甚至陌生人投放到我身上的温和的眼神。

我有那么多爱，尽情地爱着人，我以最大的热忱享受着我的生命。我爱今生，也许我也一样爱着死亡。那充满着神秘的死亡，让我对生充满着无限的眷恋和爱。

我穿越梦中无边的森林，在冰冷的河岸，那死神的手指触摸着我的额头，我以为她在召唤我，我的心在努力挣扎，我如此爱着河那岸的斑斓的世界。我声嘶力竭地呼喊着这个我爱着的世界，哦，我回来了，我又回来了！

我前天早晨初进洗手间的时候，忽然间，我的气管过敏，呼吸迅速变得困难了，孩子已经上学了，我强走到卧室，找到一片药吞下去。可是过敏来得太迅猛了，瞬间我不能说话，不能挪移，不能做任何事情，我觉得整个身体在收缩，脸涨得发烧，整个人缺氧，这迅速增长的过敏，使我只能束手在一个位置，一个姿势，而且也说不出话来，没有能力打电话。我想起了曾经背过的单词——abyss（深渊），我的思维在下沉，身体在坠落，那时我一定非常丑陋，我正以最丑陋的姿态往深渊中坠落。瞬间一丝绝望涌上心头，我将离开，我将离开我热爱的世界和我热爱的所有人。我想，我祈求上帝也来不及了，不知道那天上的妈妈是否可以拯救我。

所有我爱的人和爱我的人，他们此刻都不在我的身边，我将无法让大灰狼瞬间来到我的身边，即便在我身边他也束手无策。很久之前的一次，也是因为这样过敏，他无法采取任何措施，我拒绝他叫120，看着我呼吸困难的样子而又束手无策，他的眼泪无声地滚落下来，那个瞬间是我永远的感动。我走过来了，就如这一次，我抗拒了死亡之神。

我不能确认我是否还会有这样的经历，我所有的小包包里都放着可以挽救我的药片，可是我又常常忘记带着小包。当我高兴得得意忘形的时候，当我无比忙碌的时候，我常常什么也不喜欢带在身边，我喜欢清清爽爽地出门，可是这次的经历又提醒我随身带药。

最恐怖的是，我在别人身边发生这样的事情，我宁愿跟死神而去，也不希望自己失去了体面和风度。

我的死亡体验，再次让我想起了那些我所轻视的和忽略的东西以及世界上一切的可爱。

我钟爱的邓丽君的温婉缠绵的歌曲，在中学时代就被人指责为靡靡之音，而我是那么狂热地喜欢她和她的歌曲。后来我更喜欢她，是因为她的死亡方式震撼了我。我没有亲眼见，但是听别人说她也是过敏性哮喘，在房间里发作，裸体跑出来，没有人能救助她，就这么无助地离开了这个世界。痛哉！可爱的邓丽君，我深深地喜欢她的歌曲。每每听，每每唱，都刻骨铭心地痛，虽然那些歌曲那么甜蜜。

在那么多闲散的日子，我浪费了很多时光，在死神追赶我的过程中，我将加倍爱惜我的时间，我的生命。

明天太阳照旧升起，"早晨醒来，我发现我的园里，却开遍了异蕊奇花。"（泰戈尔语)

19. 您在天上飞

我知道您一直在天空看着我。

我的第一个梦是在您离我百日的时候，我看见天上富丽堂皇，车水马龙，我知道您就在那中间，我试图寻到您的踪影，却被别人叫走。那古典而喧嚣的街市里，妈妈，您在做什么？我多么希望你正牵着我的手一起在人群和车辆中漫游。

少儿时代有多少的日子，您一直说，您的女儿是那么丑，丑得如猪八戒，那时我第一次知道猪八戒是什么，也第一次知道猪八戒是多么丑。为了让我不太丑，您带我去街市买漂亮而鲜艳的花布为我做裙子，可您为我做的长长的裙子足以穿5年也不会太小，您希望我可以年年有裙子穿。您一直说我的皮肤又白又细，非常适合浅淡的颜色，在那样贫穷的年代，您一直装扮我，希望我漂亮点，您牵着我的手无数次出现在您的同事、朋友、亲戚中间，我得到的都是赞扬，因为我的样子，因为我的乖巧，因为我优秀的学习成绩。每每我得到人们的赞扬，而您只说，是个小傻瓜，可我分明看着您的脸上自豪的表情。大了，我知道您口中的"猪八戒女儿"纯粹是您对我的昵称，原来在您的眼里我是最漂亮的，不变的是您在我的孩子已经长到我当时的年龄的时候，您一直还说我是个小傻瓜。妈妈，我多么渴望您永远地这样喊我"小傻瓜"。

妈妈，我第二次梦见您，是很多人都告诉我梦见您之后。您频频出现在弟弟们、表姐妹们的梦中，他们告诉我梦见了您，您知道我多么羡慕他们，我多么期待您也出现在我的梦中呢？我第二次梦见您，确切地说是第一次，跟平时没有任何区别。如往常无数次周末一样，我回到家，看到您的背影，您坐在茶几旁正在擀饺子皮，您在包水饺给我吃，而且一定是白菜肉馅的，因为我最喜欢吃这种馅的。冬天的时候您非常喜欢我给您买的那件深红色柔软的外衣，夏天的时候您一直喜欢穿那件浅色白底碎花的衬衣，这个梦境十分清晰，就如多少个日常的周末的情景一样。每个周末早晨的第一个电话都是妈妈打给我的，电话一响就知道是您让我回家吃水饺，我就这样理所当然地享受着您的关爱，多少年如一日，我可从来没有想过这样的日子会中断。现在是父亲每个周末打电话给我，还是吃水饺，父亲从未像您那样亲昵地喊我"傻闺女",可您的声音总是在周末的早晨回荡在我的耳边,盘旋在我的脑海中。水饺意味着周末我们全家大团聚,您坐在沙发上,眼里满是慈爱,餐桌上是满桌的菜,您看着我们吃,天知道这满桌的饭菜里包含着您多少辛苦,我们只管享受您的爱和您准备的菜。父亲将我的爱人称为"筷子手",称小弟为"掘土机",他们都很能吃菜,而爱人动作快,小弟夹菜多,可每当此时,您只管笑着看大家吃,尤其是看"筷子手"和"掘土机"吃菜,您倍感开心。

今天中午,我又梦见了您,我们都很开心。场景是在儿时我们家的小院里,我们俩正忙着种菜、种花,您当年那么年轻,那么快乐。我们一起把院里的那块地整理得平平整整,虽然是那么小的一块地,我们却种上了黄瓜、西红柿还有菊花、粉豆花、夹竹桃和葡萄。那个小院充满了勃勃生机和春色,小黄瓜总在雨后长得快,第二天还没有长到足够大就成为我和弟弟的腹中之物,您看见那初长的黄瓜没了之后总是用眼睛瞪我,那眼睛里分明是躲藏不了的爱。妈妈,在干活的时候我尤其会记起您常常握着我的小手的那双大手,是那么粗糙。我的孩子握着我的手,总是说"妈妈,您的手真软",我常常注意保养它。人们常说,女人的手是自己的第二张脸,要好好爱惜。妈妈,您似乎从来不用护手霜,那时我们很贫困,这不是主要原因,主要是您似乎从来想不到自己,您的心里装着工作,装着外祖母,装着祖母,装着父亲和我们。祖母由于腿疾在我们家躺在病床上15年,您一直在工作之余伺候她,为祖母洗尿布,为她做可口的饭菜,我们吃剩下的,您就没有什么好吃的了。您从来没关注您的脸和手是否有保养,您的心里都是别人。"久病床前无孝子",而您侍奉奶奶15个春秋,您创造了孝顺的奇迹,您用行动为我们做了榜样,而我却迟钝地让您在不该走的时候永远地离开了我们。奶奶在您的照顾下,在88岁时无疾而终,您得到了几乎所有人的赞叹,而您早在40多岁就全部白发,我从来没有想过您受过多少苦,您从来没有让我们产生这样的思考,因为您一直是那么快乐,那么坚强,您一直是生活的强者。难道是因为您在您短暂的生命里极大地发挥了生命的作用才匆匆离开我们？您留给我的尽是坚强与吃苦耐劳的一面。

妈妈，此刻我多么渴望再听听您的声音，让我再抚摸您的手，让我触摸到您。无论我多么不能原谅自己的粗疏，自己的不孝，我都无法去让您重回我的身边，我深切地感受到什么叫"无回天之力"。妈妈，您继续到我梦中吧，好让我在梦里与您同在。

20. 又是母亲节

满大街的鲜花，上面写着"送给母亲的鲜花"，一束束漂亮而温馨，那些花店和服装店挤满了给母亲买衣服和鲜花的女儿们，她们的年龄各异，因为她们的母亲都一定健在，而我却成了旁观者。往年的母亲节，总是给妈妈买一身衣服，那么多舶来的节日，唯有这个节日我最认同。我看见那些忙碌的女儿们，眼泪夺眶而出，我从此没有了这样的荣幸，长眠在九泉之下的母亲，您是否还期待着您唯一的女儿送给您的节日礼物呢？

在父亲的书房里，我对着您的照片，敬您一杯薄酒，满腹的话却无从说起。您的眼睛那么慈祥，而我在那么多能随时能见您的日子里，却疏于去享受您母性的眼神。最难忘的是您的眼神，最难忘的是您为我送行的眼神。此刻，如果您在天上，您一定看见您的女儿在泪流满面，在深切地思念您。

因为年轻时的积劳成疾，您的腿得了骨质增生，记得我还上学的时候您就经常腿疼，可您似乎从来没有当回事，因为那么多的事情需要您去做。等您退休了，您就忙着帮我看孩子，照顾家，看弟弟的孩子。在您的照顾下，我们夫妇俩得以完成我们的硕士、博士学业，在那么多的日子里，您忍受着疼痛的双腿，为我们消耗着您的生命。过去了这么久，往事却越来越清晰，每当我下班回家，桌上已摆好了饭菜，您在沙发上安详地坐着，看着我们的狼吞虎咽，您满脸的幸福。您无限疼惜地对我说："看我的女儿每天都是跑着上班，太紧张了。"我诧异地问："您怎么知道的？"您说，每天我一下楼，您就会在阳台上看着我跑走去上班。那么多的岁月里，我们重复过着每一天，却从来没有感到您身体的衰弱，您也不会让我们知道，您拼命地劳作着，大概您要在有限的生命里把所有的事情做完，为我们做更多的事情。我们在上海、本地穿梭着，奔忙着，而您默默地为我们做着本该我们自己做的事情。我想，等我毕业后就好好地孝敬您，做您喜欢的东西吃，等我有了更长、更宽松的假期，我带您去旅游，可是您在我即将完成学业的时候永远地离开了我们。您的使命完成了，就悄悄地走了，留给我们是无尽的遗憾和思念。

无数次的周末，我们回家吃团圆饭，那时您能从楼上下来送我到院子大门口，您抓着我自行车的车把不肯放开。现在才明白，您珍惜和我一起的每一寸时光，细细碎碎的事情，柴米油盐，家里家外，冷冷暖暖，您总是交代不完。当您的腿疾更厉害的时候，您只能下楼送我，一看到我要离开，你总是强撑起疼痛的腿，强忍着下楼，我总是跑着下楼，避免您下楼。可您总是执意扶着楼梯下去，唯恐慢点我就跑得没有踪影。然后，您站在楼梯下，为了可以多看我一眼，您就那样站立着。那时您的腿一定疼得厉害，而我却走得那么决然，我浅薄地认为我那样走了，您就会上楼，可是据楼下的阿姨们说，每次我离开您的时候，您都会在楼下久久地站立。

后来，当您下楼也很不方便时，您每次就在窗口往下看，看我离去。此刻我想，那时多少个离别的日子，我毫无知觉不疼不痒地就走了，而您在窗口的目光一定期盼着能穿越那么多的楼房和空间一直陪伴我回家。你从来不对我有过分要求，您知道我非常忙碌，您不愿意耽搁我的时间。我回望窗口的您，心里总产生丝丝的不安，您走后的这么多个日子里，那样一个场景居然定格在我脑海里，挥之不去，思之愈浓。

每个端午节的早晨，我都能吃上弟弟一大早送来的粽子和鸡蛋，那是您头一天晚上包好煮出来的，我只管尽情享用您的疼爱。今年我知道这不可能了，我自己学会了包粽子，是为了让往年能吃上您包的粽子的人都一样吃上，楼上的邻居吃着我包的粽子发出感慨，说"每当节日的时候最想亲人"时，我的眼泪又涌了出来。妈妈，因为您的离去，我似乎才真正懂得爱别人，虽然我包的粽子很蹩脚，四个角还漏米，可是那一份节日的情感、节日的气氛，总也不是往昔。但是，妈妈，我尝试能把您的爱延续下去，让父亲、弟弟和孩子们，感受我更多的爱，虽然总也比不上您，可是我会努力做。妈妈，我会努力地爱人，爱更多的人，我会把您的精神和品格努力延续下去，我会像您一样极大程度地发挥我生命的力量去多做事情。

21. 与母亲有关的只言片语

最近我很喜欢周杰伦的《听妈妈的话》，是我的孩子推荐给我的，真的很好听。我不了解周杰伦，孩子告诉我，似乎他是跟着外婆长大的，我听着情绪很浓，但是心态非常积极。我有非常健康向上的生活方式和心态，比如，想我妈妈的时候，我可能会失声痛哭，但是哭过之后，我就转化为上进的力量。

世界上只有亲娘是独一无二的，无人能替的，虽然父亲也如此，可母亲的爱总觉得是最珍贵的。我就是在这一年的时间里，常常在这个时间段想念我的妈妈，无法克制，恨世界怎么如此无情。妈妈一直没有足够的时间跟我聊天，她总是嫌跟我在一起的时间太少，而我总是很忙，我觉得来日方长，因为她才68岁。后来看见大街上那些老年女性，就自然想到她是某人的母亲，她的孩子多么幸福，因为她们都是母亲，甚至那些闯红灯的没有规则意识的母亲我都能原谅，因为她们是母亲。无论她们穿着好坏，无论她们长得丑俊，我都觉得很可亲，因为她们是母亲。

下周四，我母亲一周年忌日，提前一个月进行，这几天我很难受，时常处于思念母亲的悲伤之中。

我想做点什么，明后天我想做些准备，买些物品，我甚至连元宝都不会叠，人家说，自己的孩子亲手叠的元宝要好，可是我既没有时间，也不会弄，只好买。想到这儿，我又无法自制了，那句歌词我一直很喜欢"就让秋风带走我的思念，带走我的泪"，其实什么也带不走，没法带走。"没有人比我更疼你，想为你披件外衣，天凉要爱惜自己，告诉你在每个想你的夜里，我哭得好无力，求老天淋湿我双眼，冰冻我的心，让我不再苦苦奢求你回来我的身边。"这是歌词，觉得只为我写。我妈妈在去世的那一周里，一再交代我要爱惜自己，我喜欢穿裙子，她老交代我不要冻着腿，老的时候会腿疼。她的腿有严重关节炎，我给她买的护膝太紧，她保存着一直让我用，我坚决不用，她去世前的那周里，让别人捎到我家。我想，没有人再如此细腻焦虑地关心我。所以我总想，生死之间一定有个媒介，我常常会觉得她就在我身边，她能听到我在喊她，她一直在庇护我，可是我就是看不到她。为什么死去就是永远看不见，永远不能说话？我总是这么想，没有人能解释清楚，永远也不会太明白，我失去母亲后才知道自己多么傻，自己多么粗心，自己太自私，只顾及自己的感受，而很少想到母亲对我的需要。我得到的最大教训是，要好好爱惜自己的身体。以前觉得忘我，只想到别人，现在我觉得爱惜自己更重要，我希望孩子能尽可能地享受母爱，只有自己身体好了，我爱的那些人才会幸福，我才能有条件去爱别人。

思念母亲是自己的事情，好多的朋友，好多的同学，我总不能像祥林嫂一样诉说我对母亲的思念。白天我总是坚强的，快乐的，晚上常常就这样想起母亲，独自一个人失声痛哭。

人总是这样，当你拥有的时候，是无法这样深切地思念的，我对我的婆婆很孝顺，可惜我没有时间对她更好。我老公是"老来子"，婆婆44岁才有他，现在婆婆84岁，9年前她告诉我说，算命先生说她85岁升天，今年我回家，她又说明年春天她就会走，说得那么从容，可是我的眼泪就哗哗地流下来了。四年前我写过一篇名为《婆婆》的文章，把一些生活和感受写进去了，可是上次我回家，看见她比以前更苍老了，我一直感到很不安。我很想把她接到我家，但是我一个人带孩子，还要上班，非常辛苦。她是小脚，时时需要照顾，我经常回家，可是我为她做的事情仍然很少。她非常朴实，不懂得表达爱，周末期盼我回家，就晒好被子，在村里的大街等待我，经常是失望而归，她给我买农村的香皂、卫生纸，因为她知道我需要这些东西。我同样会很难过，我明明知道她这么大年纪了，可是我仍然做不到好好地让他享受儿子与媳妇的爱。原来生活里真的有这么多很无奈的事情。我每次回家，都完全陪她说话，我隐隐地担忧她也会离开我，心里很不舒服，却从不敢说出来，我也不敢对我老公说。村里的人都知道我很孝顺，她非常幸福，她常常向村里人炫耀自己的媳妇。我去村里，村民对我非常尊重，我非常感动，虽然家里条件很差。

我从小生长在教师家庭，差距是有的，可是我能非常真切地感受到她那无声的爱。所以到她家，我力所能及地做所有的事情，我觉得她的前半生生活得很糟，我力求给她更好的生活条件，我甚至喜欢所有农村的母亲，含辛茹苦，非常无私，要求非常低的生活。只要我回家，我什么也不让她做，以前还可以烧火，我就烧火；第一次刷碗，他们说什么也不让我做，因为我是城里的孩子，我很难过，就一直抢着做；每次回去，他们都希望我多住，我大伯的孩子也因为我回去就像过节一样快乐，我总是催促我老公多回家住。

一个人到中年要承受的东西很多，可是，最不能承受的就是失去亲人。我单位的一个老太太冬天的时候对我说："你看你一定多穿衣服，别冻坏了，要吃钙片，开始补钙。"我很感动，一下子受不了了，我觉得那口气怎么那么像我妈呢！

是我的妈妈让我明白我应该爱更多的人。

22. 告别

同事 G 调走了，今天来收拾自己的东西的，她在这个单位工作了几乎一生，到了退休年龄了，今天算是彻底告别了，因为她的爱人在异地做领导工作，无法回来，调令、工资、各类关系都转清楚了。虽然没有离开本省，可是毕竟也相差几百里，家都搬到异地，再相聚的机会也就少了。

她用过的办公室整个下午很凌乱，所有的橱子、桌子里的东西全拿出来，一件一件地收拾着，大家给她帮忙，仅仅工作笔记就几十本，她是个有心人，她把所有工作笔记专门收拾好单独放到一个箱子里了，我看着她盖上箱盖的时候，就似乎感觉把她走过的工作生涯全都收拾好带走了。

我的确笨，的确傻，一边帮她收拾，一边问她什么心情，她什么也没有答，可是眼睛顿时红了，这是最不该问的话了，不言而喻是什么心情，我还加了更愚蠢的一句话："要是我这么走，我一定很受不了。"终于，我看见她的眼泪出来了。

其实，我想表达的是，我很理解她此刻的心情，可是弄巧成拙了。

我上学那么多年，经历了多少次分离，经历了多少次车站的告别，多少次看见宿舍的同学收拾东西回家，校园里的同学背着行囊要远行，总是不堪这样的情景。多少年来，最不能见的就是离别场景，到处乱乱的，似乎大家都忙着分离，急于远去，看起来那么无情！

我一点儿也不觉得大家都放假回家就是好事，因为我得为此很久不能调整好情绪，虽然回家见到各自的亲人是很幸福的事情。

我和先生在婚姻的十几年里，有一半的时间是各自读书或外出学习，头几年车站、地铁站无数的分别是无法控制泪水的，无论多么想控制住都没有办法，顾不上在我们身边那么多穿行的人们。现在好多了，不再表现得那么矫情，可是心里的感觉更重了。

生命就是这样不停地穿梭着。

晚上我们为同事G设宴告别，我说："你走吧，我知道无论你去的地方多么好，无论你在异地生活得多么平静，可是你的记忆全是跟我们在一起的事情，因为你一生的工作都在这个地方。你可以一边做主妇，一边回忆，回忆这个地方，回忆与我们这些人有关的所有事情，你可能会常常走神，一不小心，你的心就回来了。"

我脑子里常常会闪现"过客"一词，觉得这是诠释人生的最深刻的一个词，因为所有的人都彼此是过客，母亲去世后，这种体会更深刻。所有的过客都匆匆而去，看起来了无痕迹，可是留在心里的东西却永不磨灭。

人生如果没有分别多好！

23. 更见温柔的眼神

往往在静止的时候能出发内心的活跃。

这样的感觉来自于前天晚上六个女友的相聚。有两人是好朋友，一位是常见文字而人不常见的，还有两位是初次相见。

不知道是我自己的心态变化了，还是她们都变了。英子的沉静里多了一份成熟，那是从言谈中得到了，她比先前能说一些了；而岚更显得沉静了，言语不多，却更显亲近；美丽从上次见到时就感觉眼神多了那么多的平和与安然，如此温柔淡定，是我先前的认识太肤浅吗？

生活和经历对每个人都留下了痕迹，留在心上了，也流露到眼睛里了。大家没有头几年相聚时那么激情的讨论，反倒是我有时间去感受生活的变化给各自的内心所增加的东西。

有些东西是需要拉开点距离才能欣赏的，比如老房子，看着好，住着也许并不舒服。比如美丽清净地乡间校园，偶住三五日倍感舒心，而久住也许就无法忍受远离尘嚣的寂寞。

漫长时间过后，很能见得人的雍容，就如那久经历史的老房子。我屡屡在聚会时担心冷落了任何一个人，而那天晚上居然也沉默了很多，大家品酒品茶品那一刻的感觉，彼此没有矜持却沉默着，她们都是语言能手，而那时语言显得无能。

彼此的关切都更多地流露到眼睛里了，这个世界烦恼苦楚无尽，可是一点点温暖，或者来自一次偶然的目光相遇，捉着一个萍水相逢的微笑，就让你觉得活得好。

我常担心，如果我突然地逝去，我将怎么告知那么多爱我的人，好让她们在某天想念我的时候不是那么突然地为失去而悲哀呢？

惊闻同事中又有人得不治之症，年轻幸福的人也不会躲过病魔的折磨，这世界千般好，还是要珍重身体，珍惜难得的友谊和关切，为同事祈祷，为朋友默默祝福，让那温柔的眼神永远照耀我们。

24. 关于婚姻

今天又一个女孩嫁作人妇，中午参加了她的喜宴，她那么纯真、可爱，她对生活充满了向往，特别是对幸福的展望使她踏上红地毯。尽管她已经快30岁了，可是眼神还是那么纯真，是因为她的心灵更纯真。不舍得看着女孩变成少妇，因为那样的纯真无论怎么挽留都会随着岁月而流逝，被柴米油盐等各种琐事而带走，什么样的男人会让一个女孩永远地保持着纯真呢？

我的心疼又什么用呢？她自己会觉得幸福，她会觉得我的担心很可笑，可是我经历了婚姻，我就是从一个纯真的女孩走过来的，婚姻及现实摧毁了最初的向往，难道我不幸福吗？可是这样的幸福和少女的幸福是不同的，那更多的是想象的成分。婚姻是可悲的，可是婚姻又是令人向往的。

记得我即将进入婚姻的时候，那么惶惑，那么迷茫，不知道这即将和我生活在一起的人是否能永远让我幸福。早些时候读三毛的书，里面的一句话激励了我——女孩子应该结婚，结婚后会幸福。不记得这句话是在哪本书中，也不知道原话是怎么表述了，意思就是这样了。而这么多年过去了，幸福多少是带着酸涩的成分，婚姻是冒险的。

婚姻完全不是感性的东西，是要理性对待的，这与结婚前女人对婚姻的期待完全不同，而那时纯真的女孩子更多的是浪漫的期待，缺乏理性的展望，这就是很多女性婚后失望的原因，白马王子毕竟是少数，真正的白马王子永远会对最初那个女孩、后来嫁作自己的妻子内心体贴、感知和欣赏，也许这是使女孩永远保持纯真的秘诀。可是，哪里有呢？婚姻会把女孩子的纯真打磨掉，会慢慢地适应对方的疲倦和四处的张望，因为丈夫所拥有的已不是最初那个纯真的女孩了，可为什么不是最初那个纯真的女孩了呢？却不予思考。

婚姻是幸福的，可是要付出另外一番代价！

喜宴中，已婚的人们畅忆自己的婚姻，畅谈过去结婚时的情景，畅谈夫妻关系处理的技巧。其实，哪有那么相似的婚姻呢？每个婚姻都以自己的方式存在着，别人的经验和教训只是别人的，而自己的只有自己才知道怎样对待。一个婚姻内的幸福也许在别人的婚姻里算不上幸福，而别人婚姻里的不幸远不如自己婚姻里的不幸，基本没有参照，幸福还是感觉。

从纯真的女孩到成熟的女人的距离那么遥远，那么大，这不只是时间问题，而是经历，经历各种幸福和痛苦，更多的是酸楚、适应、磨炼、容忍，直到最后，女孩所有的纯真，所有的期待，在各种事情磨砺之下变成成熟的女人，当然也有不成熟的，因为她们只会期待，而忘记了适应眼前的生活，所以婚姻才有诸种不幸。

祝福结婚的新人，也祝福在婚姻旅途中的人，如果不小心注意脚下，那么就容易迷途了。

写这段文字过程中，心中隐隐作痛，不知道为谁而痛，脑子很乱，言不由衷，不知所云。

25. 何以幸福

刚刚和周同学聊天回家，大灰狼和孩子都睡了，此刻的时间和空间都属于我自己。

我也如周同学一样失眠了吗？她要借助药物和酒入眠，而我因为她的无眠而无眠。周同学非常富有，资产不计其数，业务发展到世界很多国家，她也因此而远离家乡，尽管常常飞来飞去，可是总是觉得少了些什么。

孩子带在身边，父母也常常会来看，她也许并不缺少亲情。既不是因为缺少财富，也不是缺少亲情，又对爱情看得透彻，何以不幸福？不缺少这些就是幸福吗？

既然什么都不缺少，言何不幸福呢？来来去去，除了已经拥有的东西，也许总有一些是无法带走的。

记得在上海长大的小师妹非常羡慕地告诉我，你看你有家可回，比如你的家乡或许有一条小河，门前有一棵树，或者其他可以作为标志的事物，而我从小就搬家，到20多岁，就搬了5次，对家的概念很模糊。师妹的口气里满是无根的怅惘。我以为她生活在高知家庭，生活很优越，哪里知道80后都市青年还有无根者的忧伤呢？

是否，周同学一样也生了无根者的疾病？我劝告她多运动，直到自己有了疲倦感再休息，可能效果就好些。说出来反倒觉得很苍白，她的忧患意识很强，远非我的建议能解决的。

记得两天前的一个同学说过：人能活几辈子呢？就是说，要好好珍惜现有的一切，不做无望的期待，不做不现实的追求。

哲学家是最悲观的人，因为他们总认为自己无知，不能尽知世界上所有的事情，也就是说，他们是最有忧患意识的人，他们常常终生生活在痛苦中。社会的进步需要这样的人，可是，毕竟只能是少数。

而平凡的人——如我，贫穷有贫穷的快乐和简单，而富有的朋友，有富有的悲哀和无奈。恰巧今天清晨5点多，另外一个失眠的朋友打电话把我从睡梦中吵醒，一口气诉说了一个小时她失眠的原因，实在无法克制了就给我打电话。其实失眠的原因只是生活的一些小事，可是往往无法从里面走出来。

简单是幸福，把人性能够看得清楚也一样会幸福，因为能够宽容别人，或许因为自己很明白了，就不会因为对别人给予太高的期待却无法抵达而痛苦。

我无法说服朋友不去想那么多复杂的让她们无法入眠的事情，因为明白这个幸福的道理，需要一个过程，需要有意识，需要有思考。

无根不幸福，无钱不幸福，无爱情不幸福，有钱也不幸福，而幸福如果不早把握，可能今生就擦肩而过了。其实，无根有漫游者的悠闲和对根的期待的幸福；无钱有为期待财富而奋斗的乐趣；没有爱情有幻想浪漫爱情的美好想象；富有会帮助自己实现很多梦想……其实，幸福无处不在，关键在于心态。

昨天晚饭跟孩子讲，恋爱的时候，跟大灰狼常常吵架，吵架后的表现现在想起来滑稽可笑，孩子听了也大笑，我突然再现了少女情怀。看看现在仍然简单的家，却很幸福，孩子说过，虽然我们家很简单，可是很温馨。

一直追求学业，本该获得的现实的物质性东西都丢掉了，却拣回了无法用钱财买到的精神财富，这些东西将不断地为我的生活补给营养，让我能够驾驭生活中的很多苦乐哀伤。

跟朋友一起的时候，常常被认为很纯真，笑得很傻，那就傻点；若很世故，也许就不能进入生活的角色了。快乐着那时的快乐，感受着那时的感受，想得太多，也就远离了幸福。

26. 怀想让我如此欲罢不能

不是因为我预想了以后的生活如何如何，而是现有生活的经历使我想得复杂了，我的心里已经盛放了那么多东西，白发苍苍之后，那我得用多少日子来回味和怀想呢？

中午见到了师兄朱振武先生，他看起来苍老了很多，也许是长途旅行跋涉的缘故，从内蒙古赤峰要奔往上海，途经此处专程来拜访我和大灰狼。几年前，在上海一起听叶廷芳先生讲座的时候，还是那么年轻。也许是《达·芬奇密码》和《数字城堡》等作品的翻译让他增加了许多白发和沧桑，不过他还是那么幽默。他和大灰狼一直打嘴架，谁也不让谁，规定不准谈工作，不准谈学术，只允许谈生活，随即就问我，当年大灰狼是怎么对我坑蒙拐骗的，我笑而不答。

生活方面的事情，还是更多地不自觉地就回到了共同就读的学校，一起吃食堂，一起打篮球，一起搞小沙龙，一起在校园的某处争吵某个问题，一起喝啤酒的事情我倒是很少参加了。

上海的这个校园，永远把我的心搅乱着。

看着几年前和伙伴初去黄浦江边的照片，一直觉得现在的我最年轻，可是照片上的表情、皮肤和眼神还是与现在迥然不同。一直告诉自己要永远生活在35岁，既有成熟女人的内心，又有年轻人的心态，可是那么多的经历和感受，怎么会不变呢？

一直想把所有的生活片段分批记录下来，可始终没有机会坐下来慢慢地梳理。

操场边成片的栀子花的花香，每日包围着我们，翻译和论文搞得自己焦躁不安的时候，那萦绕着花香的塑胶跑道是我和师妹们释放心情最理想的地方，远离城市的喧嚣和灯红酒绿，畅所欲言，想坐多久就坐多久。

宿舍里每个周末都有沙龙，每个人带着小吃，一起会集到我的宿舍，一谈就是六七个小时，往往人越来越多，一张小床上可以挤四个人，或坐或倚或半躺，椅子上，甚至桌子上也是人，话题远远超过了文学，还有某个作家的嗜好，上海的时尚，恋爱、婚姻，也谈论某某导师的上课，甚至猜测他们的生活，还有上海层出不穷的艺术展览，有个师妹是做报纸的，常常免费送艺术展览的门票。

人们常说文学是没有用的，可是我们整个群体都生活在文学的精神世界里，不管有用没用，就是喜欢瞎扯一通。躺在床上之后，往往兴奋得无法入眠，每个人讲笑话，结果常常通宵达旦。

楼下小男生为了向对面楼里的女生求爱，用无数支蜡烛在两个楼之间燃起了大大的"LOVE"，搞得两个楼之间的女生们全部汇集到阳台上，观看助威，久违的纯情很可爱。女孩终于下楼了，本科楼里的女生大声喊叫让小伙子拥抱女孩并亲吻她，小伙子非常勇敢地拥抱了女孩，引来了无数的唏嘘声，我们在唏嘘声中躺在小床上，开始了夜间英语栏目的收听，虽然枯燥，却也增添了些生机。

深夜帮助睡眠的红酒，飘进窗口的香樟树的香味还混着玉兰的花香，迷醉而惬意，充实而快乐。

实在无法入眠，就轻轻地拧开台灯，在幽暗的灯光下读那些借来的原本枯燥却在深夜绽放美丽的书籍。

还有很深刻的是曾经跟大灰狼在操场上大声吵架的情景，忘记了什么缘由，只记得自己气疯了，好像整个世界都不存在了。几日不说话，各自回到女生楼和男生楼，在餐厅和校园的小道相遇也互不搭理，我高昂着头，目不斜视地从他身边经过，惹得和我一起吃饭归来的师妹大笑不止。

还有那么多，我总期待着在合适的时间，合适的心境下，慢慢地写出来。

当某个过去闪现的时候，却一下子就决了口，无法收回汹涌的记忆，曾经那么排斥这个地方，可是当我离开后，发现有好多东西已经永远地留在那里了。

当我看见朱师兄的沧桑之后,是否他也看见了我的沧桑呢?只是我远无法与他相比,他才华横溢,而且勤奋耕耘,而我只做小女人了。

27. 欢愉

当这个字眼在班车上的阅读中突然跃入我的眼帘的时候,它失去了原有的暧昧的意思,居然种种酸涩涌上心头,更多地想到了妈妈那里,是妈妈给了我那么多欢乐、愉快、幸福的日子,是不是欢愉用以回忆妈妈曾给予我的幸福时光才更恰当,更幸福呢?

我无法消去昨天深夜因为长久的哭泣而浮肿的眼睛中蕴含的倦怠,那无法遏制的忧伤和想念,使我的眼泪接连不断地流了很久。黑夜中,我不想给孩子哭泣的印象,那样会使她产生无声的忧虑,或者害怕。

深夜中,是最脆弱的时间,白天想来,一个人在白天和黑夜居然判若两人。黑夜中,心完全为自己敞开,想念就是完全的想念,脆弱就是完全的脆弱,这样的时刻,想念永远无法再见到的人,尤其是世界上最疼爱自己的妈妈,徒增很多伤感。

再过12天是妈妈三年忌日,不是因为这个日子的到来而更想念她,是因为积攒的思念,积攒的对被疼爱的渴望便在这样的时刻爆发,想念而不能得到的缺憾如此强烈。

遍忆从小到大妈妈的给予,那些点点滴滴怎几个文字所能概述?妈妈在我睡眠中的呢喃和抚摸,妈妈为我买的各类淡色的衣裙,妈妈带我去逛店的喜悦,妈妈为我做的最喜欢的面疙瘩汤……

妈妈在我青春期间对我说得那些模模糊糊的话语,那是不能明示而分明担心的事情,妈妈那时的语气,看起来若无其事但是内心十分重视的关于青春期孩子容易变化的那些事情,使我听后既能知道妈妈的用心,又能不觉得尴尬。一个母亲对成长中的女儿的各种顾虑都以那样的方式告诉了我，在饭桌上，在依偎的时刻，在睡前，在一起散步的时候，我接受了妈妈婉转的对女孩的教育。

研究者们通过研究得出的结论是，家庭教育的高低会导致社会的分层，而且尤其是母亲的受教育程度的高低和长短与孩子将来的求学和事业有一定的对应性。而妈妈是小学老师，在未成年及成年后的很多年，我断断续续悟出了妈妈那些含蓄的话语及那些话语的指向与想达到的目标。虽然她只是20世纪60年代的师范毕业，可是她最朴素、最温柔的一面毫无保留地给予了我，也许目前仍然有很多没有感知到的，虽然她的受教育时间不是太长，程度也不是很高，她与我同在的日子所给予我的仍然可以让我对未来的生活有所启迪。

记得高中一次考试结果不好，妈妈说：不要紧，还有以后呢。如果是爸爸，也许就是很严厉的眼神了，爸爸无疑是冷峻的，而妈妈是温柔敦厚的，说那话的时候，妈妈似乎完全了解我的不安和焦虑，这样一句话我一直记得，使得今天我也能以同样的或者更睿智的方式对待我的女儿。

当严重的关节炎一再让妈妈疼痛得不能走路的时候，妈妈最早在周末为我送行的时候，都是比较艰难地送到院子的大门口，穿越那些阿姨的眼光，我觉得我和妈妈都很幸福。可惜那样的记忆只有那些，后来妈妈下楼很困难的时候，是伏在二楼客厅的窗口看着我的离去。我总是走得那么决然，希望妈妈尽快回到温暖的屋子里。每一次回妈妈的家都是那么难舍，妈妈在窗前送我的时候，她的背后是客厅通透的灯光，这样的情景几年来已经定格在我的记忆中，屡屡映现，屡屡让我热泪盈眶，不能自已。所有的思念，所有对母爱的渴望凝聚在那个瞬间了。

我很理性地希望把从母亲那里得到的东西用于我的生活中，善待我的父亲、弟弟以及我的孩子和小侄，可是仍不能倾我所力地去给他们更多的关爱。

孩子之于母亲永远是孩子，甚至是柔弱的，妈妈所给予的温情使我更温柔理性地对待我的孩子。我曾对我的朋友说：当和大灰狼争执得脸红脖子粗的时候，当气愤使我无法控制我的音量的时候，当伤心扭曲了我的表情后，当泪水盈满了眼眶的时候，转眼面对我的孩子，我仍然是微笑的，仍然是柔声细语的。这就是母亲的力量！

和妈妈一起的日子多么珍贵！这是在妈妈去世后我越来越强烈的感受！母爱是独一无二的，是被很多人赞叹的其他感情无法比拟的。当狂热地进入恋爱阶段的时候，我几乎忘记了妈妈的感受；当为工作和自己的家庭忙碌得无暇看望妈妈的时候，也没有想过妈妈期盼女儿的感受。

而在自己受委屈的时候、感情挫败的时候、遇到困难和挫折的时候，才记起妈妈永远是我最温暖的港湾，妈妈永远是我最好、最信赖的朋友。

只有失去才知道过去的那些拥有是多么美好，只有失去才知道得到的愿望多么强烈，此刻我多么想念妈妈！

那些属于过去的欢愉永远是记忆了，而我所能做的除了一遍遍不同程度的回忆外，就是要把妈妈所给予我的再给予我的孩子。

28. 婚礼小记

被家人、朋友等公称为"钻石王老五"的弟弟终于踏上婚姻的红地毯。

我常常恶狠狠地对他说"你挑花的，拣狸的，最后拣个没皮的"，这是方言，意为挑挑拣拣到最后不会找到好媳妇的。可弟弟终究找了个好媳妇，贤淑、孝顺且漂亮。用爸爸的票友和同事的话说："王老师家的新郎新娘就跟电影演员似的"，爸爸乐滋滋的。

10月15日举行婚礼那天是近一个多月来最好的天气，整个婚礼皆大欢喜。中西结合的婚礼仪式，几乎所有的亲戚朋友都出席了婚礼仪式，热闹非凡。

做姐姐的自然比别人更忙。我要忙着在楼下看婚礼仪式，当司仪要新人拜高堂的时候，看着父亲旁边空着的座位，我的眼泪夺眶而出，同时弟妹的眼睛里也涌出了泪水，妈妈盼望这一天太久了，以至于满含着遗憾离开了这个世界。最想看到婚礼场面的当属妈妈，我想是否当时妈妈也在场呢？

我沉浸在婚礼的复杂感受中，听见楼上厨房里的人正在大喊我的名字，"没有酒，你快来！"我"噔噔"跑到楼上，婚礼结束入洞房要喝交杯酒的，居然没有红酒！也难怪，平时都不在这里生活。天哪！快快快，遣人去超市买，好歹，没有耽搁事儿。

一切正常！我就担心会有疏漏。

酒店里，爸爸的好几个票房的票友们早就唱了起来，等我们赶到酒店的时候，京胡的伴奏还有票友的歌声从楼里传出来了，他们老早就要求爸爸给他们安排这样的时间，一起祝贺。

要命的是，等喜宴开始的时候，涌来了那么多客人，结果预定的40桌远远不够，看着那些不断新来的客人，不知道安放到哪里去啊，手忙脚乱的，快快快！加桌啊，天哪！谢天谢地，一切安排妥当！

我穿着专门为参加婚礼准备的玫瑰红的小上衣，灰色的长裙，表姐表妹们说我太漂亮了，想抢美呢，我高兴着呢！

新郎新娘一对新人带着父亲去了广西和云南蜜月旅行，那是父亲一直向往而没有去过的地方，他们邀请父亲做"灯泡"，父亲执意不去，弟妹让我劝说父亲，真是难得的好弟妹！

结果第一站后，父亲就发现身份证丢失了，弟弟的手机丢在吧台上了，我和弟弟都遗传了爸爸的马大哈，返程的飞机票也没法买了，我又特快专递了一个第一代的身份证到广西，第二天清晨他们将飞回。

都忙死了，可是了了一个大的心事。

等待了这么久的婚礼，我对妈妈说："您的遗愿终于实现了，您也可以放心了。"那时，我想妈妈就在我们的身边。

29. 坚持将购物进行到底

人人都说"三个女人一台戏",昨天是一台半多的女人一起购物的。

四个女人从一周繁忙的工作逃脱出来,一下班就凑在一起去了商城。这里风景独好,商家打出优惠招牌——买300送200,尽管有很多水分,还是吸引了很多人。我和K、S、L兴奋地在三楼的服装大厅穿梭着,平日里那些矜持、那些稳重一扫而光,大家疯了般地试穿衣服,试衣室门口等满了试衣服的大小美女。大家唧唧喳喳麻雀一般,犹如小女生,完全改变了日常的工作形象,一个个脸上红扑扑的,神采飞扬。一旦一个人穿上一件新的衣服,站在她对面的保准是三个女人上下打量,四处挑剔,基本上很难选中一件。

四个女人都喜欢彼此一起购物,而不喜欢和各自的老公一起,男人的通性是不喜欢和女人逛街,受不了那反复的对比,反复的尝试。傻丈夫都不会恭维女人,没有耐心不说,只会说"哪个都行,随便买就可以",可是随便一件穿在身上怎么可以呢?太敷衍了,所以,最终女人和女人一起逛街最好,毫不吝啬赞扬,当然在细节上绝不含糊,男人绝对没有这个细致和耐心。

记得我和先生最早的一次购物吵架是婚后不久,因为我们对我挑选一件衣服的颜色意见不统一,当时变了脸色,柜台前分道扬镳,义无反顾。那时各自的表情一定是大义凛然,因为我看见柜台里面的服务员们在咻咻地笑,才发现我们俩都太投入了,忘记了那是公共场所。他此后接受教训,不再跟我一起购物,后来朋友相聚谈起购物的感受,几乎所有的女性朋友都说有同感;几乎所有的丈夫也都有同感,就是不喜欢和太太逛街,用我先生的一句话就是:"那实在是很痛苦的一件事。"

经过艰苦卓绝的试穿,整个商城所有的品牌衣服连同杂牌衣服,能看上眼的几乎都经过试穿和严格的审核,小组成员一致认可,方决定买哪一件。到此为止,只是决定了要买哪一件,真正的麻烦是怎么计算才合算,达到

"买300送200"条件下最优惠的计算。那时，已经到下午两点了，女人们已经饿得不能坚持了，派出L去四楼的快餐厅，点了一些快餐。

四个女人在餐桌旁面对面，仍然不失精神地交谈着整个中午试穿的各件衣服的效果，进一步论证着衣服的品质、色彩和样式，边谈着就吃完了午餐。

剩下的工作仍然是进一步试穿、计算、比较，寻求最佳效果以及最合算的购买方式。我的脑子一塌糊涂，一件上衣565元，只能送200的票券，再买35元的物品就可以赠送400元，然后我可以持400元的票券购买另外的衣服。我看好了一套adidas的运动装很神气，可以给孩子买回，可就是算不透账了，几个女人拿笔的、拿纸的、用手机计算器的，大家一起很认真地算来算去，怎样才最合算，其中我最笨，对数字很迟钝，脑子是一根筋。她们算好了告诉我，我得再买另外一件小的东西，还必须是同样参加活动的产品，凑足了600元（如果凑多了，就不合算），赠400元的票券，买560元的那一身adidas，这样，这套运动装相当于200元多一点就买到了。

当交好费，衣服放到我的手里的时候，已经是下午5点了，之前L因为单位临时有事走了，而K和S还没有计算好自己的购买预算。我已经忍耐不住了，父亲已经打了两遍电话期待我回家一起包饺子，她们俩看出我的不安和焦虑，催促我先走，我觉得留下我已经没有用，因为剩下的工作主要是预算，而我几乎是数字盲，于是就从商场出来了，太阳已经落山，大街上是匆匆回家的车流、人流。她们继续留在商城。

晚上7点多我从父亲家吃完饭的时候，给她们电话，居然还没有决定，呵呵，不一般的女人！K也着急，孩子电话打了好几遍，也回去了。最具持久作战耐力的是S，她一直坚持着试穿和预算，当她回到家的时候已经是晚上9点多了，从上午11点多到晚上9点，历时10个小时。

我买了一件白色小上衣，前面很短，后面稍长，领子是帽子，还压着毛毛边，很可爱，很柔和。回家穿给先生看的时候，他大睁着眼睛奇怪地说："这是什么衣服，怎么这么短？即使孩子穿也太短了！""老土！你懂啥？"

我没法跟他理论，很麻烦，要让他知道这件衣服的好处，得很费口舌。

今天，女人们都穿着昨天买的衣服上班了，虽然昨天是那么辛苦，今天的笑容还是很灿烂的。

30. 漫步在我的后街

我已经来来回回把桌上的东西整理了再整理，我把三盆小花排成一排觉得仍然不完美，就再次把她们错落开。所有的工作资料整齐地放进了文件夹，与工作有关的书籍也整齐地摆成一小摞，再就是在空余喜欢读的书，也被专门摆弄好，这么看来我心满意足了。可是我仍然不能十分安静地坐下来，胸中涌动的情绪在撺掇着，我坐立不宁，渴望安静，又起身在房间里走来走去，我急切地要表达自己，而迟迟不能下手。我的灵魂此刻已经出窍了。

我游离到了小街。普通百姓的日子，在黄昏时间应该买菜回家做饭了。

小街是丁字形的，不是车流必经路线，现在一定又挤满了人和车。小街，繁华和落后同在，三轮车和豪华轿车同在，我在这条小街上走了十多年了，十多年前不曾想过要在这里走这么久。小街没有风情，没有文化消费场所，挤满了各种小商小贩，这是被城市化遗忘的角落，是城市里的一个夹缝，一个日益繁华的城市的某处一定也有更具平民化的街道。

原始的叫卖更多地变成了无言的交易，商贩们与先前比，都开始跟什么人交易用什么话说了，不再千篇一律地说方言，他们不是菜农，可是出售的是菜农的菜，他们也是离开他们的土地，到城里来试图挣得比在他们的土地更多的收入。久了，他们也变成了半个城市人，他们的说话方式，他们的日常面带微笑的表情，他们的穿着都在变化着。常常在我驻足间，那卖青菜的老板就知道我要什么、要多少了，一切都不需要太多的语言，我们很快就买卖成功，我提着几种青菜，从容地回家，还东张西望，看看有没有其他要买的东西。

卖水果的流动车上的橘子一定是冰凉的，我已经不好意思再讨价还价了，因为仅仅因为寒冷而不是出于金钱的原因，他们已经做得足够了，能在我们想吃水果的时候他们就存在，他们就在寒风中等候在街边。

我常买一个老太太的青菜，她的脸色很黑，大概跟每日出摊风吹日晒有关，她总是在清闲的时候把所有的青菜整理得整齐干净，说是大家都很忙，这样带回家就可以省时间了。当某种菜我还不会做的时候，她还会教我怎么做，俨然我的妈妈。妈妈去世后，我更常去她的摊位买菜，她的眼睛那么慈祥，很有妈妈的感觉，我常常被她的眼神感动。

那个炒栗子的中年妇女因为火烤、太阳晒，脸上尽是黑红色，我每次都是从家里拿来老乡送给我的生栗子让她加工，一边加工就一边聊天。她很自豪地说，她有两个孩子，一个男孩，一个女孩，言辞间掩饰不住的幸福和满足。而她的老公更是朴实地站在一边，什么话也不说，帮她翻锅，避免栗子被炒煳。是的，她有两个孩子，还有老公伴在身边，多么幸福！炒栗子使我更多地接触她，常常是把栗子留给他们一部分，目的也不单纯是炒栗子了。

而最自豪的当属卖豆腐的那家主妇，她的豆腐摊招徕越来越多的顾客，豆腐实在是很香，又有营养，最主要的是，她用豆腐培养了一个在清华大学读硕士的儿子。不经意间她就把信息透露给了我，我想也许周围她的邻居都知道，这也是所有生意人的自豪。我心里常常想问问她是怎么培养了这么出色的儿子，她一定有不同于一般主妇的优点，比如胸怀，比如爱心，比如经营头脑。她既能经营好家庭，也能经营好生意，我常在心里称呼她为"豆腐西施"。

那家卖瓜子和干果家的小姑娘每次见到我总会甜甜地喊声"阿姨，您要什么"，亲切得就如自家人，等待之余，她趁机说："阿姨，您看起来很有气质，我想您要么是学艺术的，要么是学文学的。"我忍不住地高兴，赞誉之词使我感觉自己似乎是这个平凡的小街里一个颇具高贵风格的小姐，那时也忍不住意识流一番，俨然自己真的是一个人见人爱的高雅女人。表扬很受用，甚至是这么一个很年轻的小姑娘的赞誉，暂且也使自己把自己当回事了。

这些熟悉的陌生人，我从来不知道他们的名姓，不知道他们从哪里来，也不知道黑夜来临的时候，他们都去了哪里。可是白天，无论是春秋还是冬夏，无论是大学封门还是暴雨过后，只要我去后街，总能看到他们。如果哪一天看到一个摊位的缺失，我一样地失落，想象他们可能遇到的种种情况：莫非回老家了？莫非有人结婚他们喝喜酒？莫非有生病的吗？牵挂也成为必然。

如果在另外一个地方遇到他们中的一个人，我都会惊喜有加，就像见到了一个亲人一样跟他们打招呼。他们已经成为我生活的一部分，少了他们，我想我的生活也少了一部分，我就得重构我的生活，无论是感情还是其他什么。

我曾在小街被小偷袭击过，当一个男孩试图打开我的包包的时候，被我感觉到了，我气得头脑充血，怒喝他这么小就学坏。看他的眼神那么空洞，又是那么惊恐，我顿时心软，我不知道怎么拯救他，不知道是什么人教唆了他。犯罪的背后往往有不同的背景，而我所能做的是下次不敢再把包包放在身后了。可是那个孩子的眼神久久地留在我的脑海中，究竟他的父母到哪里去了呢，为什么把孩子就这么丢弃在大街上？深刻的启发是，做什么事都是习惯，好习惯的坚持和坏习惯的养成会使人走向两个完全相反的路径。

最温馨的漫步是，我在家里享受完我阅读的文字，阳光暖暖地照在我的身上，脑子里关于那些阅读的故事还没有散去，就带着它们走到小街了。我不必如日常赶着上班那么着急和焦虑，我信步而行，享受着每一个步伐，每一缕的阳光。尽管从房间出来会有点晕眩，可是那瞬间的晕眩感觉妙不可言。我略施淡妆，穿上喜欢的衣裙，轻松徜徉在后街，我的口红会涂得有点夸张，我要让自己看起来更主妇。而赴约绝没有如此悠闲的心态，心情和外表都能够抵达同一个界点。

穿行在后街，不是每次都买很多蔬菜，而更多的是体验那种感觉，我躲避着偶尔经过的汽车，看着汽车里影影绰绰的人影，我想那是一个城里的中产阶级，可惜不会享受生活，他们在汽车这样现代化的工具里享受周末，有点浪费了。当然他们自己不是这么想的，他们的生活享受也远不是我这样的风格，可是当下，对生活的享受观是以我自己为中心的。

如果在这个小街的另一端挤挤挨挨的是化妆品店和衣服店，还有一个出售十字绣的小店，我很少有时间从容地从那些小店进进出出，那个韩国化妆品店有很多令我心仪的眼霜、眼影、护手霜、小镜子之类的东西，我常常买些护手霜等小礼品送给我的朋友们，她们还赠送可爱的小礼物，看到这些化妆品的时候，我总是流连忘返。女人天生喜欢化妆品和衣服，那些花花绿绿的小瓶瓶罐罐的物品，被玻璃柜台反照着，更加诱人，每次出来都会买好多，仅唇膏就好几枚从这里买的。

那些衣服店很少能淘到自己满意的衣服，样子别致，做工精良，色彩中性，但容易搭配的不多，多数很平凡。

买衣服更多去商场，而穿行在商场，常有要逃离的感觉，稍一入眼的衣服，近处一看就令人咋舌，价格实在昂贵，不是我等可以掏得出腰包的，这些衣服就留给富人们穿去吧。行走在商店里，满目的堂皇使我产生强烈的疏离感，觉得那不是我久驻足的地方，不经意地看过对面的镜子，居然觉得自己灰头土脸，更主要的是深处的落寞和孤单。我总喜欢一个人去逛，自由，放松，即使是落寞也尽然地享受。记得中学阶段，繁忙的一周过后，周末回家的路上，我也去本市最大的商场逛，那时并没有要去买什么，而逛的时候就已经诞生了数十年挥之不去的落寞和孤单，我擅长心理却无从解读我的此种感受从何而来。

小街那么亲切，流淌着我工作、婚后生活的点点滴滴和最平凡的感情。

还是十年前，小街的早晨6~8点是早市，蔬菜、水果、布料、小商品等等应有尽有，我买菜的同时也顺便拎一些小物品，一时觉得好玩，而拿回家后多数是永远搁置在橱子中的某个角落。这丝毫不影响下次还会这么往家里拎，如果我那节俭的婆婆知道我的做法，一定心疼地劝说我不要这么浪费了。

可是，一天在买布料的地摊上一块格子布一下子跳入我的眼帘，我天生喜欢格子布，就扯了一米多，非常便宜，那时有好多裁缝店，人们的衣服很多是做的，我就让裁缝给我做了一条直筒的连衣裙，方领，长度抵达我的膝盖下面，有时搭配个黑色或者白色披肩，总觉得着这条裙子最别致，一穿就是十几年，现在再穿已经超越了漂亮的意义，实在是太有感情了，穿的是怀旧，穿的是情愫，穿的是十多年来内心深处不变的感情。每当穿上这条裙子，总会有人说我是《红岩》中的江竹筠，不知道我是像江姐的革命者形象还是她的知识分子的一面，不过这些评价不影响我对这条裙子的喜爱。

我的新房子快落成了，算上阁楼是三层，我将永远告别我的小蜗居，拥有我自己的书房和我独自听音乐的房间，可是，如果是那样，我也将离开我的小街了。我的小街，也会如我儿时老家里古老的青砖灰瓦的老房子，永远根植于我的情感深处。

31. 赶集去

在农村赶集非常愉快。这里的藕是白莲藕，这里的鞋子15元一双，香蕉1元一斤，围巾10元一条……大街上有现炸现卖的麻花，有现磨现卖香过半条街的芝麻盐，有大娘卖的自家鸡下的9毛一个的草鸡蛋，这里有一条街是卖大黄烟叶的，这里有剃头的先生在街边烧着热气腾腾的水，这里的大白菜是推着三轮车卖的自家种的，应该比市里的农贸市场买到的更地道。这里热闹却不奢华，花很少的钱买很多的东西，关键是怀旧、放松、亲切，穿过一条条大街小巷，看着各色人群，红彤彤的，蛮喜庆的景象。

我用很少的钱，买了很多东西，15元一双的鞋子可以作为冬日的拖鞋，却比拖鞋好用得多，轻便、跟脚、暖和。卖鸡蛋的大娘，常年被乡间风吹皱的脸，透出不能抵挡的朴实，非常具有感染力和亲近感，她的眼神真诚无私，毫无生意人的精明和游动。那附着在鸡蛋上的零星的鸡屎，使我不由得想象着那咯咯叫的母鸡刚下过蛋从鸡窝里骄傲地走出来，阳光就那么洒在农家小院里，温情、幸福。主人去鸡窝把还留着母鸡温暖的鸡蛋捡起来，那种收获感一定更有意趣。朴实的农民所卖的大白菜，已经把外皮扒得干干净净，剩下的是结实的、白色的白菜心，唯恐怠慢了顾客，这是在市里的超市和农贸市场买不到的服务和真诚，其实他去掉的外皮完全可以食用的。

集市的一角，现场烧着热水，当街理发的农村理发师，最显农村集市特征。记得小的时候，城市化没有这么快的20世纪80年代，集市上就有剃头师傅，而今一直存在着，无论现代技术多么发达，电动剃须刀多么流行，乡村集市上的剃头师傅依然忙碌，剃头的多是农村的老先生。或许多少年来，他们已经养成习惯，只有在赶集的时候去剃头，也只有剃头师傅的技术最好，能把他们坚硬的头发和胡须剃得干净。这是怎样的一种信任和坚守，他们不知道，他们彼此的关系已经构成了农村集市特有的风景。

置身其中，我穿着红艳艳的棉袄，也如那卖棉衣的妇女，或许在她们眼中，我也是谁家女儿大妞，也或者是谁家媳妇。我愿意成为他们眼中的角色。

32. 善到极致

婆婆的脚走不动了，怪不得上次我回家，她待在屋里没有像往日那样颤巍巍地走到院里，再一小步一小步地走到大门外，伫立在门旁，看着我远去。每当那时，我上车后便尽快发动车子，第一时间打开窗子，是为了尽快让她能从摇下的玻璃窗看着我，就这样看着我绝尘而去。从街口拐弯的时候，看见她和比她更老的公公都佝偻着腰站在门口目送我们到路的尽头。

她是1922年出生的，裹脚人生，到现在整个人极瘦，三寸金莲就剩下骨头了，穿着什么鞋子都不舒服，就是骨头和鞋底的摩擦了。我去超市买了若干双鞋子，都太大，而且没有能让她轻松走路的。我想，即使她从屋门口走到大门口也相当艰难，但是她一直这么对待她的儿媳，每次回来都如迎接贵宾一样。

早些年身体力行的时候，每个周末都会晒被子，期待周末我和大灰狼回家，而因为我们的各种忙碌而屡屡让她失望。她一辈子生活在村里，村里的小卖部就是她眼中的超市，她从中买香皂、卫生纸等她一辈子都不舍得用的物品，是为了等待我的回家。

她会给人把脉，村里那些头疼感冒、被吓着的孩子，她都会把脉判断，用最朴素的方式提供治疗方案，小病小灾的就帮了人家。若是有人给她钱，她从不接受。我曾问她为什么不要钱，她说，钱很快就花了，而人是长的。她还说"善门难开，善门难闭"，类似朴素的生活哲理常常出自一个毫无文化的老太太口中，每当此时，我心中的敬意油然而生。

她养鸡从不杀鸡吃，她给鸡吃的食物往往跟她的食物一样，即使在生活并不宽裕的日子，她养的鸡和小狗都不会挨饿。

她的院落里和大门口那排野植，她也从不会拔掉，公公也是如此。他们说，都是有生命的，生灵不可伤害。

就是这样，他们与身边的各种生灵、植物一起共存，一起忍受饥饿，一起享受富足。

她没有文化，不影响她会用赏识法对待自己的儿媳。早些年，她能够为我准备三餐，收拾房间。近些年她没有力气了，便会坐在沙发，目光紧紧地黏着我，看着我打扫房间，看着我洗刷碗筷，看着我洗菜、做饭。她边看边说她的三儿媳能文能武，上得厅堂，下得厨房。她还说他们乡镇的所有的儿媳都不如她的三儿媳好。多么受用的称赞！

从压力与劳累中来到婆婆的身边，总感到无比轻松。很多朋友不理解，我何以从有空调的舒适房间到蚊虫叮咬的农村住上几天并流连忘返。朋友还百思不得其解的是，一个喜欢和文字打交道的人何以与一个毫无文化的农村婆婆居然有那么多的谈资？

我常想，如果我是婆婆，如此年迈，如何看待人生？90多岁的人生要经历多少风雨？而我看到的就是婆婆淡定从容的生活，无欲无求，对生活中的一切都很满意。

昨天回家看到她脚疼得更厉害，还有百治不好的老年瘙痒，愈加瘦削了，我心疼得不知道该如何是好。她不如以前能说了，因为她聋得更厉害了。我们需要大声喊叫她才能听得见，我还是听不得大灰狼大声喊叫，听起来不是那么温柔，可是温柔的低声她却听不见。

如果我能够有仙方妙药，如果我能够代替她忍受那些令她不能忍受的疼痛或者瘙痒，或许她能够更轻松些。

纵然我买上一打鞋子，她依然会脚疼，我们却无能为力。我内心隐隐地疼痛和忧虑。

因为她一生善良，所以能够长寿；因为她无欲无求，所以她生活得淡然。如果可以祈求上苍，我只求让她平安。

33. 他者的惬意

传说中的这个山洼很好，可是我一直没有去过，关于这个地方的向往已经渗透进我的精神世界。也许等去到以后就没有什么好的了，正如人们常说的"近处无风景"，我是带着这样的心态和伙伴一起去的。

带着玩的心态远不是陪别人玩，心里很放松。凹凸不平的山间小道上，人和笑声一起颠簸。途经了很多村庄，在集市中穿行的时候，看见街边挂的花红柳绿的衣服和各种物品，还有水果等，禁不住想下车去逛一圈，那样的场景是那么亲切。也不知道在中国有多少地方还有这样比较原始的农村集市，虽然集市上的物品随着社会的发展不断地被更先进的东西所替代，可是集市的形式那么古老，那么悠闲，那么自由。

数年前，跟大灰狼一起逛农村的集市，他一反常态，使劲拉着我的手，对我一向木讷的他居然拉着我的手，而且在农村的集市中穿行，很令我奇怪。平日他很不喜欢在人前有这样的举动，可是那天却一直拉着我的手，感觉很温馨，纵然那个集市贯穿了两个村庄那么长，可是我仍然希望永远延伸下去，让他一直这样牵着我的手。后来问他为什么如此不顾闹市而牵着我的手，他说，怕丢掉了我。

眼前的集市，热闹非凡，我真想埋没在他们中间，感受他们的快乐，感受他们挣得利润的快乐，感受有点懒洋洋的空气，还有那些落到我鞋子上的尘土，一切都那么美好。

旁边的L君说，你知道你为什么喜欢这样的集市吗？我说，因为这个集市给我带来美好的感觉。回答完毕，立刻觉得回答得很愚蠢，还用说吗？当然能带来美好的感觉。

可是L君说："是因为对于这个场景而言，我们是他者。"我一下子感到了他的深刻，是的，我们是他者，我们是来寻求美好和快乐的，所以我们的无意识正在感受美好的景物，即使不是很美好的，我们已经用美好的眼睛来看待我们身边的世界了。

美的事情还在后面，我们终于抵达了山洼，在同行的七八个人中，只有我是首次去这个地方。也许在他们看来我是幼稚可笑的，对经过的所有的房子、街边的老人孩子、伸展到街边的柿子树枝、挂在枝头的橘黄的柿子以及四周起伏的山峦，我惊叹不已！如此美景，我却第一次光顾！

大洼就在群山的中间最低矮的地方，也许名字由此得来。连绵的群山中间是低矮的山涧；在从山腰通往山涧的路途中，是层叠的石头房子；在房子里伸展出各类的树木，多是栗子树、柿子树、桃树，还有很多平时少见的树木；在层叠的房子的最下面是从山上流下来的溪水，小溪里布满了青白的石头，光滑而亮洁，我们坐在石头上，情态各具。

在这样的世界里，只听见水流的声音和偶尔的狗吠，我在石头上仰望上面的石头房子，同样的青灰色，却被挂满了的柿子点缀着，难怪很多大学的美术学院把这里作为写生基地呢！

我看见旁边不远的那一家升腾起炊烟了，没有一丝风，那炊烟也是那么从从容容地直往天空而去，久久地升腾着。我想，那家主妇现在正在烧稀饭，之后要炒菜，是不是也煮红薯呢？我想，他们的小院一定充满了食物的香味。之后从窗口射出黄色的暗淡的灯光，不会是古老的煤油灯吧？伙伴说，不是的，是电灯泡照明。那么，那一个时刻，是不是一家人已经围坐在一起享受幸福的晚餐了呢？

那些书生们，平时那么斯文，这会儿却像小孩子一样在水里捉螃蟹，不知道螃蟹捉了几个，倒是听见一阵阵的惊呼声从我身后传来，我从心里嘲笑他们忘记了自己，嘲笑他们的忘形，而他们多是从农村长大的，不知道是存有村庄小河的情结还是作为"他者"的缘故？他们看来没有考虑是否惊扰了旁边的住家，放肆不堪，他们分明已经成为主人了。可是，那些村里的真正主人，是否也在忙碌之后来这里捉螃蟹呢？

要是我不走了，一直在这里住下去多么好，可是我只能享受这里的一个夜晚，这样迷人的云雾，这样清澈的小溪，这样芬芳的山峦，这样回归人性本真的伙伴……我的心又留下了一块在那里了，真没有办法。

34. 昙花这般羞涩

还没有从楼角拐过来的时候，就闻到浓香，转过来就看见一群女人的站立，想抽身而去，惧怕扎女人堆，不料被喊住，因为那儿有昙花，香味就是昙花散发出来的。

传说中的"昙花一现"，今日得以一见，是隔壁楼的小白从自家搬下来，让更多的人享受转瞬即逝的昙花，就这么放在两个楼的拐角处，我和大灰狼散步刚回，已经晚间9点半了。

昙花那么害羞，可还是有很多人来看它了，我更不例外。我弯腰在昙花前，在我看来，昙花的叶子只是跟普通的仙人掌没有什么区别，而昙花似乎与叶子无关，那么纤长的茎，花瓣白得透明，显得很娇嫩。可是为什么如此害羞，只是在晚上开放？

这使我想起了少女的羞涩，少女的心该是如此羞涩，可是少女有能力躲避人的眼光，可以选择保护自己，而昙花只好任主人将其公布于众，不顾昙花的羞涩。虽然是等待在夜间开放，仍然招徕了那么多观赏的人。

有人将鼻子嗅到昙花的花瓣上了，我说："那么近是闻不到的，而你在旁边不经意的时候昙花的香味就会飘到你的心里。"

"还有一朵未开的！"我对主人小白说。小白说那是要等到明天晚上开的，可是她怎么知道要等到明天晚上开放的？俨然昙花是她的女儿。

有几个人是见证了昙花渐次开放的，她们拼命地为昙花拍照，想留住盛开的瞬间。剩下的时间该是昙花凋敝的时间了吧？而不能看的恰是这样的时刻。

我被大灰狼拽走了，心里还惦记着昙花在这路口会被更多的人看见，昙花不如玉兰那么高扬着头，而是低着头，因为羞涩。我想它会更羞涩，如果是我，就把它一直放在阳台上，让它坦然开放。

离开昙花后，带着一丝的同情还是什么的，说不清楚，或者有点心疼。

35. 天冷了想到的……

一下子变得如此冷，早晨穿着很少的衣服，一天就在寒冷里了。多么向往有空调的房间，在这样10度左右的天气里要空调，实在奢侈。看来冷的感觉和生病的感觉一样不好，生病的时候就想要是不生病就好了，向往健康的日子；寒冷的时候渴望温暖，街上那么多人穿起了羽绒服，让我感觉好想往上靠一靠，蹭点温暖。

今天是四伯两周年忌日，那荒芜寒冷的原野里，也长眠着我的母亲，我多么希望能够在那里陪伴她，她一定很寂寞，很孤独，她一直是想跟我说话，我一直都没有尽情地满足她。再过半个月是母亲的忌日，不堪想念，那么多深夜不眠的日子，总想起母亲。在她刚离开我的日子，我一直坚强地安慰那么多想念她的人，那么多人为她的离去痛苦悲伤，而我必须坚强地安慰他们。在过后的这一年里，我总在夜深人静的时候，无法克制地思念她，失声痛哭，无法控制身体痛苦地颤抖。我以为我永远都不会这样无法控制地哭泣，我以为我是理性的，我以为对母亲的思念一直是深埋在心里的，我以为我从精神深处与母亲同在……可是，情况远非如此，我是如此渴望母亲，渴望触摸到母亲，渴望母亲那温和的眼神，渴望母亲娇嗔地喊我的名字。一年来，无数次的恸哭，我才知道，原来爱和思念也是需要呼喊出来的。

非洲和世界很多民族都有超自然的现象，人们相信生死间一定有些感应，可那是被认为落后的迷信的东西。而我现在也相信那生的世界和死的世界一定有一些瓜葛。很多的时候，我觉得母亲就在我的身后，她时刻看护我，陪伴我，尤其我遇到困难的时候，她就在我身后，虽然听不到她的声音，但是能感到她的存在。在我骑车穿行在本城最嘈杂的大街上的时候，母亲一定就在我的头顶陪伴着我，随我在空气中徜徉，她要看我安全地回家。每当遇到困难的时候，总觉得她在激励我。黄昏时，人们行色匆匆地奔往各自的家，一直这样在嘈杂中，感受孤独，可常常，在那万家灯火中，觉得那些温暖的灯光中，一定有母亲的身影。母亲一直追随着我，可是母亲，您哪里知道，那深刻的孤独和思念，是需要你拉着我手，跟我说着话才能解决的。

天气变冷了，我的膝盖隐隐作痛，我知道这是您生前最无法释怀的事情。记得您在生前多次告诫我，要注意膝盖的保暖，您告诫无比喜欢穿裙子的我不要穿裙子，您那么一遍一遍不厌其烦地交代，我只是答应着，敷衍着您，我哪里知道您内心的焦虑呢？我要是知道您深长的牵挂我就会注意得多，就不会让您年复一年地牵挂和唠叨。您去世前的那一周，让小侄子把您的护膝捎给我，就担心我不懂得使用它。我要是知道您那么担心我，我早就戴上它，在您面前转一转，也许您就不会有那么多心事。尽管，此刻我悔恨的泪水在脸上蔓延，可是我怎样才能让您看见我现在比以前乖多了？妈妈，您让我知道了母亲的责任，我要为我的孩子更健康，更长寿，让孩子尽可能长地享受母爱。

您用您生命的逝去，让我懂得担当责任，让我懂得爱人首先要爱己，否则有什么能力去爱别人呢？您用您的逝去，换来我稍长的成熟，也许穷尽我的一生也无法抵达您所希望的成熟，但是母亲，我在变化，我在变得成熟、深刻。

我常和朋友探讨生死界限的事情，我觉得生和死的世界，一定有个媒介，我们在这个世界上混住，只是我们不知道另一个世界就在我们中间。可是没有人能够证明，科学还没有发展到可以解释这个存在。但是，我且不管什么时候研究出来，只会觉得您就在我的身边，您一直与我同在。

36. 为了回家

每日班车走，班车回，早晨7点出发，晚上7点回家，日子更多就在班车的颠簸中度过了，每天要耗在车上近4个小时，如果路遇塞车、天气不好，则时间会更长。

前几年在上海，只要出行，无论逛书城、购物、拜访朋友、看个演出或者画展，总是要挤公交、转地铁，也免不了走很多路。在车上、地铁上总看到人冷漠无表情的面孔，要么都忙着发信息，每个人都怀有不同的心事和目的，也许他们在回复在某个地方等待他们回去的人——或者恋人，或者孩子，或者其他需要他们的人。或许只有这样才是打发时间很好的方式，更多是神交，可以在辛劳一天有这样的空间神游，手机信息也使人们交流能力严重缺失，那样乘车的经历使孤独感、漂泊感常常溢满我的心怀。

一直穿高跟鞋的我，只要出门，单程一两个小时是常有的事情，高跟鞋出行，最后回来付出的代价太大。那个阶段也习惯了穿旅游鞋，使得很多习惯也改变了，在车上看书也成为习惯。研究生公共英语课陆老师家住浦东，到徐汇区来上早晨的第一节课，要凌晨5点多就出发，唯恐误了上课。种种此类经历，使我坚定了信念，绝不在上海生活，单单在路上的感觉就够折磨人的。上海的灯红酒绿也与我无关，上海的风情体验也罢了，上海的文化是要渗入心灵的，终归因为那里是个灵动的城市，移民很多，文化大杂烩，先锋的、传统的、伟大的、卑微的都并存着，而我是卑微的，过着日常女人的生活，重要的是有自我的生活就足够了。

可是现在离开上海回到我的城市，居然也如在上海一样地行走奔波，如果我不愿意去主动选择我生活的地点和生活中的变化，那么我就要怀着积极的态度享受现有的生活。

喜欢坐在靠近右侧的窗口，感受清风，可以看大街上行人的百态，尤其经过河边的时候，贪婪地享受河边的碧水绿树，每日看，每日陶醉。偶遇坐在旁边的人是可以聊天的，也很快乐，能触及自己的情绪的人还是不多的，所以希望旁边的是不熟悉的人，不必因为自己的冷漠和少言而觉得怠慢了对方，可以尽情享受自己的心情。要么看着窗外的景色，要么发呆。发呆是无意识的，实际上是意识流了，思路跑到哪里自己也难以说清楚，就如白日做梦。

班车上最好的时光是读书，40多分钟的路程可以阅读很多，在文字中，时间过得很快，常常在行走的时间里进入别人的故事，故事把思绪拉得更远，能够在没有经过精挑细选的文章里感受瞬间的感动和启发，在别人的故事里感受和体验自己的人生，那一刻也许就是最美的瞬间。

大灰狼常责备我做无聊的事情，我却不觉得无聊，也许在他看来我做着无意义的事情，而对他来说有意义的事情是做他自己喜欢的，能够留下记录和成果，那么多作为成果的文章和书籍，无论岁月把人生拉得多么久远，那些成果都是可见的。多年前他就喜欢我的文字，以他一贯轻视甚至鄙夷我的态度，他那极含蓄的言辞里面，是看得出他认为我在文字方面是有某种潜力，甚至可以有所建树。而我更多的时间和情绪是生活在自我的感觉里，于是那很多对话里稀有的认可也没有激发我去努力做些什么，我仍然率性地活着，生命就是一个过程。我们对幸福和生命的理解有所不同，都固守自己的操守和追求。

生活往往过去才知道哪里过得更好，比如，在谈到爱情，或者轰轰烈烈的爱的时候是不知道什么是爱的，后来谈到的爱是另外一种形式。生活的方式就是如此，设想种种生活的时候，而经历的恰恰是另外的一种生活，后来所谈论的生活也完全是另一种了。

我在班车上是渴望回家的。

最折磨人、最深刻的是黄昏乘坐班车的时刻，当河流和绿树成为模糊的黑影，当满街的汽车争相向前，凉风扑入鼻息，那汽车川流不息的声音总让我心里惶惶的。收紧我的上衣是下意识的动作，是渴望温暖，不敢看刚亮开的路灯，在黄昏的余光中显得那么惨淡，楼房里闪出的灯光使我想到了餐桌上热腾腾的饭菜，而不是商店里豪华的摆设。恨不得一脚踏进家门，听孩子喊一声"little silly mum"，代表着她对我回家的心理需求，故作冷漠的大灰狼的眼睛里，看见我的眼神里是无法回避的踏实，我想他也渴望那个"mum"的归来。其实我不需要说什么话的，回来了，家才有家的味道，我感到了家庭主妇的重要。

记得孩子说，她在睡觉的时候，常在睡眠中听见我窸窸窣窣的声音，在梦中就知道妈妈的存在，而感到很幸福。恰恰孩子描述了我的经历和感受，年少的时候，也喜欢睡觉的时候我的妈妈在房间走动的声音，她时刻与我同在，那么踏实，那么温暖，那么幸福。

记得大灰狼无数次跟我谈起举家南迁的事情，我总是沉默，他知道这无言就是拒绝了。几个月前在南浔，沿着大运河一直往前走，觉得南浔南浔，寻什么呢？江南古镇的风情是在心里又在心外的，美景如画，心旷神怡，可是究竟哪里才是最喜欢的地方呢？心是可以飞到任何一个地方，而总要有所归属，在旅途，更多的是为了寻找终点，寻找那个可以落脚的地方。

但即使我不去更遥远的地方去忍受想念亲情友情，想念更多镌刻着深刻记忆的旧人旧事，我依然在奔波中，人人都在奔波，为了回家。我得每天在大街上奔走、承担、忍受，为了能够回到那个作为家的空间里去，从那里获取生命的自足与圆满。

那一个个从班车上看到的黄晕的灯光，那川流不息的汽车的声音，那每一日的颠簸，如果不是我的意识流，如果不是我的期待，这些外在的东西带给我的漂泊感哪里有这么强烈呢？好在，我有去处。

37. 为了忘却的纪念

今天去父亲家包饺子，吃过之后，父亲收拾了很多虾、香油、土产类食品等让我捎回家吃。我看见父亲的厨房里放了好多食品箱子，父亲说："这些都是你妈妈学校的工会主席送来的春节慰问品，工会主席来的时候我不在家，就放在门口的保卫处了。"

妈妈生前退休的每一年的春节前，单位的领导都登门拜访，送来一些过节食品之类，东西都不贵重，但是非常实用，更重要的是体现了对母亲的关怀。

去年母亲去世后还有两个月是春节，单位仍然送来过年的礼品，我们一家人都以为，母亲的学校也许把妈妈去世的事情忘记才送来的，因为一家人处于深深的悲伤中，没有刻意告诉学校，也没有专门道谢。

可今年他们又送来，而且是学校的工会主席带了工作人员一起送来，遗憾的是父亲不在家，没有当面致谢，是传达室的工作人员转送的。

心里一股热流涌遍全身。其实学校没有必要再送春节礼品，虽然妈妈生前是他们单位的，可是毕竟她已经不在这个世界了，可是他们仍然一如既往地过来拜访。我没见过妈妈学校的工会主席，甚至一个认识的人也没有。一直以来，我以为只有我的家人会常常想念我的母亲，只有我们一家人和亲戚会记着妈妈的好处，可是妈妈已经走了一年多了，单位的人还以这样的方式来表示着，就好像妈妈压根没有从这个世界消失，而是还活在世上。

我向父亲表示，我一定要找到妈妈学校，去向他们亲自道谢，因为他们那么忙碌，到春节仍然记着曾经在这个学校工作的、已经离开人世的母亲。先生看见我唏嘘长叹，就说去学校告诉他们不用再送了。我知道他是担心我看到这些与母亲有关的东西会立刻触动思念和感伤。

我感动于他们这份无言的思念，什么也没有说，就这么记挂着，还有比把一个到了另外一个世界的人还当作现世人更令人感动的情感吗？他们是妈妈的同事，我只知道妈妈生前常跟我聊起她的同事，可是从来都听得不入耳，因为不关我的事情。现在想了解妈妈生前的那些好朋友都比较困难，我觉得我应该代我的母亲去看望她们。在常年的共事中，他们曾给予母亲很多支持，给母亲很多美好的回忆。可是我居然一点也不了解母亲的那些朋友的现状，甚至连他们的联系方式也不知道。

母亲住在校园的家属楼上，校园附近有几个老太太，经常来母亲家找母亲聊天，要么她们一起散步，有一段时间母亲住在我家十几天，有个丁阿姨无法克制对母亲的思念，让她的女儿开车专门找到我家找母亲聊天。

每当我去父亲家吃饭，对门的刘阿姨听见我的声音，总是从家里出来跟我聊上几句，刘阿姨是大夫，以前她经常到我家跟母亲聊健康、聊儿女等。母亲去世对她打击很大，所以总想跟我聊天，提起母亲，总是眼泪在眼睛里闪烁。

我有很多不同类型的朋友,久了不见,见面都很亲,难以想象母亲这个年龄的人的友情是什么样子的,一定很深刻,一定很琐碎,一定很难忘。母亲生前,我一直没有足够的时间跟母亲聊她的朋友,只记得母亲经常谈起她退休前从年轻时代就一直很好的庞阿姨、赵阿姨、杜阿姨、文阿姨,她们现在都退休了,是否都生活得健康快乐?是否她们也如我们常想起我的母亲呢?

母亲在我家住的时候,也和我院里的几个老人建立了很好的关系,我下班回家,母亲就告诉我,谁家的老母亲真的很可怜,她的儿媳妇嫌弃她卫生习惯不好,经常遭到指责,那位老人经常向母亲诉说。母亲离开后,我还常惦记她。而这个老人,听说母亲去世后,在楼下拉着我的手就不松开,满眼是泪。现在她已经离开她的儿子回到了老家,不知道她是否也还生活得平安呢?

我决定在我的春节假期里,一一去看望她们,妈妈的朋友也是我应该关心的人。

38. 阳台上的吊兰

小泥巴到我家玩的时候,无意跟我到了阳台上,问:"你喜欢养花吗?"我看着旁边镜子里的自己,漫不经心地说:"喜欢,但是没有时间。"抬头看她的时候,她正盯着窗台上的吊兰。那棵吊兰虽然不大却长得很苗壮,盆里有两三棵落地生根。阳台上只有这一盆花了,其他还有两个荒芜的空盆子。

我突然意识到,很久没有注意阳台上还有花。我从来没有浇水,不知道它是怎么活着的。突然觉得自己很残酷。记得曾梦见祖母躺在病床上,我居然好几天忘记给她做饭吃,她一直饥饿着,而我只顾自己玩了,心理无比自责。这个梦很久都影响着我的情绪,为自己不可饶恕的粗心而谴责,虽然是梦，却那么刻骨铭心。

眼前看着阳台上的吊兰，我从来没有浇水，爱人离开家已经一个多月了，孩子上学每天都十分紧张，恐怕更没有时间在意它。可是它何以成活到现在？它何以茁壮？我一下子心疼起来，就好像丢掉了自己的孩子，忘记了亲人。我居然这么长久地忽视着这盆吊兰，没有注意它是否还活着，没有看见它充满了生机的绿叶。而我的梳妆台就在它的旁边，紧紧地贴在一起。尽管如此，我只顾看镜子中的自己了。多么自私的人！多么粗心的人！而我一直以为我是个性情中人，我一直以为我是善良的情感丰富的人，认为我是一个情商很高的人，而我居然只顾看镜子中的自己，却忽视了一直装饰着我的房间，一直静默的吊兰。如果它也有思想，不知道它会怎么嘲笑我的伪情商，不知道它会以多么宽广的心胸容纳每天和它生活在一个房间的人对它的忽视。

我几乎忏悔似地对小泥巴说："我从来没给它浇水，我完全忘记了它，可是它居然还活着，并且活得这么好，它为什么还活得如此茂盛？"我想，那时我的眼睛里肯定写满着歉意和自责。善解人意的小泥巴赶快说："没问题，它会一直健康地活下去。你不知道吗？吊兰是水生、气生的，只要有空气或者有水它就能生长，如果你随意折一小段插在有水的瓶子里，它也会长出很多根须，发出新芽的。"我稍感释然，同时感慨，小泥巴懂得真多。

可是，尽管它是水生、气生的，也是太久没有浇水了，莫非孩子曾浇水？而我为什么从来没有注意呢？孩子的时间比我还紧张的，她每天早晨6：20就离开家，到晚上近6点才回家，学习抓得很紧，我没有注意她是否给吊兰浇水。先生在家的时候，他会打理满阳台上的花，那些生命脆弱的花由于他的离开纷纷枯萎了，我一直没在意剩下的吊兰。

我不知道我家里还有多少是被我忽视而自己浑然不觉的东西，也许永远都没有发现。突然觉得在三个家庭成员中，老公和孩子都十分容忍我粗心，而我从来没有这么反省自己。他们俩容忍着我的粗心和健忘，不断地拿错钥匙，让先生要么无法离开家，要么离开家进不了门；他们得容忍我从来不像别家的主妇那样可以做可口的饭菜，我做的饭菜要么太咸，要么就会糊掉；他们得容忍我一直没有为他们织一件毛衣，哪怕蹩脚点的；他们得容忍我情绪不好时的发作、尖叫……而他们就这样忍受了我十几年，我居然还指责我的先生不够爱我，指责我的孩子对我不体谅。我一直觉得自己就是家里的女皇，真害臊。

如果我一直这样忽视我的先生和孩子，就如吊兰一样，他们一直默默地忍受着我，那是多么可怕的事情！也许，有一天我幸福的家庭，也如阳台上的那些花一样，因缺少浇灌而枯萎。

还有我的亲人、同事、同学、朋友，我曾无数次从他们那里得到关心和关爱，已经习以为常了，我却很少主动去关心他们，他们就这么忍受着我，宽容着我。

还有我身边的小泥巴，她正经历着感情的折磨，那么痛苦，却来安慰我因粗心造成的自责。

我不知道有几个认识我的人会读到我的这篇随感，就让我给所有的人道谢、道歉，感谢大家给予我的关爱和关心，原谅我的粗心和无意的自私。

39. 杨和平的幸福

杨和平是我老家的那个居委会的一个光棍儿，那里有我们家祖传的房子。当年祖父母一代家境殷实，祖母很有名望，常常资助那些贫困的人，杨和平就是其中之一，那时他还很小。

我上小学的时候，还住在我们家的老房子里，杨和平家就跟我们家一个巷子，他的家就是两间非常低矮的茅草屋，我没有见过他的父母，他从很小就没了父母，整天穿得脏兮兮的。他吃百家饭长大，自己在那间茅草屋生活到30多岁，从小我就觉得他很可怜，就好像小学在课本上看到的那些旧社会里生活得很苦的人们。

他没有上过学，没有一个亲人疼爱，接受的爱都是人们充满了同情的爱怜。记得母亲常常让我把自己蒸好的馒头送过去，用咸菜炒鸡蛋作为菜一起拿过去，我送过去就跑了，不忍心看他那种很破败不堪的院落。杨和平是我孩提时给予同情最多的人，其他的同情多来自电影里和小说故事里的人物命运。

由于他没有文化，也没有得到父母亲情的教养，他也因此没有任何特长，只是比较有力气。他到30多岁的时候，小区给他安排了打扫卫生的工作，他就每天非常勤奋地打扫一条条大街。我看见他的脸上常常落满了尘土，整日黑乎乎的，可是看起来很朴实。我常常想，他的心里是否很苦呢？

后来不知道哪个好心人给他找了个媳妇，媳妇年龄和他一般大，也是一直比较难嫁出去的人。他的媳妇在我看来长得很丑，而且腿有点跛，直到他们结婚后很久，他家的院落还是敞开的，因为没有钱收拾。可是杨和平令人们刮目相看的是，他和他的新婚妻子似乎没有觉得生活多么不幸，他们吃的怎么样我没法想象，可是人们常常看见他们俩在饭后出来散步，他们的表情看起来很简单，很甜蜜。散步在那个年代是很风花雪月的事情，人们的生活水平总体上比较低，大家常常为了粮食和基本的生活需要而费神、奔波，没有散步的心境和悠闲。可是杨和平似乎没有这样的烦恼，人们看见他们一起出双入对，常常赋予了很多想象，觉得最不该享受这样浪漫时光的是他们。可是很久很久之后，他们一直坚持这样的习惯，他们还喜欢去逛街、逛集市，但是看到他们归来的时候常常是两手空空。

他们后来有了两个孩子，大的叫小年，这个名字寄托着他们对美好生活的向往，希望未来的日子能像过年那样可以吃上好东西，穿上新衣裳。小的是女孩，叫欢欢，我想也是寄托了对美好生活的想象。杨和平和他媳妇的日子怎么过的不得而知，可是后来他买了一辆三轮车，于是他不再和媳妇步行出去逛街，而用三轮车载着全家去逛集市，看起来更是甜蜜如意。

后来我们家搬到父亲所在的学校了，再也没有见过他们。今天我去老家，意外看到了杨和平的媳妇，她还是看起来那么丑，而且老了很多。我非常关切地询问他们的生活，她说小年已经考上大学，欢欢正在读高中，而杨和平仍在打扫卫生，她也打扫卫生。说话的工夫，我看见远处一个穿环卫工作服的人走来，正是杨和平！他还是多年前看到的表情，只是脸更黑了，而且多了些皱纹，可是那眼神还是那么单纯质朴，使我想起了没曾结婚的骆驼祥子。

听到他们的孩子考上大学，我很激动，很为他们高兴，最让我高兴的是，他们已经买了两套楼房，真无法想象，他们的工资那么低，得多么节省才买得起房子！可是他们做到了，旁边一个妇女主动告诉我，说他们仍然非常浪漫，现在常常是一家四口一起散步，从来不见他们夫妻俩吵架，言词中不无敬意。

我百感交集，多少人在寻觅幸福，可是在寻觅幸福的路途中，不断给自己设置路障。有很多钱就幸福吗？有很高的地位就很幸福吗？有浪漫的爱情就幸福吗？可是他们似乎都没有，却很幸福。

人们常说，幸福是一种感觉，真觉得贴切，我的心里很欣慰，因为杨和平一直很幸福。

40. 永别

婆婆行善一生，她已经永远地离开了她疼爱的儿女们。当最后一丝气息呼出的时候，她几近完美地结束了93岁的人生。她从容，淡定，安详。尽管我很努力，依然没有挽留住她仙游的步伐。虽然我没有按照她的意愿再次带她去泡温泉，虽然我没有能力让她看到十年后世界的光辉，虽然她等不及看到她的最小的孙女结婚生子，虽然她失约于自己相濡以沫84年的老伴，她依然是老年人艳羡的对象。

在她的眼中儿子是英俊的，"俺儿子杏胡（核）子眼睛水灵灵的"；在她眼中家族式白皮肤都是遗传了她，就连儿媳妇也随她的；在她的眼中儿媳妇能上得厅堂、下得厨房；在她的眼中孙女是"满园的花儿她最红"……从来她都是如此"自恋"。此刻，我守护着她，往事如烟，近在眼前却阴阳两隔，我失去了最真实最亲近的人口述的历史和哲学。人生总是充满了遗憾，在与她日常的交流中我从未感到她曾经苦难的童年，而从公公口中了解些皮毛进而想了解更多她的身世或者成长经历的时候，我却永远地错过了她。

她与公公在七八岁就定了娃娃亲，父亲在她不到两岁时就去世了，母亲几乎哭瞎了双眼，而她就是被如此被悲怆的母亲养大却拥有那么乐观的生活态度。她常说"不怕立子晚，就怕寿限短"，虽然她44岁时生了大灰狼，却享受了大灰狼极致的孝敬。婆婆一大毛病就是炫耀，常常我前脚离开她，后脚她马上就会向她的左邻右舍展示儿媳买给她的花衣裳，哪怕我只是给她做一顿普通的饭，她也会向别人描述儿媳妇做的饭拥有用仙水做成的那般令她的左邻右舍难以企及的味道，总之儿媳妇所有的表现都会被她夸耀几倍甚至几十倍的好。她就是这么一步步把我表扬成好媳妇的，或许真的不错。现在只能回忆了。

我和她相差47岁，却相知且默契，她大字不识一个，而我多少读了一些书，我们之间完全没有年龄和知识的障碍。我再次确认，人和人之间的交流和接纳往往与年龄与知识层次无关，而是内心深处的感知和共鸣。婆婆安息，我会永远想念您。

41. 小票书签

早晨，同事拿来一本书——《大学之理念》，是社会学家金耀基教授的著作，我完全是偶然的机会看到这本2001年出版的小册子，两个小时浏览了一遍。浏览的起源是发现书里有L君的书签。

书签是L君读书时夹进去的，也许他早已忘记这个书签了。问题是书签毫无艺术色彩，并不是书店里赠送的，也不是小学时代就盛行的印有图画的带着好看的绒绒线的别致书签，这个书签只是一个超市的购物清单小票，打印的字迹已经模糊，我仔细辨别了一下，上面有柔顺洗发水、干果、调料、碧浪洗衣粉、汇源橙汁、上海硫黄皂，小票的时间是2003年10月12日。除了打印字模糊之外，小票还是那么新，像刚刚开出的一样。

这张小票使我想到了当时L君读书的情景，其实完全没有必要核实这样一个情节，就可以想象出当时的情景。也许L君当时读到这本书的时候，醉心于其中的一段文字，欲罢不能地想继续读下去，而又想做个标记，就顺手把刚从衣袋里掏出的小票作为书签了。

这样的小东西在五年之后能让人产生很多联想，多年以前，我喜欢把各种喜欢的花草摘下来夹入书中，不久之后花草干了，被书压成了薄薄的一层，还散发着淡淡的清香。夹得最多的花是五瓣丁香，因为在记忆中很小就知道找到五瓣丁香就是幸福的，所以夹到不同书本里的五瓣丁香坚定了我未来生活幸福的信念。直到现在对幸福的理解虽然与那时有很大的不同，可是那时的情境与感觉回忆起来仍然很美好、很珍贵。

L君是同事中难得的诤友，如果不是因为曾经对桌工作一年，我对L君冷脸冷面的表情是敬而远之的，虽然微笑的脸未必内心就是真挚的，但是冷脸的感觉仍觉得拒人千里之外，难以相处。L君就是这样一个不怎么喜形于色的人。

共事一年，对L君的认识颠覆了我最初的看法。

L君是非常有心的人，相比之下，我真觉得自己是"粗人"。我从他的手中借的文件丢失了，伸手跟他要，他就像变戏法一样会再拿出一份，不知道是他特意收藏了还是他还保存了一份；我的铅笔不知道丢掉多少支，他仍然继续用那一支；很久之前推荐的文章，他仍然保存着。后来再跟他要东西的时候多少有些心理障碍，正因为他总能拿出我需要的东西，而我不是一而再再而三了，无数次了。我发现我就是粗人，劣性难改，如同在家里整天为找东西要浪费很多时间一样，除了我自己，几乎很多自己存放的东西都要用很多时间寻找。钥匙丢过无数，梳子也丢过很多，其实它们一定没有彻底丢掉，只是不知道被我随手放在哪里了。L君能用自己的行动让我审视自己，我努力改掉自己"粗"的毛病，发现这么多年来进步不大。我从不敢问L君，我是否有所改变了一点点呢？只是觉得自己得到了宽容。

L君把在工作中所有的资料都保存着最初的手稿，那些东西曾耗费了他很多时间，他虽然很有情致，却没有时间整理自己的心情，都用在工作上了。

但是无论多么忙，L君总是收藏两份报纸，一份是《文汇报》，一份是《新民晚报》，尤其是前者的《笔会》和后者的《夜光杯》，都按时间保存。两份都是上海的报纸，这也是我所偏爱的报纸版面，工作中的间隙，我们却能够对这些版面及《光明日报》的副刊、《人民日报》的大地副刊，进行谈论，看到共同关注的文化大家及作家的作品和信息，彼此推荐，共同讨论。

当时在一个办公室里还有另外一个人，是个性格热情飞扬的人，与L君完全相反。那时在我离开办公桌到回来的时候，桌上常有方纸片做的"鸡毛信"，有的画一支鸡毛，有的画着窗口，里面一个人的影子，有的是条小鱼等，所有的纸片上都会有与图画内容相关的一行字。"鸡毛信"其实无非是电话留言，或者是他人来找我而我不在的留言，或是其他领导安排的小事，这些"鸡毛信"好些是L君留下的，至今我仍然在当年的读书笔记里保存着这些"鸡毛信"。

有一次，我在擦桌子的时候发现L君在自己的日历牌上记着太太的生日还有4天，如此一行字很令我感动，一个忙于工作的人，仍然对自己太太的生日这么放在心上。为此我曾在做饭的时候告诉身边的大灰狼，试图提醒他别忘记了我的生日，结果招致大灰狼深深的醋意。

最令人惊异的是，L君是孩子的钢琴启蒙老师，那么繁忙的工作，仍把自己孩子的钢琴教到一定水平，目前他女儿的钢琴已过了十级。

L君在群体中一直是沉默的人，大家言论的时候常感觉不到他的存在，但是我想人群中也许他是最有心的人。

跟L君共事一年后，分赴了不同的部门工作，期间我外出学习，但是7年期间会常常收到L君为我推荐的好文章，文章无大事，读后却很放松，很温馨。L君是难得的好同事，我所追求的工作氛围，既能读书，也能交流想法，还不断得到激励，这样的工作场合，此后没有遇到。

正如金耀基所说："文化是一种文化气质，有文生情调、有生命意义的生活方式，在这种文化生活中，华贵而不可有铜臭，简朴清素……"那么L君是与这文字有关的人，这样的朋友不多见，能带来文化感受和气息的人，如果暂且也把自己归为与文化有关的一类人的话。

第二篇 教育之美

JIAO YU ZHI MEI

"接受教育和从事教育都是美的,教育发现美、传播美、创造美,教育是人类美的最高境界。"

——笔者

"使人成其为人的正是人不停留在单纯自然界所造成的样子,而有能力通过理性完成他预期的步骤,把强制的作品转变为他自由选择的作品,把自然的必然性提高到道德的必然性。"

——席勒《美育书简》

1. 文而化之的长效教育策略

在高等教育大众化的背景下，高校越来越重视学生应用能力的培养，很多学校把"培养应用型人才"作为自己办学的定位。但是，高等教育还没真正摆脱过多重视专业理论教育的模式，更缺乏从文化的角度对学生进行培养、教育的长效教育策略。高校是知识传播的阵地，充分利用文化管理的模式，对大学生进行潜移默化的教育，从传播学的角度看，更能起到长期的效果，形成大学生更高层次的人文文化、科学文化素养。因此，对大学生教育的文化管理模式做进一步研究是十分必要的。

（一）学校文化管理的内涵与特征

（1）文化管理的内涵。

文化管理就是以人为本的管理，通过文化影响人的思想和行为，通过价值观念和组织精神的培育达到组织目标，实现自我价值的管理方式。它强调用文化的力量创造和影响管理，希望用一种无形的文化力量形成一种行为准则、价值观念和道德规范，凝聚大学生的归属感、积极性和创造性。可以说，文化管理就是"人化管理"，是以人为出发点，并以人的价值实现最终管理目的的尊重人性的管理。就是通过把组织中科学的管理理念、制度、方法上升为组织的文化态，使组织员工内化这些文化态，形成自己稳定的行为规范，发自内心地调控自己的行为以适应组织的发展目标。文化管理理论认为管理不只是一门科学，还是一种文化。从这个意义上讲，管理就是文化。文化管理不是将科学管理与人本管理对立起来，而是在知识社会化的时代背景下，以"文化人"假设为前提，对以往的人类管理智慧进行集成创新，从而把现代管理推向一个新的高度。纵向地审视西方管理学理论，可以很清楚地发现管理在西方发展的模式是：从科学走向人文，从科学管理到人文管理再到文化管理，总的趋势是管理的软化。理性管理文化与非理性管理文化是管理文化的两个维度。文化管理充分发挥文化的作用，覆盖人的心理、生理以及人的现实与历史，把以人为中心的管理思想全面地显示出来。文化管理的核心是以人为本、追求和谐，其功用在于不治而治。

(2) 学校文化管理的内涵。

学校文化管理就是以学生为出发点，以大学生的价值实现为最终管理目的的管理模式，是文化管理在学校管理中的实施。它是在整合大学生的价值观基础上形成主流价值观念和学校文化来感染大学师生。学校管理中各项规章制度的制定和实施中都要做到以学生为本，在尊重人性的基础上全面开发人力资源，充分调动人的积极性、主动性和创造性，促进人的全面发展，实现组织的目标。

①学校文化管理就是要以人为本。

文化管理就是通过各种文化手段，调动人的积极性、主动性、创造性，充分地实现人的价值，从而达到管理的最终目的。可见，文化管理就是以人为本。以人为本有其自身特定的内涵，是和日常学校管理实践中的物本主义相对而言的。关于人的管理，西方管理者曾经提出"经济人""社会人"等各种不同人性的假设，并以人性假设为前提采取管理措施，建构管理模式[1]。这些理论只是把人作为一种生产要素来对待，把调动人的积极性、主动性、创新性停留在创造财富和利润的基础上，把人作为一种物或资本来管理，并不是真正意义上的以人为本。以人为本的管理就是把人作为管理的重要对象和重要资源，尊重人的价值，以追求人的全面自由的发展为最终目的的管理。以人为本既是对大学生行为的规范，更是对大学生的尊重、培养和鼓励。以人为本不是简单地照顾人、尊重人，不是一味地迁就人，而是全方位地尊重人、发展人、提高人[2]。可以说，学校文化管理是真正实现学校追求个人与学校共同发展目标的最佳选择。

②学校文化管理强调管理中的软要素。

所谓软要素就是管理诸要素中人与人直接相关的因素。西方的理论界曾经对管理中的要素进行分类。如理查德·帕斯卡尔和安东尼·阿索斯指出"企业管理有七个要素：战略、结构、制度、人员、作风、技能和最高目标，其中后四个是软要素"。而沃特曼认为"管理要素可以分为结构、制度、战略、风格、员工技能、共同价值观，其中结构、制度、战略是硬要素，其他都是软要素"[3]。现代企业管理趋势表明现代管理正从文化角度来建构新的模式和理念，这种新的建构着重强调管理的软要素：人、人的情感、心理、习惯等正在逐步被人们所关注。就学校管理而言，硬要素较为直观，容易操作，对学校的管理效果较为明显，而软要素不好掌握和操作，作用较长，且往往是潜在的，短期内不容易察觉和评价。因此，一些学校的管理者就习惯于花大力气在制度、结构和战略上，而不大重视价值观、道德观等软要素。主要表现在以下几个方面：学校文化建设与人力资源管理严重滞后于学校战略、结构和制度，学校的价值观和道德观没有很好地在学校制度、政策中体现出来，管理方法单调而缺乏人情味，队伍凝聚力不强等。而文化管理则关注软要素的作用，把培育组织爱校如家、团结一致的精神作为学校管理的主要措施，注重培养主流价值观，并在组织的发展过程中，形成价值趋同，从而提高管理效能。但是对软要素的强调并不意味着忽视硬要素，而是使前者成为后者的内部动力，起到引导的作用。

③学校文化管理是理性和非理性的统一体。

所谓的理性就是以唯物的态度对事物进行观察和研究，运用科学的方法将事物标准化、系统化和规范化，尊重科学、符合逻辑是理性行为的表现。而非理性则是指人的直觉、意志、欲望、本能等，它不以科学和逻辑为前提。可以说理性和非理性都是人的精神世界的重要部分，传统管理模式中，学校往往是以制度和利益机制进行诱导和控制的，管理手段和方法也强调理性和数量化，通过周密的计划、组织的控制，从而到达管理的最终目标。但是我们要意识到，学校管理的核心内容是人而不是物，人有不同的情感、性格等非理性因素，管理者必须考虑管理对象的个体差异。非理性因素主张充分地尊重人格，重视对于情感、思想、信念、价值观等软因素的作用。就学校而言，通过呼唤大学生内在的自觉性，培育学校文化来提高学生的凝聚力。但是学校文化管理强调非理性并不是要排斥理性，学校管理既要重视人的不规则的一面，也要重视人的规则的一面；既要尊重人的非理性，也要张扬人的理性精神，从而把握好理性和非理性之间的度，防止从一个极端误入另一个极端。

（二）学校文化管理的特征

（1）学校文化管理是一种人本的管理。

人本即以人为本，"以人为本"本身是一种理念，它体现对人尤其是个体的充分尊重。尊重每一个员工是以人为本的核心内涵，也是贯彻以人为本的前提。因此，以人为本的文化管理首先要获得理念认同，没有这种理念认同作为支撑，"以人为本"只能是一句粉饰学校形象的口号。所以，学校实行文化管理，理念要先行。需要在教职员工中要不断灌输"人本"的管理理念，不断强化员工的"人本"管理意识。学校文化建设是一件知易行难的事情。光有理念还远远不够，需要将以人为本的文化理念贯彻到学校各项教育教学工作之中，让学校的基础管理浸润着以人为本的精神，体现在学校管理实践的具体细节之中，并通过各种规章制度进行保障，才能在工作中形成以人为本的文化氛围。

以人为本是学校文化管理的基本特征之一。传统的校园文化管理，往往以任务为中心，对学生来说，他们被动地接受老师安排的任务和指令，他们常常消极、被动地处于客体地位。这样，学生的自我管理能力和意识都非常低，而且对学生潜能与个性的科学发展是极为不利的。而在现代校园文化管理中，全体师生是整个学校文化建设的中心和关键因素，他们既是文化管理的客体，又是文化管理的主体和学校的主人。在校园文化管理中，学校管理的目的是服务于人，是为了大学生的健康、和谐、科学地发展。通过最大限度地理解人、尊重人、关心人、凝聚人和培养人，可以充分调动大学生的积极性，发挥每个人的主观能动性，使每位大学生关心学校文化，自觉地成为校园文化和学校利益的维护者和管理者，从而不断增加学校的内在文化力。

（2）学校文化管理是一种人性的管理。

人性，顾名思义指人的本性。人性有两种含义，一种含义是作为中性词，在中国文化中对人的本性有"人性本善论"的观点；以儒家孟子为代表，也有"人性本恶论"的观点，以儒家荀子为代表；一种含义是指作为人应有的正面、积极的品性。通常所说的人性，以后一种含义居多。任何一种管理都以一定的人性假设为前提，19世纪以来，人性假说成为管理思想和管理理论发展的一条重要线索。泰勒首先提出了"经济人"假设，梅奥提出了"社会人"假设，这些都对学校管理实践产生了重要影响。20世纪80年代初，"文化人"假设被提出。"文化人"假设把人从高技术的压力下解放出来，重新确立了人的主体地位，树立个人自信和个人价值，回归人的精神支柱和文化归属，文化管理模式便应运而生。学校文化管理模式中的人性假设，它以"性善论"为哲学基础。把人看作"自我实现人"和"观念人"。[4]表现为教师爱学生、爱岗敬业，学生爱教师、努力学习，这并不是别人要"我"做的，而是"我"主动要这样做的。师生彼此相互唤醒，激发出对美好人性的追求，形成一个师生互相支撑、互相赏识、互相感应、互相感动的"文化场"。在这个场域之中，师生每一时刻的生存状态，他们内心的所思、所感、所需都会被关注，这正是学校管理在当下社会背景下的内在需求。

（3）学校文化管理是一种人文的管理。

人是学校管理的核心要素，如果只使用制度进行约束而对人的非理性因素视而不见，这样确实可以体现所谓科学管理的规范性、实效性，但限制了人的发展，使人墨守成规。人文，从字面上看，首先是关心人，关心人类的命运；其次是关心文化，关心人类的文化，关心文明的发展。人文是体现人性情感管理的基础，它是文化管理的重要组成内容。它特别注重人的内心世界，关注人情感的可变性、倾向性，其核心是激发大学生的积极性，消除他们的消极情绪，进行情感的双向交流，从内心深处去激发每个大学生的内在潜力、主动性和创造精神，使他们真正做到心情舒畅、不遗余力地创造新的业绩。它犹如一只"看不见的手"，深入人的内心世界，有效地规范和引导着人的行为；它更是一种看不见、摸不着的隐性或软性资源，激发的深层次的内在精神动力是相当巨大的。现代教育要求创新，要求发挥大学生个性的张扬，主体性的充分发挥。文化管理的人文特性就是按照现代人的本质特点和需求，营造能够激发和强化每个大学生的积极性和创造性的文化氛围，使大家在团结、和谐、愉快的氛围努力学习，实现自身的价值。

（三）目前学校管理中存在的问题

（1）过于强调标准化而忽略人的灵活性和复杂性。

传统的学校管理机制的最大特点就是标准化。但事实上，外部环境的多变性、大学生作为管理对象本身的复杂性、价值实现的滞后性以及大学生个体需求的多样性等，往往使学校管理机制的预设具有很大的不确定性。同时，由于人类的理性有限，也无法完全掌握信息，所以无法对机制的每一个环节事先按照设计好的最优化的管理方案进行管理。传统的学校管理机制忽视了管理过程中的很多可变的因素，忽视了对于管理主体的能动性的正确把握，也忽视了大学生群体的特殊性。这种机制中太多的标准和规章制度过于强调标准化而忽略了人的灵活性和复杂性，会导致管理对象产生逆反心理，给学校管理带来困境。

（2）过于强调制度的刚性管理而忽略了弹性管理手段。

学校刚性管理是以规章制度为中心，凭借制度约束、纪律监督、奖惩规则等手段对大学生进行管理，这使学校管理出现了片面强化管理制度建设、忽略人文精神建设的不良趋势。学校刚性管理理念有其严重的弱点。首先，刚性学校管理的最大弊端是无法真正调动大学生的积极性。在刚性学校管理中，大学生在各种规章制度管理之下，成为被监督的对象，他们绝大部分时候都是机械地完成各种规章制度规定的自己的任务和职责。其次，学校刚性管理会使学校失去灵活性。瞬息万变的教育市场需要学校群策群力，制定适合自身发展的目标方案。最后，学校刚性管理以规章制度为中心，但规章制度是有限的，它不可能适应不断变化的大学生的成长，这些弱点极易使学校管理陷入"机械化"的管理误区，学生也容易产生疲劳、信心流失和逆反心理等可能严重影响到学校管理效益的负面情绪。由于刚性管理片面地注重制度建设，再加上管理方式的机械性、非人性化的特点，使学校管理越来越不适应大学生思想政治教育的需要。

（3）过于强调控制的力度而忽略了成员的主体性。

传统的管理机制中，学校是一种理性的组织，强调学校组织的权威性、等级性以及各种行为的规范性，习惯于用行政的手段来推动工作。管理的运行以自上而下的权利等级线为载体，通过上级的命令指挥、下级的服从执行来实现。在这样的运作中，上级习惯了发号施令，下级也习惯了对上级的等待与依赖。久而久之，学校成员就会在单向的"命令—服从"关系中迷失自我，丧失作为独立个体的主体精神，一切等待上级的工作部署。他们把自己的工作大脑交给了学校领导，变得只会为上级办事，而不会主动地开展工作。那么大学生的教育更谈不上人性化、个性化、领先化的教育，大学生在这样的管理体制下成为被管理的机器，而不是作为人的个体而接受教育的。

（四）学校引进文化管理的必要性

在学校管理方面，主管学生教育的管理者不能做一个墨守成规的经验型庸者，也不能做一个毫无思想和主见而唯上级是从的行政型懦夫。"做一流的教育家，干一流的事业，要有创造精神和开拓精神"，这才是一种追求文化型管理的理想管理者，尊重人性是文化管理的基本思想。教育管理者的文化管理坚持的正是学校教育以人为本的"生命性"原则。让全体师生在校园里过得更好、活得更好、发展得更好，从而取得更大的成功，这是做一名理想的管理者的根本追求。

（1）文化管理是学校管理哲学的应用和具体化。

学校文化管理是一种哲学思想，它教导我们以现代文化精神为指导，学习了解和正确处理人与世界、人与人的关系，以及在现实的学校文化创造中，做到才高智强，得心应手。学校文化管理鼓励自由自觉地创造，是以学校文化精神和文化价值的理解和贯彻为特征的，在某种意义上是对学校文化创造资源最有效的开发，创造最有利的条件，最大限度地调动人的积极性的观念与活动。学校文化管理的精神实质是创造、弘扬一种新人道主义精神，使之深入人心并在全面贯彻中实现价值观念和思想方法的变革。价值、理念、思想是学校文化管理的灵魂，文化管理首先表现为价值、理念、思想的管理。价值观、哲学观念、教育思想尽管是看不见、摸不着的，却实实在在地引领着学校的教育行为、教学行为和管理行为。这种影响甚至是深刻而久远的。英国哲学家霍德金森在《领导哲学》一书中指出"管理是行动的哲学"，"哲学是管理行为的一个组成部分，是一个核心部分"，"倘若哲学家不会成为管理者，那么管理者必须是哲学家"。[5] 学校的办学、教育教学、学校的管理，都是一项自觉的活动，必然要有一定的价值引领，具有一定的哲学色彩。成功的学校管理者总是十分重视学校的思想、理念的领导，总是根据现代教育理念，结合学校实际，提出校本化的办学思想，并使之转化为全体师生的教学行为、管理行为、成才行为。

学生成长的时代性、国际化要求管理者要准确地把握信息，迅速调整管理策略，要对管理哲学进行思考。文化管理以学习型组织的构建，自我控制的实现，育人的领导职能，以人为本的管理理念为基本特征。文化管理摒弃经验管理的"人治"和过于强调规章制度的"法治"，是一种基于价值的管理，通过形成组织的共同价值观实现"文治"。文化管理的核心在于形成组织的共同价值观，形成组织特有的文化，正如著名学者马尔库塞认为的那样:"观念和文化的东西是不能改变世界的,但它可以改变人,而人是可以改变世界的"。[6]文化管理就是通过改变组织成员的价值观,创建组织文化,来实现组织持续、稳定、快速地发展。文化管理关注人的高层次需要,关注组织成员共同价值观的形成,关注组织成员良好的组织情感、信念与工作理想的培养。这一系列文化管理思想在学校管理中的运用,是学校获得持续发展的内在动力。

(2)文化管理是推进学校发展的"学校文化力"。

学校精神是学校所倡导的核心价值观念,它统率着学校一切观念和行为,学校精神的确立,是基于对时代发展的感知,对现代教育发展趋向的把握,对本校实际情况的深入了解,发动全校师生共同讨论所确定的。我们抱着实事求是的态度,努力在国家、社会、家长的共同需要中寻找平衡点和结合点,使办学理念和办学目标等既源于家长和社会需要,又高于家长和社会需要,进而引领学校的发展。如我校的办学理念是"以学生为中心",为大学生的终身发展服务塑造文化,为学校的持续发展奠基;校风是"实",校训是"有用、有效、先进",这样学校精神和系列行为规范的提出为师生形成共同的价值观念和方向一致的行为提供了坐标。

①学校文化管理是学校管理现代化的重要趋势。

学校管理现代化是一个不断发展的概念,最本质的特征是与时代的发展要求相一致,也就是学校管理现代化的获得。因为人是万物之灵,有自己的需求、情感、思想等,这些都会为时间、地点、好恶等因素的改变而改变,即是说人充满着不确定性,用确定性的方法去解决非确定性的问题显然是很难取得真正效果的,管理中的唯理性手段很大程度上只能管住人的行为,而不能管住人的心。更进一步说,严密的组织机构、周密的计划、严格的规章制度和明确的分工职责等,只能起到对人的行为控制作用,而不能充分地调动人的主观能动性和体现对人的尊重和爱护,但社会文明的进步越来越需要体现民主、平等和人的主体性。因此,真正意义上的现代化管理应该是理性管理与非理性管理的相互融合，文化管理必然成为学校管理现代化不可或缺的内容。

②学校文化管理是学校组织高效运转的关键因素。

文化管理的实施适合学校的组织特性。学校组织区别于企业组织、行政组织、军队组织等其他社会组织，它除了具有一般组织特性外，还具有一些自身的组织特性。第一，学校是一个行政、学术组织。学校的基本任务是育人和发展科学文化，它的运作需要行政权力的维持，但是更需要以高水平的教学活动和学术研究活动为依托，而从事教学和研究活动的主体是教师。因此，学校组织的运作重心更偏向于学术，而不是行政，从这个意义讲，学校是一个文化组织。第二，学校是由素质较高的专业人员组织的组织。教师是具有较高知识水平和较强专业能力的特殊群体，他们有较强的自觉性、自律性和自主性，参与意识、民主意识、平等意识和自尊意识明显高于社会平均水平，在工作和生活中，对精神需要满足的追求强烈。第三，学校是一个相对松散的组织。与以权力为中心的行政组织、以效率为中心的企业组织和以纪律为中心的军队组织相比，学校组织的紧密性是最差的，这并不是学校管理水平不高，而是学校组织有效运作的需要，学校以教学和科学研究为本，这两项活动的有效开展需要一定的规范性。根据以上的分析，很显然，以控制人为目的的唯理性管理显然不能成为现代学校管理的主要途径，而突出人性化特点的文化管理更适合于学校组织。

③学校文化管理是学校持续发展的不竭动力。

文化管理的实施有利于解决新时期学校管理所面临的新问题。近年，我国的区域经济迅速崛起，在发展经济的同时，教育事业也得到长足发展。社会对学校提供优质教育的期望不断提高，很多家长为孩子读书择校而不惜重金。同时，学生素质参差不齐现象更为突出，物质条件丰富后，学生学习动力普遍不足，在对外开放的环境中，学生的自主意识、民主意识等更加强烈。这些新情况为学校管理带来了新的问题：第一，在物质利益不断得到满足的情况下，如何进一步调动师生的工作和学习积极性；第二，面对来自不同学校，具有不同文化背景的教育者，如何减少文化冲突，建立团结进取的团队。这两个问题严重制约学校的办学质量和水平进一步的提高。而文化管理是以建立共同的价值观念为核心，以尊重人、关心人为前提，具有导向、凝聚、激励和教育等功能，它是一种内隐的、深层次的、无形的力量，这种力量决定着学校的改革、发展和成败。文化是根、是魂、是力，为学校的发展带来动力。可以说，文化无处不存在、无人不显示、无事不体现，弥漫在整个学校的全部生活之中。因此，文化管理的实施较好地针对新时期大学生群体的特点，有利于消除冲突，充分发挥人的主观能动性，让大学生不断获得自我实现的成功感和自信心，从而有效解决学校管理所面对的新问题。

（五）实施文化管理的有效策略——管理者示范精神引领

学校应该成为师生的精神家园，管理者应该成为大学生的精神领袖。所谓精神领袖，就是说管理者应是大学生衷心拥戴和信赖的引领者，在学校发展中发挥着至关重要的、不可替代的作用。通过引领让学校充满活力，感召每一位大学生充满激情地工作和学习，从而实现自我的人生价值。就是通过理念、思想、精神、制度、机制、行动等引领大学生把梦想变为现实，实现学生和学校思维一体的成功和发展。

第一，要用先进的思想观念去引导人。

苏霍姆林斯基说过："学校领导首先是思想的领导，其次才是行政领导"[7]，管理者应该拥有崇高的理想。

第二，要用正确的行为方式去示范人。

现代教育家陶行知先生说过："校长是一个学校的灵魂。"校长是师生的榜样，也是师生最信赖的朋友。可见，对于面向学生教育的教育者而言，其示范作用影响着整个学校的发展趋势，也影响着人才的质量，因此管理者的示范作用不可低估。

一个具有强烈敬业精神和奉献精神的管理者，他的精神会感召他的学生勤奋学习；一个具有博爱胸怀的管理者，他一定会关心热爱学生，对学生负责；一个遵纪守法、行为文明、严于律己的管理者，他一定会依法执教，礼貌待人；一个善于合作、尊重教师的管理者，一定会尊重学生，乐于合作；一个勇于创新的管理者，他一定会积极投身于教育教学改革，积极实践新的教育思想，探索新的教育方法。总之，具有什么样的管理者人格就会带出什么样的大学生人格。管理者只有努力塑造个人的高尚人格，才能带出一支具有高尚职业道德的大学生群体。

第三，要用美好的道德情操去陶冶人。

实践证明，最有效的影响力不是法定的权利，而是教育者内在的道德素质和个人行动给学校成员的一种影响力。真正的管理是必须能够"唤醒潜藏于人心灵深处的潜能"的。管理者说的话直抵人心最柔软的部位，让人感动；管理者制定的措施能最大限度地调动人们的积极性，能激发人们的创造性。于是，校园是活跃而有生机的，生活在这里的人们是幸福和快乐的。

第四，要用崇高的人格魅力去影响人。

美国哈佛大学丹尼尔·戈曼说："一个人的成功，20%靠智商，80%是靠情商。"因此，作为管理者，应该有超出一般教师的影响力，这样的影响力除了由领导赋予的职位、权力所带来的强制性支配力量以外，最重要的取决于管理者教师中的优秀教师，形象端正、道德高尚、胸襟宽广，具有极强的感召力和凝聚力。管理者的魅力是磁石，能把大学生的注意力吸引过来，凝聚在一起，围绕着一个共同目标团结奋斗。

第五，要用良好的人文素养去濡化人。

作为人文管理的管理者不仅要具备一般管理者的品质，还必须具有"以人为本"的管理思想和人文素养。实践证明，只有具有高尚人格的管理者，才能使大学生内心信服而自愿接受影响。素质教育的本质和贯穿始终及各环节的核心内容体现了"以人为本"的新型教育理念，蕴含了人文素养的培植。人文素养是渗透性的，这种渗透作用具体表现为理性的思维、宽容的心胸、健康的心态、良好的自我管理能力以及足够的合作意识等。一个具有浓厚人文气息的管理者，虽不必学贯中西，但须拥有古今中外文化的广厚度，拥有在人文科学和自然科学等方面知识的融汇，能以自己的实践创设有特色的校园文化并逐步形成潜在的教育资源，表现学校的综合个性，形成包括学校物质文化、制度文化和精神文化在内的文化积淀，以此塑造大学生真善美的理想人格。一位好的管理者可以成为学生的表率和偶像，可以增强其感召力和威望。管理者应从一言一行做起，他的仪容与仪表的端庄合体，言谈举止的诙谐幽默，处理事务的机智果断，工作作风的快速高效，积极乐观的人生态度，对待师生的平易近人，家庭生活的幸福美满等，都会对大学生产生积极深远的影响。就像父母影响自己的孩子一样，这种精神感染的作用不仅是深刻的，而且是其他所无法替代的。一个好的管理者不仅应是一位学者、师者、领导者，还应该是一位益友。可以说，管理者的一举一动、一言一行，无时无刻不对大学生产生潜移默化的作用。

参考文献：

[1] 马海燕.给学校管理留点空白［J］.教学与管理，2005（10）:45.

[2] 姜野军.文化管理：奠定学校可持续发展的基础［J］.湖南教育，2004（20）:12-13.

[3] 王丽雪.学校实施文化管理的策略研究，http://211.64.241.111/kns50/detail.aspx?QueryID=839&CurRec=1.

[4] 孙鹤娟.学校文化管理［M］.北京教育科学出版社，2004.

[5] Roslyn Heights, Shaping school culture:The Hear to fLeadership Adolescence; Anonymous; Winter1999.

[6] Steve Gruenert, Shaping a new school culture, Contempo-

rary Education，Terre Haute，2000．

[7] 苏霍姆林斯基．给教师的建议［M］．北京教育科学出版社，1984．

2. 共享教育理念与辅导员工作的创新

全球化的深入发展、互联网技术的进步、移动智能通信的普及、微传播自媒体的广泛应用，已经把现代社会的人们带入了一个不可回避的分享、共享空间，分享、共享已成为当下现实生活、文化生活常态，也成为知识传播的常态。在这个新常态下，人类命运共同体已不再是一个理论上的口号，而是我们每个人真切感受到的现实存在。中共十八届五中全会上提出的创新、协调、绿色、开放、共享五大发展理念，是对人类特别是对我国社会发展的规律性把握，是具有全局性、根本性、长远性、引领性的发展观，也契合了全球人类共同体发展要求。在这种背景下，我国高等教育教学、教育管理服务工作，特别是辅导员工作，也必须以共享发展理念、共享教育理念来引导，才能更好地全面贯彻国家的教育方针，形成科学、完整、系统、创新的高校辅导员工作体系，为深入开启全息育人模式奠定基础。

（一）共享教育理念的内涵

共享教育理念是共享发展观的具体化、行业化体现，是共享发展理念在教育行业的具体实践。从我国社会发展的角度看，共享发展理念的主要内涵有四个：一是全民共享；二是全面共享；三是共建共享；四是循序渐进共享[1]。我国的教育事业从新中国成立以来，就做出了较好的定位，办人民满意的教育，为社会主义建设培养优秀人才，其中蕴含着教育共享的思想基因。但是由于我国是一个农业大国，人口多，底子薄，高等教育从精英化到大众化、普及化经历了一个漫长的过程。长期以来，共享教育资源，特别是共享高等教育资源只是一种理想。改革开放以来，特别是进入 21 世纪以来，这种理想正逐步变为现实。中共十八届五中全会提出的创新、协调、绿色、开放、共享五大发展理念，开始把共享发展文明成果落实到社会各行业，教育资源与成果配置日趋合理，开启了全民共享、全面共享、共建共享、循序渐进共享的模式。2016 年我国高等教育毛入学率达到 40%，"十三五"规划中明确到 2020 年我国高等教育毛入学率将达到 50%，全面进入普及化阶段[2]。但是入学率只是共享教育理念的硬件指标，是内涵之一，还不是全面的教育共享。本文认为，共享教育理念的内涵主要有：一是高等教育达到普及化，实现人人都能上大学的理想，使广大青年学生能够充分享受优质高等教育；二是政府与教育主管部门要合理配置高等教育资源，实现教育深层上的公平，使得城乡、东西南北中不同层面不同地区的人们共享高等教育资源；三是教师队伍，特别是辅导员队伍必须转换角色，以分享者、共享者的视角与学生共享知识、文化与人生经验；四是学生之间、师生之间、教育工作者同行之间、教育管理者或服务者之间互动分享共享教育知识经验；五是学校、家长、学生、社会之间要互动分享知识文化资源，共同成长、进步；六是全社会共享高等教育引领社会发展的文化成果，高校成为真正意义上没有围墙的大学，从最初的校园开放到课堂开放、图书资源开放、师资开放、知识思想成果开放共享，学生、教育工作者、管理服务者等与社会形成良好的分享、共享、互动，从而达到全面提升社会文明水平之目标。

（二）共享教育理念促进辅导员工作的创新

共享教育理念的内涵非常丰富，教育者、教育对象、教育内容、教育方式渠道、教育硬件软件环境、教育管理服务等各个分支同样具有丰富内涵，这决定了每个部分在创新共享发展中也必然具有各自的内在体系或系统。

高校辅导员，作为教育者、管理者、服务者等多重身份，其工作绝不是简单纪律管理、搞搞活动和生活服务，而应当以共享教育思想为指导，与专业教师、家长、学生、学校相关部门、社会相关部门等，运用传统与现代多种手段，构建多层级工作体系，形成良好的知识文化共享、互动环境。在这个环境中，知识的传播不再是从教师到学生的单向传播，而是多个知识源向学生进行多向传播，以学生为中心通过多个平台或渠道互动、共享，也可以直接或间接地影响家长、社会各阶层等。家长、社会各阶层也可以通过这些平台参与到高校的育人环节中，而学生、社会、家长等的反馈又可以促进辅导员工作的改善，从而形成全息共享、具有较高创新性与挑战性的辅导工作模式。具体说来其创新性主要表现在以下几个方面。

（1）多元的共享育人平台与辅导员工作的新抓手。人类的分享行为是一种高尚的共享行为，自从人类有了思维意识之后就存在这种分享本能，人们分享成功的喜悦、诉说失败的不快等。文字发明、印刷术发明、创作行为等则是更高文明程度的大规模共享行为，而教育行为与机构的出现，是知识分享与共享的更高境界。影视媒体、网络媒体以及各种新媒体出现，更为人类分享、共享各种知识和经验提供了极佳的媒介工具，也拓展了共享的空间，增加了其广度与深度。具体到教育领域，这些媒介工具更加重要，不可或缺。

同样，媒介工具更是高校辅导员工作的抓手。包括传统的课堂、学生组织（班级及学生会等）、辅导员组织，也包括新媒体QQ群、微信群体及相关知识信息传播公众平台，更包括现代教育技术手段构建的微课，如MOOC（慕课）。特别是在微信传播技术基础上建立的学生交流互动平台、师生互动平台、家长平台或家长、学生、老师平台，甚至更大的社会社交媒体互动平台，使现实实物媒介与网络等虚拟媒介相结合，实时进行信息的分享、共享及互动。从辅导员工作来说，通过这多渠道多媒介可以及时掌握学生学习与思想动向，甚至行动轨迹，与学生本人、家长、老师进行交流共享，确保学生思想与人身双重安全与健康发展；从学生成长来说，通过这多元平台，可以有针对性地向不同老师提出自己的问题或利益诉求，及时解决问题；从家长来说，可以及时了解学生学习与生活情况，并能及时向老师提出问题与建议。而家长、学生、老师相互之间均可以通过现实平台和各种媒介平台，进行集体交流，更可以进行单独交流，从而分享、共享教育经验、学习心得、成长经历。同时，各个主体之间或群体之中，又都形成潜在的相互监督，能够杜绝一些负面信息，从而传播正能量，创造一个良好的育人信息环境。

例如，"临沂大学""临大生活圈"、各学院微信公众号、各年级微信群与 QQ 群、各层级家长和老师交流群等，为辅导员展开管理工作、服务工作、育人工作等提供了方便，也提供了重要渠道。

（2）复合共享主体与辅导员主导地位的强化。共享、分享在英语表达中都可以用 share 来表达，其意义在汉语环境中也相近，分享某个成果或信息给他人，实际上就是完成了与他人的共享活动。共享教育理念要求教师、学生、管理者、家长、社会各阶层成员，都应当自觉地成为知识的分享者、共享者，向他人传播知识和经验，与接收他人的知识与人生经验不再是分离的，而是一个互动循环上升的过程。也就是说在共享的教育空间里，人人都是知识的传播者，也都是受传者，界限没有那么清楚了。因此共享者是一个群体，一个复合的主体。在这些分享者构成的共享空间里，学生接受的知识信息来源更广泛，与社会的对接联系更紧密，基本上改变了高校的象牙塔形象。

但这并不是说这些分享主体没有主次之分，传统意义上的专业老师、辅导员队伍仍然是知识分享与传播的主导，这就要求辅导员能够协调、调动、管理、规范不同分享与共享者的动机、行为、内容、时间、地点、方式方法，这为辅导员工作增加了新内容、新任务、新挑战，其主导地位与作用更加突出，而不是弱化。

（3）繁杂的共享内容与舆论领袖（意见领袖）的把关。网络媒体、微媒体、便携式媒体的广泛应用，为多元交流平台建设提供了基础，为传播信息提供了渠道，但是这些信息往往是繁杂的，质量良莠不齐。大学生自主能力虽较强，但是对信息的接受与分析还有欠缺，同时辅导员、学生、老师们的时间又是有限的，那么如何剔除一些无效信息，提高有效信息的传播效果与使用效率呢？我们认为在这一环节中，辅导员的工作仍然起着中心主导作用。辅导员无论是在现实交流中还是虚拟媒体交流中，与学生接触时间最长、频率最高，这客观上要求辅导员在参与或主导各种信息传播平台的过程中，当好总的舆论领袖引导学生，当好信息传播的总把关人传播优良信息。辅导员还要通过学生会、班组织、家长会、各类平台负责人，培养、设立各级舆论领袖与把关人，实行承包农田式的责任制，各司其职，责任到人，形成良好的信息传播环境，同时聘请专业老师作为督察员进行学业指导与共享信息的检查，这样繁杂的内容在各级把关人与领导的引导下必将发挥其应有的作用。而辅导员则是这些信息源之间通联的核心枢纽、协调人、总"关长"。

（4）分层培养与辅导员的职业规划师角色。计划经济时代，缺少教育资源共享条件，无论哪个高校培养人才的模式都一个样，甚至开设的课程也不能自主，必须按照统一规定执行。结果培养出的人才大都相同，没有个性，没有特色，但由于人才奇缺，就业大都没有问题。随着市场经济的发展，改革开放与社会精细分工，市场对人才的需要更加多元化、多样化、特色化、个性化，加上中国高等教育的大众化、普及化发展，大学生的就业、职业人生规划越来越重要，竞争也越来越大，这就要求不同的学校人才培养目标、规格不一样，甚至同一所学校、同一学科中的学生也不能按照一个模子培养了。更为重要的是，每个学生在这样一个文化知识共享的时代里，他们的个性化要求得到了充分的释放，他们可以根据自己的兴趣、爱好选择自己喜欢的课程、专业，甚至与导师进行双向选择，也与用人单位进行双向选择。这一切变化决定了高校人才培养不能按照一个模子进行，分层培养已经成为共享教育时代许多高校的共识。那么如何去对学生进行有效组织，有效进行职业规划，就成为辅导员工作的重要内容，这也是传统辅导员工作中所没有的。在学生的分层级培养中，辅导员应当成为学生的职业生涯规划师，这就要求辅导员自身强化学习，了解学生诉求与市场要求，会同专业老师、家长、学生、用人单位进行商讨，共同探讨学生个性化成长路径。

做好学生职业人生规划师这个角色，必须做学生的良师益友，还要具备教育学、心理学、社会学的相关知识，更要做好与学生、家长、专业老师、用人单位（市场）的沟通等，这就要求辅导员具有创新精神与奉献精神。从这个意义上说，当好辅导员比当好一个专业老师更难，任务更艰巨。

（5）共享教育理念与人才培养效果评价的变化。传统高等教育效果的评价内容往往是学生的成绩、教师教学活动，评价方式也是线性单向式的。而辅导员对学生的评价方式大都限于写写政治思想表现、守纪情况，进行的是简单定性评价。而在共享教育环境下，这种简单的评价方式将得到很大程度的改变。第一，评价的内容指标更加丰富，更人性化，评价学生不限于专业学业成绩、思想纪律两个方面，还包括实践能力、人际交往能力、社会适应能力、综合文化素养、性格人格、特色特长等，这样对人才的评价更全面、更有针对性，而不是用一个模子量出。对此，可以根据不同的评价内容设计更加人文化的定性与定量评价要素，主要指出各方面的优势与不足，给出改进或发展的建议，更有利学生继续成长；第二，参加评价的人员或机构、渠道更多，学业老师、辅导员、同学之间、学生组织、家长、社会相关用人单位或部门、人才市场等均可以运用现代化的手段，对不同的学生个体进行评价；第三，教学与管理（含专业老师与辅导员等）质量评价、学校人才培养质量评价，不再以教育主管部门的评审为唯一权威依据，而应把学校自评、学生评、家长评、同行评、社会评、市场评等结合进来，形成长期评价体系，而不是周期性地由教育主管部门集中十几天进行专家式评审。

那么如此复杂的评价体系，如何运作呢？我们认为仍然要以辅导员为中心，由其牵头，联络各评价部门或人员，收集、综合相关评价材料，组织学生、老师、家长、社会人士、用人单位等代表进行材料分析，去粗取精、去伪存真，从而对每个学生做出有针对性的评价。这就要求辅导员队伍加强自身综合能力的培养，以创新思维开展工作。

综上，共享教育理念下辅导员工作内容发生了巨大变化，工作任务更加艰巨，对人才培养肩负更多更重的责任，当然也更有话语权，因此我们辅导员队伍必须强练内功，以适应这种变化。

参考文献：

[1] 中共中央宣传部．习近平总书记系列重要讲话读本[M]．北京：学习出版社/人民出版社，2016．

[2] 中国网．袁贵仁：到2020年我国高等教育毛入学率为50%[EB/OL]．http://www.china.com.cn/lianghui/news/2016-03/10/content_37990026.htm．

[3] 齐卫平．五大发展理念融入高校思想政治教育：新任务和新要求[J]．思想理论教育，2016（5）．

3. 伴随孩子一同成长

我是一名教师，当我站在讲台上和身处学生中间时，能够问心无愧地说："我的人生是平凡的，但是富有意义。"我不是一名教育专家，只是以全部的爱来培养我的学生。我曾读了许多哲学、心理学、教育学、社会学、名人传记等经典著作，为的是让那些大师指导我做一名优秀教师，为此我时常有自豪感。

可我26岁做母亲的时候，却没有为此角色做好准备，孩子出生后几个月内，我都无法进入母亲的角色，这个生命打乱了我的生活和秩序，带来很多烦躁。后来，我慢慢地爱上孩子了，因为她那么可爱，也因为我沉睡在心灵深处的母性意识苏醒了。可现在看来，当时我并不懂得如何爱她。孩子杨柳青11岁了，我困惑了11年，因为我并不知道明天及后来更多的日子里，能否担当起做一个优秀母亲的责任，我时常惶惑不安，不知道该怎样为她的生命和未来负责，到现在仍然是这样。

女人生下孩子，自己便成为母亲，做女人和做母亲完全不是一回事。分娩其实就是女人的第二次降生，之后母性就应该随着孩子一同成长、成熟，生下是恩缘，养成是情智。一个健康的女人，只要愿意就可以组织家庭成为母亲，这是个很自然的过程，却不知道从什么时候开始，这件自然的事情就变得不那么自然了，母亲成了一种职业，母亲的心灵要成为孩子最好的课堂，家也成了第一学校。可是孩子小的时候，我对她的疼爱更多地体现在吃的调理和为身体的舒适创造条件。我也会为她讲故事、让她听音乐，带她出去玩，我以为我就是一个好母亲了。真正让我愧疚难当的是柳青一岁多发生的一件事情，那件事情使我对自己的教育方式产生了质疑。由于她吃饭比较困难，我严格限制她吃糖，那时我们住在单位的筒子楼里，一天下午晚饭前，她高兴地从邻居家走出来，摇摇晃晃地来到我的面前，当我发现她嘴里的糖块时，立刻怒不可遏，伸手就把糖从她的嘴里抠出来扔进垃圾筒里。她立刻大哭起来，委屈了很久，那天晚上她不仅没有吃饭，而且哭着睡着了，躺在床上，腮上还挂着泪珠。我的眼泪一下子涌了出来，突然意识到，孩子太无助、太可怜了，她甚至连为自己讲理分辨的能力都没有，只能以哭的方式来反抗。而我作为一个口口声声称自己爱孩子的母亲，如此蛮横粗暴地对待她，我居然不知道，孩子虽然小也有自己的尊严。那天晚上发生的事情是我家教过程的一个开端，我一边哭着，一边将这个过程及当时的感受写下来，那篇稿子获得1996年《中国妇女报》"教子有方"全国征文二等奖。从此，我开始真正有意识地从理论和实践上对柳青进行家庭教育。

我先后读了卢梭的《爱弥儿》《儿童心理学》，陶行知、苏霍姆林斯基、卡尔·维特等教育家的教育理论，并如饥似渴地阅读各种报纸杂志，凡有关家教的内容都复印或剪报，认真阅读体会，并将良好的方法注入日常对孩子的教育中。可是常常在具体的教育细节中简单化操作，比如当我看到孩子把在外面捡的一些小石子、五彩的玻璃片、小瓶盖、小树枝等东西带回家时，常因为破坏房间整洁而不经她同意就扔掉，在我看来，那些东西一点用处也没有。印象最深的是，那次她把从外边捡来的大小不一的纸壳放在床头边，我不容置疑地将它们扔进垃圾筒里，她一边追我，一边哭着喊："妈妈，不要扔掉它，不要扔掉。"可我觉得小孩子不懂得讲卫生，没必要在乎她。那时，她已经3岁多了，我从来没有反思过我的做法是否伤害了她的童心。

幸运的是，那一年临沂市妇联组织了一次家庭教育演讲比赛，我参加了并因此得到一本卢勤刚出版的《写给年轻的妈妈》这本书，里面有一篇文章《孩子为什么不喜欢逛商店》。这篇文章同时也以"蹲下身和孩子平视"为题目发表在那年的《中国妇女报》。读过之后，我深受触动，这篇文章讲到，一个台湾记者带着3岁的孩子逛商店，奇怪的是面对五花八门、琳琅满目的商品，孩子偏偏哭喊着出去。无奈，这位父亲只好带着孩子出去，当在拥挤的门口把孩子抱起来时，孩子突然很兴奋地要求回到商店里面。家长十分纳闷，当他领着孩子再次进来后，他蹲下身和孩子一样高时，所看到的是大人的一双双大手和大腿在晃动，此外什么也看不见。他才明白，原来他根本不知道孩子其实什么也没看见，只因为他自己看见了，就以为孩子也看见了那些漂亮的商品。我感同身受。数不清有多少次，我不能蹲下身和孩子平视，我总自以为是。这个平视意味着，作为家长，在任何一件事情上都要站在孩子的立场，来判断自己的教育方式是否得当。既然爱孩子，就要懂得孩子；既然爱孩子，就要尊重孩子；既然要培养孩子，就要提升自身的素质。"蹲下身，和孩子平视。"这句话成为我教育孩子的座右铭。我不知道我应该感谢卢勤还是感谢临沂市妇联，从此，我的家教观有了质的改变。

从此，我不再将孩子捡来的东西扔掉，而是叮咛她放在一个纸盒里，并同她一起用捡来的纸壳做轮船、飞机；我不再扔掉那些美丽的玻璃碎片和小瓶盖，而是和她一起做"实验"。我和她及她的小朋友玩老鹰捉小鸡，玩扔沙袋，一起玩"小鱼小鱼钻山洞"，一起在冬天的楼前晒在阳光里，给她的小朋友讲舒克和贝塔的故事。每当此时，我看见孩子的眼神里充满了幸福和快乐。苏霍姆林斯基在《帕夫雷什中学》中说："一个好教师意味着什么？首先意味着他爱孩子，感到跟孩子交往是一种乐趣，相信每一个孩子都能成为好人，善于跟他们交朋友，关心孩子的快乐和悲伤，了解孩子的心灵，时刻不忘记自己也曾是孩子。"对一个母亲而言，更应如此，我们都从儿童时代过来，怎么可以忘记怎样对待孩子呢？

孩子现在顺利进入小学五年级的学习，目前她身心健康，成绩优秀，有强烈的集体主义感和荣誉感，并力所能及地帮助别人。小学阶段，我十分注重她的学习习惯和生活习惯的养成，习惯养成了，对她的教育会达到事半功倍的效果。在她成长过程中发生的许多小事，都促使我作为一个母亲的角色的成熟。她在不断长大，我的教育意识也在不断成熟。联合国《儿童权利公约》第29条规定：教育的目的应是最充分地发展儿童的个性、才智和身心的能力；培养对人权和基本自由的尊重；培养儿童相互谅解、和平、宽容、男女平等和友好的精神；培养儿童对自然环境的尊重，过有责任感的生活。以此为理论依据，形成了我教育孩子的目标。

我对孩子的总体教育指导思想是：培养她学会做人，学会自律，学会学习，学会思考，学会创造，学会审美，学会合作，学会生活，学会劳动，学会健身，学会尊重，学会承受挫折。

首先，注重孩子的品质和人格教育。让她学会关心、帮助、理解他人，诚实守信、勤俭节约、保护环境，敢于担当责任。她在三年级到四年级之间，每周有三个下午帮助一个成绩落后的同学学习，为此她晚回家，并推迟了自己完成作业的时间。对此，我曾高度赞扬和激励她。她和我一起散步的时候，曾从地上刮掉别人随手丢弃的口香糖，并扔进垃圾箱；她从未因生病和其他任何原因而请假过；她曾熬夜制作手抄报，为的是第二天手抄报比赛为班级赢得荣誉；她几乎没有为自己找借口而拖延或放弃自己该做的事情。在家里，打扫卫生是她的日常工作，扫地、刷碗、收拾床铺等。周末她和我一起下厨房，清洗蔬菜，我还让她跟我一起做我们俩发明的她很喜欢吃的扬州炒饭,她既学会了做饭,也体验了做饭的乐趣和烦琐,并在吃饭时产生一种成就感和家庭主人翁的责任感。

我常用居里夫人的事迹来启发她,居里夫人是世界上唯一一个两次获得诺贝尔奖的女科学家,居里夫人认为人的智力成就,在很大程度上依赖于品格之高尚。而她本人的成功,除了她的勤奋、吃苦和执着等品质外,优秀的品质是她取得成功的最重要的因素。从成功学的角度看,富有责任感,能使一个人事业成功,家庭幸福。很难想象一个随手丢垃圾、经常迟到的人,具备成功所需要的坚强意志和克服困难的毅力。儿童只有从小逐步树立责任感,长大了才能和谐地融入社会,出色地工作,快乐地生活。也只有从小形成为小事负责任的优秀品质,长大后才能担当起社会责任。德国教育家卡尔·威特曾言:"每个绅士都有责任给儿子留下四件宝贵的财产,即德行、智慧、礼仪和学问。拥有美好的品德比拥有高超的学问和才能更重要。"我不知道女儿将来的成功指数有多高,但我执着地培养她的责任感,是为了她将来能担当起一种社会责任。

其次,我比较注重良好家庭氛围的营造。很难想象一个父母每天吵架、打扑克、搓麻将的家庭能培养出有强烈进取心的孩子。作为老师和母亲的双重教育角色,我有强烈的危机意识和使命意识。常言说:"教给孩子一滴水,自己必须拥有一杯水或一桶水。"而我认为,教给孩子一滴水,自己必须是一条流动的小河。要做一个称职的母亲和教师,必须时常更新自己的观念和知识结构,既要有文化积淀、美好情操,还必须与时俱进,了解孩子所想所知,深谙知识经济时代全球化知识体系及各种获取知识途径,比如互联网等现代传媒技术。我的目标是创建"终身学习型家庭",家长应作为学习的主体,不仅要带头学习,为孩子做表率,而且要和孩子一起学习,相互学习。父母和孩子处于同一起跑线,父母失去了"知识权威"的优势,如果不继续学习,就无法承担起教育者的角色。所以父母应该放下做家长的架子,向孩子学习,与孩子共同成长。我跟孩子学会了从网上下载音乐,在电脑上绘画，她还使我获得了很多自己不知道也从来不发问的知识，比如为什么热带鱼会变颜色、为什么大蒜炒了后就没有辣味了，如何自己制作消字灵等。

卡尔说："世界上原没有愚不可及的人，他之所以愚蠢，正是因为他没有得到合理教育的结果。"所以，我深知我肩上的重任。平日里我的工作很忙，每天的日常生活琐事也占去了很多时间，但爱人和我都喜欢读书，家里比较简陋，没有昂贵的电器和家具，每个房间里堆放的书最多。每天我们读书、写作、读英语、听音乐、讨论问题，并且各自在自己的学业上有所追求。孩子读二年级时，爱人考上了研究生，孩子四年级时，我也经过无数的熬夜学习，考上了研究生，今年爱人将继续读博士。通过我们的努力，让孩子在无言中感到，她的父母没有因为年龄的增长而放弃追求，我们永远奋进、永远渴求知识。在这种氛围里，孩子毫无疑问也如我们一样，每天读书、听音乐、英语，甚至有时一家人也用英语相互交流，或打趣对方，其乐融融。

既要引导孩子读书，也要培养她的高雅乐趣。我努力避免孩子太注重学习成绩而忽视了内在的东西，我看到周围很多人很能读书，但死气沉沉，毫无生机，没有想象力和创造力，我有意培养孩子的情趣和高雅的爱好。贝鲁泰斯曾说："想象是人生的肉，若没有想象，人生只不过是一堆骸骨。"记得我的儿童时代是在父亲讲给我们的神话故事和西方经典名著的精彩情节中度过，那是一个充满想象的世界，虽然年龄小，不能理解很多事，但父亲还是不厌其烦地给我们讲，这对我们品性的培养非常有用。所以我也经常提供给孩子好的绘画作品、好的音乐、经典故事碟片和书籍，那些美丽的艺术品一定为她的童年生活注入生机和色彩，我想对她的良好性情和人文素养的形成都有一定的作用。一次，她十分喜爱的玩具人的胳膊被小朋友玩掉了，我看见她的眼里满是泪水，一次次地将那小胳膊用万能胶粘上，不合适就重来，可怎么也不可能像以前那样完美了。我不知道也没有问她那个小人对她有多么重要，但看她曾多次端详那个小娃娃，我想她的心里一定满含着柔情和怜悯。家里养着小金鱼，每天她为金鱼换水、喂食，为它们的任何一点变化而欣喜，她总是把它们当作她的朋友来对待，甚至不愿离开家几天，担心小鱼儿因缺乏食物或新鲜的水而死去。

第三，注重孩子的挫折、成就感教育。这项教育是我们通过无数次加入孩子的游戏中实现的，并努力采取赏识和激励教育法。在孩子4岁的儿童节中，我和爱人一同参加了她的幼儿园举办的家庭接力赛项目，我们全家全副运动员武装，推掉其他所有活动，认真对待孩子人生的第一次"大型比赛"，并取得了第一名，她尝到了成功的喜悦。与此同时，另一些孩子却因父母的不重视造成失败。一个孩子因为父亲的缺席让别人代替，没有取得好成绩，竟哭了整个上午。这虽然看起来是小事，却因父母的态度不同，给孩子造成了截然相反的感受。那次比赛不久之后，孩子遇到一次较大的挫折，她无法像那些大点的孩子那样，从近一米高的平台上跳到地面上。她站在平台上，既恐惧又不愿放弃，甚至也不回家吃饭，我一再鼓励她："跳吧，不要紧，我在旁边保护你。"最终她跳下来了，她成功了，立刻神采飞扬，并一次次地重复这个过程，她克服了那种软弱和畏惧，取得了又一次大的成功。此后，在不同的年龄阶段的许多活动中，她都坚信只要勇敢点，不怕失败，总会取得成功。比如，学习骑自行车，学会打乒乓球、羽毛球，学会在垫子上翻跟斗，学会滑旱冰……我一直陪她一起学会。她拒绝她的父亲陪伴她，因为他对她过于呵护而不忍放手，使她无法克服依赖心理和畏难情绪而学会这些运动。而我对她说的最多的一句话是："大胆点，没事，即使摔倒也不会很疼，试试看，你一定能行。"在这种方式的引导下，她历次体验了失败，并最终取得成功。而每当她取得成功后，我都不失时机地给予她恰当的表扬和激励，以培养她敢于面对任何困难并勇往直前的勇气。

几乎所有的伟人和那些取得辉煌成就的人们，在童年时期就懂得了什么是成就感，什么是自豪感。孩子之所以能够坚持不懈地做一件事情，之所以从蒙昧逐渐走向成熟，完全是成就感给了他们力量。不难想象，假如一个小孩子拼命地用功读书都丝毫没有感到自己的进步，以及这种进步给他带来的荣誉和自豪，那么他根本没有坚持下去的勇气，也没有决心完成一件事情。假如莫扎特第一次演奏时发现自己的音乐不能引起别人的注意，假如但丁第一首诗就遭到嘲笑，假如柏拉图的提问常遭到他人的讥讽……我想，我们的世界完全可能永远不会出现伟大的莫扎特、伟大的但丁、伟大的柏拉图。我从不扼杀孩子鼓足勇气迈出的第一步，而是恰当地表扬和激励。对于孩子来说，鼓励不仅能让她恢复信心，找回勇气，更能使她形成一种健康的人生观。在她长大后，我想这种健康的人生观，这种坚信自己能够独立战胜困难的信念，将会为她的人生架起一座通往成功的桥梁。

最后，积极主动地联系学校和老师。我坚信学校教育和家庭教育是并重的，必须经常和老师沟通，才能全面把握孩子的思想、心理、学习动向。苏霍姆林斯基说："两个教育者——学校和家庭，不仅要一致行动，要向儿童提出同样的要求，而且要走志同道合的道路，抱着一致的信念，始终从同样的原则出发，无论在教育的目的上、过程上还是手段上，都不要发生分歧。"这两年，我孩子所在的临沂市第四实验小学在主管部门的倡导下，家长与学校的互动教育活动搞得很好，使我有了更多机会能和学校老师、家长们交流，了解学校教育的目标、策略、先进思想等，并借鉴其他家长的教育经验，也从学校举办的家教讲座中受益。自己也有机会将我的教育观念介绍给其他家长。我非常欣赏临沂市教育主管部门所采取的种种措施，他们正在与世界的学校教育观念接轨。家长参与学校教育，是美国"近三十年教育和学校改革不变的主题"；在法国，公众认为教师、学生、家长相互通报情况，是实现家庭教育、学校教育相互协调的最好手段；而葡萄牙政府、国会、教育部从1974年起，就已采取重大措施支持家庭参与学校教育。

我一直是家长会的积极参与者，并利用业余时间多次到学校拜访老师，了解和感知他们的教育方式，了解孩子在学校的表现，并把孩子在家中的表现告诉老师们，以便在孩子的教育中查缺补漏。不久前，我和孩子班主任的一次交流，使我获得了解决孩子在两年前产生的心理障碍的机会。两年前，孩子所在的年级第一次有机会参加运动会，在报名工作中，由于一位老师言语的不慎，使得孩子参与意识和欲为班级争荣誉的积极性受到挫败，她的短跑速度比较快，却未能得到参加运动会的资格。自此，她拒绝那位老师所发起的任何活动，并且形成了一个凡集体活动都退避三舍的心理障碍，我知道她担心遭到拒绝，曾多次动员她却效果不佳，为此我一直忧虑。而近日，我跟她现在的班主任聊天时得知，班主任国老师安排她去传达室取一份资料时发现她跑得很快，就动员她报运动会短跑项目，她一口回绝。我告诉了国老师两年前的这件事情及后来对她产生的心理障碍。之后，国老师对她讲了参加运动会的意义，解除了她怕成绩不好为班级不能争荣誉的顾虑，并一再鼓励她，她终于同意参加了。运动会还没有开始，但我和她的老师认为，结果不是最重要的，重要的是我们携手让她从过去的阴影中走了出来。

做了11年多的母亲，从无知、空白中伴随孩子走到现在，如果没有孩子，我无法体味一个母亲所肩负的家庭和社会责任。是孩子一步步催我成熟，我和她一起成长，是她给了我无穷的力量和源泉，使我有信心成为一个好母亲，并为此做出最大的努力。在对待孩子教育问题上，我从未敢懈怠，绝不姑息任何一件小事，我也因此更加热爱家庭教育，更加热爱我的职业。我不断地将我的家教体会转化为文字，曾两次分别获得《中国妇女报》家庭教育征文二等奖和三等奖，在各类报纸杂志发表了《给孩子宽松的环境》《还孩子自尊》《孩子送给我的小篷船》《教育孩子做守信用的人》等文章。我不断学习新的教育理论和经验，曾应人之约给农村信用社等多家单位举办家庭教育讲座。几年来，我无偿进行个案家教心理咨询50多例，效果良好，还在学校开设了大学生网上心理咨询。这些活动对家长和学生解决教育和成长的困惑产生了积极的作用。

"没有不好的孩子，只有不好的家长。"我愿意倾所有的爱心与力量关心和爱护我的孩子及更多的孩子。有位朋友曾对我说："我愿意赞助你专门从事家教研究和咨询工作，那你将会实现更大的社会价值。"我回答说："将来也许会。我的一个公益理想是，创立一个家长学校，和家长们共同探索培养孩子的艺术，真正实现对孩子的爱。"让家长和学生走进彼此的世界，同孩子一起度过假期，体现温暖的亲情；一起做难题，让家长也体验孩子学业的厉害；一起上网，看看世界的变化有多大；一起打打球、下下棋，体验竞争的紧张；一起看动画片，大人也多点童心、多点快乐；一起谈学习和工作，看看谁的压力更大、负担更重，一起看日出日落，体验自然的奇妙……

我的孩子还不到12岁，未来是不可知的，她要经历青春期，有位作家曾调侃说："青春期的孩子遇到更年期的家长，是上帝的安排。"也许对于家长和孩子来说，这个时期是个难关，时代变化很快，孩子的思想也呈多元化倾向，以后的教育也许更复杂。我不知道未来我是否能一直做个称职的母亲，但我有信心陪孩子一起成长，向她学习，永远做她的朋友！

4. 悲壮的教育

昨天晚上已经是10点多了，丽菁仍然没有要从我家告别的意思，我看见她的手机振动了好几次，都被她掐掉了，实在忍不住，我就说："你回去吧，明天还可以继续来，你的父母一定很担心了。"她嫣然一笑，说："不走，再待一会儿。我爸爸10：20睡觉，我要等他睡了以后再回家。我实在不愿意离开你的家，离开一步就意味着离我家近一步。"

她如此不喜欢她的家。

她如此不喜欢她的爸爸妈妈。

我不知道究竟应该更同情谁。

丽菁被父母逼着来我家，她是我曾经旧邻居的表姐的孩子，正上高三。她前天晚上第一次来我家，是因为她的家人认为我的业余爱好可以在她播音主持专业考试中能给予她一些指导。她的表姨也就是我的旧邻居带她来的时候，我看见她的眼神和整个人的表现很懒散，我断定她十分不情愿，她一定把我和她的家长划为一类，是合作来跟她过不去的人。

可是，昨天晚上来的时候，她却在我家不想走了，并且当她依依不舍地从我家离开的时候，表示今天晚上还要来我家。

我力所能及地指导她如何在考试中展现良好的姿态，如何把握考试中对朗读和模拟主持的要求。比如，把自己变成抒情主人公，朗读任何文章都会感动自己，才能感动听众；如何注意眼神和自己的仪态；如何在模拟主持中把评委们的心都拉过来；特别是我建议她选择哪种风格的文章更适合自己，如何使用重音、停顿等表现方法……我认为这些东西都不是很重要，重要的是她接受这样的一个安排，能够接受就能够认真对待，才能够不辜负她的父母的良苦用心。

她选择朗读文章的是冯牧的《澜沧江边的蝴蝶会》，我和她分析文本的时候，发现她进入了文章的意境，而且她的声音不自觉地大了起来，变成了乐音……

显然她接受了我，当她自己也被文章感动的时候，她神采飞扬地告诉我，她是被迫参加播音主持专业考试的，是父母逼的。

她还说，刚刚打过来的一个个电话，都是她的妈妈询问是否还在我家，口气里都是不信任。我看得出，她回答妈妈电话的时候很不耐烦。

她说，妈妈常常查看她的手机信息，会询问每一个电话来访者，如果是男同学，问得就更详细。她说她的父母都是领导，一辈子管人，可是唯独管理不了自己，自己的存在对父母是个大创伤。

她十分叛逆。

叛逆的原因是在高二的时候，她决定学习音乐，遭到了父母坚决的反对，因为她的父母认为"万般皆下品，唯有读书高"。为此，她和父母之间的冲突很尖锐。她嘲弄地笑着说："您还不知道，去年春天我的爸爸妈妈带我去看一个医院的著名心理医生。结果那个老太太被我哄得转转的，心理医生说希望我把她看成我的奶奶,就把心理的话对奶奶说。"说到这儿,她忍不住又笑了,说:"我怎么可以把一个陌生人当作自己的奶奶,就把自己的什么都告诉她呢?"

5. 餐桌教育

多少家长都为孩子的教育费尽了心思,大家都想求取最理想的方式把自己的孩子培养成龙、成凤,而世界上每个孩子又不尽相同,用同样的方式对待不同的孩子肯定不行。

我曾经滔滔不绝地与别的父母进行交流,也恬不知耻地接受人家的邀请做家教讲座,而实际上我自己一直也在困惑中,一直在探讨之中。

的确是教无定法,因为每个孩子都有不同的个性,基本的原则还是要因人而异。

孩子在一岁半的时候,我的教育意识开始觉醒,那也只是开始觉醒,而具体做法常常是很粗暴的。比如把孩子喜欢的各类小东西、小瓶盖、小碎玻璃、小树枝等我认为不卫生的、没有意思的玩具统统扔到垃圾筒,常招致孩子跟在我身后哭喊着要留下来,而我义无反顾地丢掉。要么把她喜欢吃的小零食非常武断地从她的手中夺走一把扔掉。我以为我是最爱孩子的。天哪!现在想起来,十分不能忍受当时的做法,我就是这样粗暴简单的妈妈!

一天晚上,看到被我类似行为摧残过的孩子躺在床上睡着了,脸上还有泪珠,我突然泪如泉涌,可怜的孩子!她完全没有能力与我据理力争,她还不具备这样的能力就只能被迫地接受我的简单做法,而我是她最亲近的人了!

那时类似不尊重孩子的事情时有发生,因为我是家长,我认为那样不卫生,就可以让她打住,完全没有顾及她的感受。用卢勤老师的话说,那时我还没有深切领会"蹲下身和孩子平视"的道理,理论上一套一套的,而实际做起来是两码事。

打那天开始,我常常寻找教育孩子的文章看,在报纸与杂志上,当时也阅读了一些教育专著,比如《爱弥儿》等有关教育的专著,与其他家长和小学老师进行交流,了解优秀孩子成长的轨迹,以对自己教育孩子进行指导,力求把理论冠之于行动。我在孩子培养过程中写了一些教育日记,在《中国妇女报》的教育专版及报纸类发表自己的感受,当地报纸也常常约稿,这样一个过程促使我对孩子的教育慢慢地开窍了,所谓的开窍是能够换位思考,力求"平视"。

但是完全与孩子平视是很难的,因为家长总是犯自以为是的老毛病,孩子今年上初二了,我一直实践着我的教育方法。时时与孩子的所有任课老师进行沟通交流,家长学校互动做得还算经常,这样双方对孩子的成长进行查缺补漏。

赏识教育是我一直奉行的方法,对孩子任何一个方面取得的哪怕一点点的成绩进行恰到好处地赞扬,孩子一直在激励中成长。我时常观察孩子的举止和情绪变化,不主动出击进行询问,而是观察后再循循善诱了解情绪起伏的原因,再予以不着痕迹的疏导。

从小学三年级开始,引导她自己阅读不同的书籍,人文性的文学作品、趣味故事、侦探故事等,培养她的读书习惯,让她体验阅读的快乐,知道阅读对自己的重要,在阅读故事的过程中美化心灵,变化气质。

上初中以来时间非常紧迫,我没有时间与她多相处。几乎所有的对话是在一日三餐,早晨从起床到上学我只有20分钟能和她面对面地边吃饭边说话,中午有20分钟的午餐,我们俩在家共同的时间都非常短暂,我下班还要准备午餐;晚上她回家要写作业,吃过饭后继续写,还要预习,还要阅读自己喜欢的书籍,那么晚上的交流也在吃饭时间。

因此,一日三餐对我教育孩子非常重要。由于孩子的成长往往超越了家长的想象，我们彼此对心理的把握都比较准确和细腻，她从来不用说自己有烦恼，而我能感受到她可能存在的问题。如果她想跟我一起散步，要缠着我说话，说明她有心事，自己很困惑，我就认真地听她述说，然后现身说法，或者从周围其他人事情说开去，或者用从报纸、杂志、网络里了解到的案例讲给她听，她会从我的言谈中吸取对自己有用的东西，自己的问题也就得到了解答。

我对她谈论学校的事情从来都表现出极大的乐趣，基本不打岔，由着她说，从而得知她判断是非、认识事物的能力。如果遇到不和谐或者不妥当的事情就加上我自己的评论，好让她在我的评论中感受最理想的做法，而从来不说教。我们之间存在着默契！

当她把自己跟别人进行比较的时候，我希望她的目标能高远一点，不要把参照物锁定在本班、本校，而要看全国的同龄人的状态。要跟以前的自己进行比较，要察知并彻底搞清楚曾经出错的知识并牢固掌握，不要介意名次，而注重自己对知识把握的程度。

我在周末能跟她一起打羽毛、滑旱冰、打篮球，这样在运动中培养她的协调能力、克服困难的勇气和运动的乐趣。

我跟她一起努力展示我最美好、最善良、最高贵的一面，我希望她能够从我身上潜移默化地受到熏陶。所谓"润物细无声"，是我追求的家教境界。

杨柳青本次期中考试名列班级第一，年级第二，八门功课平均成绩为96.2分。我由衷地高兴，当即要打电话给大灰狼，一同分享喜悦。她把电话按住了，她说那只代表过去，不希望妈妈太过张扬，甚至连自己的爸爸也不让说。她怕骄傲，怕不能保持好的成绩。看来她还是很低调的。

我说："你考年级第二名我很高兴，可是如果你考了班级20名我也不介意，因为起伏是正常的，不要介意名次，重要的是自己对知识的真正掌握。"

她非常克制，比如吃东西克制，看电视克制，玩耍也克制，唯一不克制的是学习。她的克制，目前我不知道是否是太过分了，一个十三四岁的孩子具有了太强的理性。

她最大的缺陷是不善于展现自己，过于理性，她的理性与我的感性反差太大，似乎不是我的孩子，但是她看起来冷，心里却很细腻。

我不知道在她的青春期将要来临，及来临后她是否有很大的变化，不知道将来那么繁重的课程她能否吃得消。我仍然希望她的性格能够张扬一点，能够更开放、更活泼，可是还没有寻找到良方。

但是作为母亲，我还是很欣慰，因为每天晚上当所有的家长陪伴孩子学习的时候，而我可以看书，可以去跳舞、运动，可以散步，可以和我的朋友约会。我完全按照自己的喜好安排自己，而没有被孩子拖累。

内心里一直在期盼有更理想的方式对待孩子，我还要学习，学习最新教育理论，传统教育方法，了解当代社会孩子所能遇到的种种困惑和可能性，从而及时对孩子进行恰当的引导。卡尔·威特的教育给了我很多启发，但是毕竟我的孩子跟别的孩子不同，我要继续学习！

6. 调整孩子的心态

随着功课的紧张，孩子的生活远不如以前丰富，没有时间看电视，没有时间大量地阅读自己喜欢的书籍，要应对每一门功课的学习，每天早晨6点就要起床，赶到学校晨读，她总是比老师要求的时间早到，而不觉得辛苦。

明明知道这样的生活，越来越把孩子引向越来越压抑的境况，多么希望她依然能如小学那样轻松快乐。那些从一岁多开始摆弄的各类积木，已经在她的小屋里被冷落了很久。记得六年级的时候，她常和邻居的孩子一起玩积木，一起自己制作棋盘并下棋，有时候还拉我一起玩。多么想呵护她这样的童真，从来不敢把她日常玩的玩具收起来，担心就此就收走了童年的快乐。那时的期待是，希望她到18岁仍然可以摆弄这些玩具，而没有意识到自己长大，看来这样的日子这么快就过去了。

那些玩具，才没有几天的时间已经蒙上轻尘，桌上的草稿纸、各门功课的课本、练习本堆得高高的，代替了漫画书、故事书，还有她喜欢的侦探书。

一直以来，她的学习名列前茅，尤其数学和英语很优秀。可是，最近数学连续3次测验，成绩都不理想，昨天晚上我下班回家，她对我说数学又小测验了，考得仍然不好。

吃饭的时候，我就跟她随意聊起来，她反省自己说，考数学的时候很紧张，很希望快做完，希望考得好，结果相反，而平时做题几乎没有错误。尽管我极力地淡化这件事情，可是她毕竟有了自己的思想，自己的打算，无论我怎么淡化，她对自己还是不满意。

今天我跟数学老师通了电话，了解并分析了孩子的情况，晚上吃饭的时候，我就告诉了她。我们分析的结果是：第一，数学题目都听懂了，但是缺乏深入的探究，做题时的疏忽跟知识掌握不牢有关，粗心不可原谅，这属于基本素质欠佳，改正的措施是对学过的内容进行系统掌握后，再进一步寻找规律；第二，不喜欢回答问题，不积极参与课堂活动，这是回避主动思考的机会，主动请求讲题、回答问题，将驱使自己驾驭所学内容，假定自己是老师而学习，会取得很好的效果，因此以后要常常给同学们讲题目，并主动争取回答问题。

孩子认可了我的分析和建议。

孩子成长的每一个阶段，都感到很困惑，摸索着教育的方法，希望作为母亲能给孩子最好的教养。于是从各种渠道获取教育孩子的方法，尽管如此，仍然在探索之中。理想的教育方式，在中国的应试教育体制下，苍白而无力，很难坚持下去。

我告诉孩子，任何一个人做任何事情都会经历很多困难，无论多么聪明，多么有方法，如果心态不平和，就很难保持持久的优秀，只有善于调整心态，客观分析自己的人，才会不断超越自我。大道理讲完，问她明白否，她点头认同。

说过之后，觉得有点沉重。无论家庭教育的力量多么强大，可是学校教育体制，应试教育的大框架，将把孩子带入置身书海而跳不出来的境地，这种惯性很可能会埋没孩子的天性和综合发展的潜力。

目睹了很多年轻人的脆弱，常常想是应试的结果，担心孩子也会走他们的老路。教育的结果是渐渐背离他们的天性，而家长却爱莫能助。因为分数决定一切，这是孩子衡量自己的标准，老师衡量孩子的标准，可怕的是家长也是如此衡量孩子。

我期待着这次调整之后的结果，不是在意她的分数，而是她对待分数的态度。

7. 分享孩子的快乐

只有周末才有多点时间与孩子一起交流。

幸运的是，孩子告诉我，只有在学校才是最快乐的，一直担心应试教育会毁掉她的热情，看来我的担心是多余的。她的老师善于管理，前后位四个学生为一小组，成员由不同学习层次的孩子组成，成绩最好的要主动组织本小组进行互助学习，于是四个同学成为班级里几乎最亲密的小伙伴。

他们互相起绰号，比如前面姓黄的小男孩大家叫他"黄花鱼"，这个孩子的眼睛很大，睫毛很长，孩子的同位说："黄，你长着一双漂亮的大眼睛，眼睫毛那么长，十分美丽。"我的孩子说："你看你的眼睫毛就像斗笠哎……"男孩子听到女孩子这样的赞扬，觉得自己的睫毛很有问题，就询问另一个孩子："你有没有办法，让睫毛长得短点呢？"呵呵，男孩子觉得自己的长睫毛大眼睛很丑，因为不符合女孩子的审美标准。

旁边的女孩子叫徐腾，除了数学，其他功课都很好。有一次小测验，感觉考得很不好，恰看见班主任在教室的门口，两人对视了一下。她就对我的孩子说："完了完了，我能从老师的眼睛里读出，我的数学一定糟了。"她的表情十分沮丧，"我留给老师的一点点好感全都因为这次考试而破灭了。"

……

最喜欢的就是听孩子讲学校的故事，和她一起感受学生时光。

8. 高考前家长该做什么

最近总有人给我电话，询问孩子高考准备得怎么样了，其实这是很难回答的问题。高考是不能确定的，因为各种因素都有，过多地谈论和关注无疑会给孩子增加负担。人人都希望自己的孩子恨不得考上北大、清华，而名校是可遇不可求的，把自己无法抵达的愿望强加给孩子无疑是不理性、不明智的。

与上海交大的刘博士交流了此类话题，他从事科学研究，却总是语出经典，很多看法我们"英雄所见略同"。孩子们的竞争不在于高考而在未来，视野和心态最重要，要眼光放长远些，不刻意，不督促，怀有平常心。

家长主要任务是让孩子有安全感。最好能无言地出现在孩子面前，当孩子三餐的时候、睡前的时候，在这样短暂的时间里，让孩子能感受到父母的存在。如果每次孩子下了晚自习，在楼下看到家里的窗户透出温暖的灯光，她一定心理暖暖的，因为灯光下必有妈妈在等候。过于关照会让孩子感到紧张和压力，无言也许胜过每日琐琐碎碎的交代。很多父母认为自己交代得越多，孩子越好，恰恰相反，徒增孩子的压力和反感。

在不经意的聊天中，让孩子明白真正的竞争不在高考，而在后面，高考真的不算什么，高考是惯性推动的，高考的成绩不会因你情绪高涨就会超常发挥，也不会因你情绪不好就大失水准，既不要期望奇迹发生，也不会因头一天没睡好影响成绩。家长可以给孩子提供一些具体的建议，比如英语听力之前，发下听力试卷，要抢先10~20秒，扫一遍题目，这样听力的关键词就会印在脑子里，会多考2~4分，打这个时间差。

对孩子的引导要变有意为无意，貌似漫不经心却别有用心，天下哪有不操心的父母，而很多父母操心反倒适得其反。因为父母的操心没有有的放矢，没有了解孩子真正需要什么。并不是家长很忙，就没有教育孩子的时间，只是方式不同而已，更多的用观念去影响她。

总有人责备我，说你整天忙工作，太对不起孩子了，或许我为孩子做得不多，但是我却很用心。

对孩子的事情，不能大包大揽，我们应在他们的身后，让他们自己去选择，既要表扬鼓励，也要告诉她漫长人生要把握住关键点；既有优越感，也有危机意识；享受现在优越，忧虑未来的人生，规划下一步的行动，既快乐了自己，又不得意忘形，荒废了未来。

很多家长都明白，却不知道如何去做，如何拿捏。孩子教育好了，对他们教育自己的后代也会起作用，不能无视，让他们明白人生的方法，要做一辈子的朋友，关键点是整个求学阶段，有严有爱，成年后就好了，家长的影响将延续到大学毕业。我仍然推行一种观念，环境造就人，什么样的家长塑造什么样的孩子。

人与人的差别很多取决于看问题的角度不同，心理定势也不一样，学术界如此，教育界如此，企业界也是如此，凡人间万事，都由心态决定。没人能随随便便地成功，只要跟人打交道，只要在前进，总会遇到一些不确定的因素，人们可能很容易看到光鲜的一面，很少看到光鲜的背后付出的辛苦，成功人士要克制很多常人享受生活的诱惑，一直艰苦地前行，这需要比常人更能坐住冷板凳，耐住寂寞。人生就是这样，有时你选路，但大多时候是路选你，大苦才有大乐。

教育孩子亦如此，临时的困难不能应对，也就很难应对更大的困难。正如孩子自己说的，高考不是考智慧，而是考心态。

9. 孩子大了，我却很不安

孩子因为时间紧迫，中午在学校吃了一周的饭了，本周还是要求在学校吃饭，她说时间太紧张了，我知道后天就是期中考试，所以也不好硬要求她回家了。早晨，她穿了很少的衣服，甚至连毛衣和秋裤也没穿，我硬是让她穿上了，迫于我的强硬，她只好如此。她只吃了一个鸡蛋，一包牛奶，没有吃蛋糕或者面包，我也没有办法让她多吃，她说时间紧张。我知道时间的确紧张，但是一丝忧虑漫延开来，我觉得她开始叛逆了。

她已经过了乖乖女的时代了。她不再饶有兴趣地回答我所有关于她在学校生活的问题，她也不再黏在我的身上耍赖，甚至有点不耐烦。我早晨一大早去学校，在教室门口和班主任王老师聊了一会儿，彼此告知最近她在学校和家的两方面的表现，觉得的确有些变化。老师说，在学校的中午，她不愿意排队买盒饭，而是很省事地买个羊肉串煎饼打发肚子，很没营养，这是我最大的顾虑。然后吃一个五角钱的冰激凌，她初步尝到了自由的快乐，她要按照自己的喜好去吃，全然不顾我每日的营养告诫。我感到很不安。

记得我小学的时候也很馋，看见学校门口叫卖的那些小吃非常受诱惑，那时可没有现在的小吃这么丰富，无非是地瓜糖稀、糖山楂或者芝麻棒糖等，偶尔也把妈妈给我的零用钱省下来，买一回糖稀，以解许久以来的诱惑。我能理解孩子，但仍然很不安，觉得她离我越来越远。10岁之前还整天黏在我的身上，说妈妈是软糖，经常吵嚷着说妈妈味很好闻。曾问妈妈味是什么味，她歪着笑脸非常调皮地说："妈妈味是有点甜，有点阳台味，又有点香……"原来孩子还能闻到妈妈的味道。那时晚上睡觉的时候，总是让我陪躺一会儿，两个小手捧着我的脸，要么双手抓住我的耳朵，十分开心。一家人一起散步的时候，总让爸爸妈妈"抬花轿"，她就坐在我们俩用胳膊手搭起来的"花轿"上，这样的日子有无数，她那么开心快乐。

现在大了，让我感到陌生，这陌生感更让我忧虑，每天长在身边的孩子，突然在这样的一个时间，发现了她的变化，我知道进入青春期的孩子可能发生变化，可是准备仍然不充分。每天在家里就是完成一门门的作业，能抽一点时间读自己喜欢的书，也是晚上很晚的时候了。她没有运动的时间，经常问我一些各科的问题，我几乎不能非常完满地解答，回答总是不确定。于是她说："妈妈顶多是小学水平。"然后一起捎带着把爸爸妈妈都进行了贬低，说我们是一对没有用的父母，还是什么博士、硕士，小学水平不如，说得我们俩面面相觑。

每天我在办公室吃快餐的时候就想孩子，她或许又在吃煎饼，每天一样的午餐，简单而没有营养，心里隐隐作痛。很不舍得就让她过这样清苦的生活，很想为她做点什么，哪怕我还是那样奔波，哪怕我的脸被风吹得又黑又粗糙，虽然我做好的午餐她未必能吃多少，但是我想我毕竟为她做点什么了，可是现在她执意中午留在学校，就相当于把我的心也带去了。

10. 和孩子一起滑旱冰

孩子已经11周岁了，在她成长过程中，我时常问她的一句话是："你最快乐的事情是什么？"她说："妈妈和我一起玩跳跳板的时候最快乐。""妈妈学大雁飞的时候我很快乐。""妈妈陪我一起听音乐的时候、妈妈和我一起玩网络游戏的时候，都很快乐。"……还有不久前，我和她一起滑旱冰，也使她兴奋了很久。

女儿是两年前学会滑旱冰的，教练是我这个一点儿也不会滑冰的人，我只是以"要控制身体的平衡、不怕摔倒"的理论来指导她，她居然在20分钟内学会了滑冰。而不久前，我学会滑冰完全是一个意外，应朋友一家的约请去公园玩，我想自己只作为一个观众，欣赏孩子滑冰，我认为自己的笨拙和动作的不协调，永远做不到在旱冰场上如行云流水般地潇洒一回。可我硬被女儿拉进了旱冰场，也许她要嘲笑我的笨拙。我双手紧紧地抓着栏杆，寸步不敢离开，稍不留神就要滑倒，她在一旁当起了我的教练："妈妈，你要身体前倾，两脚成八字形……松开你的手，往前看。"终于，我能独自迈出步子了。孩子片刻间滑向了远处，那么流畅，那么轻盈。我则小心翼翼地，十分拿劲地往前滑着，稍不留神就摔倒在地，吓得惊声尖叫，女儿转过来将我扶起，故作严肃地说："妈妈，跌倒了爬起来，多摔几次就会了。"这完全是她学旱冰时我对她说的话。

那一刻，我忽然明白，在培养她的过程中，我那么轻易地说出很多话让她去做，而今天我也尝试她曾经做过的事情，发现并未像我想象得那么简单，她一直在努力着，早已一次次体验了失败的沮丧和成功的快乐。瞬间，一种莫大的快乐涌了出来，我觉得我们更像是朋友。在青年时代我没有学会滑冰，没想到在年近不惑的时候跟孩子学会了，我感到自己仿佛回到了十七八岁，孩子给了我力量。

作为母亲，很多时候我们都以为自己做得不错，为他们买名牌衣服，做最想吃的东西，买最昂贵的玩具，时常对他们谆谆教导。可这些对他们来说都不是最重要的，而做他们的朋友、陪他们一起玩，或许比那婆婆妈妈的唠叨和板起面孔的说教更有效。游戏和娱乐就是真实生活的演习，它具有孩子能够把握的形式，在游戏和运动中，学习怎样争取胜利，面对失败，体验快乐。我不知道是否有其他母亲已做到了常常和孩子在球场上或牌桌上竭尽全力地战胜对方。

我时常听到母亲们在我面前抱怨孩子的叛逆和不听话，母亲们总是怀着赤诚的心，热切地盼望孩子成龙、成凤，可很多孩子的成长背离了父母的愿望。原因有很多，但最重要的是父母自身的原因。当我们对孩子有所要求，并对他们说教的时候，首先应该反思一下自己有没有做到呢？

母亲对孩子的影响是言传胜过身教，不论她如何给自己定位，不论她是职业女性，还是传统女性，重要的是作为一个女性，她是否心甘情愿地选择自己的角色。每个人都有不同的性格，一个独立的母亲，多半会帮助她的孩子获得同样的独立，如果母亲除了照顾孩子还有其他的追求，就不会把所有的期待寄托在孩子身上，通过他（她）来满足自己的需求，并通过他（她）来满足自己的要求，就能容忍孩子走自己的路，成为一个独特的和自己不一样的人，而许多母亲不能放手让孩子走自己的路，是因为她们在生活中，除了孩子就没有其他东西了，无形中给孩子带来负担和压力。

既然如此，母亲很难做到在对孩子过多的期待中，不对孩子进行指责，而一次次小的指责，看来微不足道，甚至在孩子的成长中，已经记不清那时发生的事情，但在他们的心灵深处留下了永久的痕迹。就像一棵幼苗，如果你在树皮留下一道小的划痕，这棵树长大的时候，这疤痕就会跟着长大，事情发生得越早，影响就越大。

如果母亲放下家长的架子，尝试和孩子成为朋友，并且有自己的追求，那么孩子就会更加爱我们，更加喜欢和我们在一起。不能仅仅把自己看成"母亲"，而要把自己看成一个人，一个和孩子一样有工作、有学习、有追求、懂得快乐的人，而这并不意味着一定要有自己的专业，有很高的智商或很高的职位。我们只需要做一个普通简单的女人，能够和孩子一起运动，一起玩耍，一起喜怒哀乐。就像滑旱冰一样，我们会获得很多母女（子）相处的快乐，并能欣慰地看到孩子的健康成长。

11. 孩子对我的评价

孩子对我最多的评价是："妈妈真笨，妈妈就像是小学毕业的，什么都不懂，什么都不会。"这样的评价多半在她向我询问问题我不会的时候。她还常常嘲笑我说："Mum is so ugly."然后，头就扭到一边，表示妈妈的样子目不忍睹。

每当此时，我都感到很窘迫，但还是调整好语气对孩子说："妈妈又不是书橱，不会记忆那么多东西的，但是，难道你不觉得妈妈是被知识滋润过的吗？难道你不觉得知识已经内化为我自己的智慧了吗？难道你不觉得你的妈妈是世界上最漂亮，最有气质的妈妈吗？"

说完，还是心里发虚。

要么我对孩子说："妈妈不是很笨吗？所以啊，你有这样的妈妈，你只好自己努力，不要依赖妈妈。"

孩子的学习热情很高涨，每一门课都有计划，而且做得井井有条，每天晚上还要读书。周末要上网、打球、逛书店，她完全按照自己的方式安排生活，我觉得我已经不需要对她有很多教育的忧虑了。

今日去学校拜访老师，英语老师在上课前匆忙的几分钟里告诉我，上课的时候她对全班同学说"一个优秀的学生背后，一定有一个优秀的妈妈"，听到这话的时候，孩子点点了头。

我真高兴，这对我是莫大的鼓励，虽然孩子整天嘲笑我又丑、又笨、又无知，可是，内心深处还是很崇敬妈妈的。

我如果问她，也许她又得找出一大堆理由否认这事，可是我的心里已经高兴一整天了。

12. 孩子渐渐长大

这是我的危机感，因为孩子的自我意识越来越强，成熟的程度在某些方面超过父母。随着年龄的增长，她对我的依恋越来越少，特别是她的独立意识，使我不得不把她当作大人了。

越想抓住她的时候，也许她走得越远。半学期的高中生活，使我常常陷入无名的紧张和担忧中，午饭的时候、晚自习回家后，她说的最多的一句话是"我什么都听不懂，什么都不会，功课都做不完"，也曾说过，"如果鲁迅先生在，他一定会说现在的高中是吃人的高中"，而我觉得当前的她所在的一中是传统的重视素质教育的重点中学，其他学校更非人化。由此判断，高中功课很难、很多，她一直没有适应。

中考前，她连续两周的时间睡得很晚，试图能把所有那些没有做完的题目做完，尽管老师说不必全部做完，可是她仍然觉得那里面有很多自己不会的题目。我着急后的表现是与老师们沟通，而老师们都说高中课程与初中基本是没有什么过渡的，的确很难，很多学生要经过一段时间的适应期。

我想，也许孩子的适应期会更长些吧。

期中考试的成绩证明，她基本适应了，单科六门功课班级第一，经常挂在嘴上说一点儿都不会的化学居然考了满分，而77分的政治和音、体、美的理论成绩把她拉到班级第五，这已经很好了，她自己居然还说rubbish，她说："自己要么就做得最好，要么就做得最差，不做平庸的人。"有点极端了，可是能见到的是她保持昂扬的学习姿态。

这已经足够了，我所一直主张的观点是，高一是学生分层的又一个阶段。各个初中把最精英的学生送到一中，而那么多精英的中学生同在一个班，为什么到高三就千差万别了呢？除了学习方法、学习习惯、努力程度不同外，一个重要的因素是在高一不能顺利度过转折，不能及时适应高一课程的转变。开始的不懂，或者成绩不理想，使那些承受挫折能力稍差点的学生备受打击，他们由此开始怀疑自己，他们从内心深处拒绝失败的滋味，而家长和老师的疏通如果不能跟上的话，这样短暂的挫败会被他们认定自己的确不行，于是高一学生开始分层。

而大多数家长如履薄冰，唯恐对孩子的不慎造成学习的压力，恨不得帮他们把阻挡学习的所有大山移走，却忽视了日常引导的细节。不能深入探究孩子高一阶段学习存在的各种问题，也就不能从根本上帮助这些无助的孩子。那日中午同学聚会，几位同学的孩子与我的孩子同年级，当他们问及孩子学得怎么样的时候，孩子通常说"还可以"。而考试的成绩宣判，"还可以"其实是很模糊的回答，离"还可以"很遥远，他们没有听懂老师的授课内容，却没有深入探究，或者他们被困难吓倒了。在如此需要帮助的时候，家长却忽视了他们的感受。对成绩的过度关注，使孩子们没有勇气面对学习的缺陷，于是在此困难环节没有得到及时帮助的孩子慢慢丧失了学习的信心。而细心的家长应当认真分析孩子的现状并及时给予激励，帮助他们解决遇到的困难。由于家长对待孩子的态度及孩子自身抗挫折的能力不同导致了高中阶段的分层。

怎么办？对孩子的恰当引导不是介绍一两个办法能解决的，家长必须具有学习能力，持续学习，不断了解变化中的孩子的内心需求，探究不同阶段孩子真正的需要。向老师学习，老师是高中教育的专家；向其他家长学习，每个家长都会有自己独特的方法，取众家之长。我常告诉朋友一句话：生活无处不学习，生活无处不教育。

孩子在小学、初中、高中等不同的阶段呈现出的不同程度的惧怕困难，或者遇到困难就绕道走的习惯不是自己养成的，而是父母养成的。这样的习惯一旦养成，若想使他们的学习保持优异，无疑是很困难的，因为他们没有具备坚强的品质，抗挫能力太差，也就不能想方设法克服学习中遇到的种种困难。父母没有创造机会让孩子接受意志的训练，不忍心让孩子吃苦，过于疼爱和温情会使孩子逐渐养成回避困难的习惯！

期中考试除了政治和音、体、美考得不好之外，还有数学考得不理想，是125分。几天前的晚上，我看见孩子把数学试卷贴到自己书桌前的墙壁上，我想那张试卷被她当作警示了，我还有什么可以担心的呢？我没有想到的她自己全想到了！感谢上帝，让我如此有福气，我不必因为孩子的学习及品质而劳神不安！

昨天晚上自习回来，她告诉我很担心班主任挑头的捐棉衣活动恐怕无法进行了，因为自己的班里只有十几个同学决定捐棉衣，她很义愤填膺地说，同位的衣服整天换，而捐衣服的时候却说没有，真自私！她还说："如果同学们没有同情心，没有集体荣誉感，我真为我们班担心。"我心里窃喜，谢谢孩子的爱心！我会努力支持，我找了半天，很多棉衣也都捐给老家需要的人了，只有身上穿的，她要捐出去年买的耐克棉袄，我沉默了。找了一件我前几年穿的一件棉衣，可是当时没有洗，晚上11点我洗出来，甩干，然后放在暖气上烘干。天哪，我支持孩子也要付出代价的，我很累了，洗衣房还有一大盆衣服不想洗呢。

但是，我坚信，我的行动就是对孩子最大的支持，也是对她进行教育很好的机会。

13. "我们换妈妈吧"

"我们换妈妈吧。"这是一个8岁的孩子对妈妈说的话，而这位妈妈正是我孩子的英语老师。

今日放假，我得以去孩子的学校访问老师。孩子的学习热情非常高，回家的时间里，学习很认真、严谨，也非常有问题意识，并非是因为我大多数回答不出来，的确她所问的各科问题都明显有思考的痕迹。为此，我去学校了解在学校的情况，也顺便向老师表示感谢。

在孩子的教室附近见到了好几位任课老师，都简单聊了聊，跟英语老师聊得最久。孩子常回家说，老师每次下课都要到她的桌前问："还有什么问题吗？"还经常鼓励孩子好好学英语，不仅要把课本上的学好，还要多读文章，增加词汇量，培养语感。老师的激励几倍于家长的关注，孩子目前的学习状态，丝毫不用我操心，我只要为她做好早餐、晚餐就可以了。

英语老师很容易沟通，不像很多家长常常担忧的——与孩子的老师沟通有障碍。她的嗓子因为劳累而有点沙哑，声带长期处于紧张状态，在她的办公室，她告诉我，自己最近很焦虑，不是因为自己的学生，而是为了自己的孩子。由于把大多数的时间放在学生身上了，而忽视了自己孩子的培养，她的孩子8岁上四年级，转到新学校一个学期了，原来习惯、成绩都很好，而前不久接到老师的电话说，孩子经常不完成作业，成绩也很不好。夫妻俩工作都很忙，回家后对孩子的表现比较粗暴，孩子前两天对她说："妈妈你真凶，爸爸很可怕。"可怜的孩子！她的父母只教育别人家的孩子了。孩子还对另一个小孩说："我们换妈妈吧。"是因为那个孩子的妈妈经常陪孩子一起玩，对孩子很温和。说到这里，英语老师的眼睛里闪烁着泪花。我说，培养好自己的孩子和培养好自己的学生一样重要。尽管如此，我还是觉得我的劝说非常无力。生活中很多优秀的老师，都忽视了自己孩子的培养，看着自己一代代成才的学生，而自己的孩子耽搁了，不知道内心深处又有多少心酸！

孩子的班主任老师也是这个特点，声音哑哑的。孩子还在作文里写道，班主任中午不回家，教室里没有电，饮水机的水太凉，老师就去自己办公室把热水送上来，亲自倒给每个孩子喝。班主任老师的嗓子得了水肿，一般的药物作用不大，需要休息，而她几乎整个人完全交给了自己的学生。她长得很漂亮，可是很瘦，一看就让人怜惜。

数学老师家离学校很远，自己的孩子上小学，中午时间紧张也只能在学校附近的小吃店跟孩子随便吃点东西，1点多我到她办公室的时候，好几个孩子在她周围，听她给补数学。

老师们都很辛苦，他们都有惯性，那是敬业精神，谁知道他们自己牺牲了多少家庭生活，工作第一，学生第一，而自己的亲人却被忽视了。

我常常听到人们说，世风日下，老师的素质也越来越差。其实，那样的老师有几个？这么多富有牺牲精神的老师，就这么平平淡淡地送走一批批学生，从青春亮丽到满头白发，甚至有更大的牺牲，可是，老师们自己最清楚，自己干的是良心活。

14. 孩子进入青春期，母亲该做什么

尽管我一直在努力，但是我仍然在困惑中，培养孩子就是一个不断产生困惑、不断解除困惑的过程。

我不知道我的柳青是否进入了青春期，从她之前的心理变化看，没有明显的标志。她一直昂扬地学习，自从进入初中以来，完全独立自主地学习，她一直很努力，生活得很快乐。按照她的话说，因为遗传了妈妈的基因，脑袋很笨，所以只好多努力了。

我回家短暂与她交流一般是在饭桌和睡前床上的阅读时间，我将尽情感知她在学校的一切，那些有趣的同学，老师的表情及衣着，自己的心情，取得好成绩后含蓄的快乐，老师多布置作业的"残暴"等。

昨天晚上她说，老师要求他们以逃生的方式跑步。结果同学们懒懒散散，一名同学喊道："班主任在后面！"结果同学们飞也似的跑走了。

故事讲完之后，我们俩大笑，她经常逗老师，因为班主任很敬业，自己学历史专业，为了辅导学生，自己跟着学生同步学英语，并告知同学们有问题可以向她提问。于是恶作剧的孩子就故意找比较难读的单词和问题想让她当场难堪，看到班主任发音不准的时候，是他们在一起很快乐的时刻，师生关系平等又轻松。

这样的故事孩子常常带回家讲给我听，可是最近好像有问题了。两周前，教语文的李老师发信息告诉我："柳青子同学最近有点烦，好像与学习无关。"她本学期才开始给她们教课，却很快地掌握了孩子的特点。昨天教英语的赵老师打电话跟我说，最近上课与柳青子同学找不到感觉了，以前通过眼神交流就心领神会的感觉没有了，而且上课也不愿意提问题了，老师希望她问的那些代表性的问题可以一并讲授让全班同学一起学习。

我感激老师对她细腻的关切，同时非常感慨于他们的敬业精神。

但是柳青子的问题还需要我主动解决，由老师们配合。上周她问我："妈妈，学习的终极目的是什么，我觉得很无聊，没有学习动力。"

这个问题她以前从来没有提问过，引起了我的注意，我说："人的目标会随着实践而改变，你目前短期目标是中考考上如愿的中学，高考也考上理想的大学。而这些都只是过程，最终是为了找一份自己喜欢做并能实现个人价值的工作，并有优厚的待遇足以提高生活质量。"

话说完，我不知道她能否想得那么长远，几日以来的晚上，一起聊天的时候仍然觉得她闷闷不乐。据老师们猜测，或许她有内在的原因，无法说出的烦躁，是不是青春期的烦恼呢？我不得而知，要靠观察了。

她得到了很多老师的注意和关爱，进入初二到现在，学习在班级基本是第一名的成绩，年级一直在前十名，而且一直呈上升状态，应该是令人放心的。而目前看来，学习仅仅是成长的一个方面，尽管我也注重了人格教育、健康教育和挫折教育，可是还有很多意想不到的事情不断出现。

如果她有喜欢的小男生怎么办？她也许不会告诉我的。

如果她还有难以克服的心理问题而不方便告诉我怎么办？

总结最近一段时间，我觉得她烦恼的原因之一是：无法忍受两边的同位上课小声交谈，以至于她无法听课。

在交谈中，我建议她能够用宽广的胸怀容忍别人，主动地让自己美好的一面影响他们，让她接受人是分层的事实，接纳有很多不同的人并去谅解他们。最近她不再提同位说话的事情了，可是烦躁仍然没有结束。

我不能确定的第二个原因：她一定遇到了挫折，这个问题是与上个问题有关，还是对人生的思考的困惑？抑或是否真的喜欢上一个小男生呢？也许我的想象完全是不着边际，但肯定的是她遭遇了困惑。

碰巧的是，昨天我意外地从一个同事口中得知，她小学五六年级的语文老师一直很关心她的情况，见到我的同事打听柳青子和我的情况，高度赞扬柳青子同学很优秀，而且突出的特点是抗挫能力很强。晚上，我不失时机地把老师在他人面前对她的评价告诉她,并且对她说:"我不知道你是否从烦恼中走出来,可是我能确定的是,你在经历一次蜕变,蜕变的时候很痛苦,就像学英语到了难以进行下去的时候,坚持下去,就会抵达更高的平台。那么蜕变之后你的思想会进入一个新的阶段,更成熟了。"而且我以美国总统奥巴马的竞争对手约翰·麦凯恩从9岁立志当总统,直到72岁再次败给奥巴马后的平和心态告诉柳青子:"挫折、失败、困惑都是成长必须经历的事情,过去后都是很美好的人生体验。"

我感到这样的半说教半激励的谈话过后,柳青子虽然一直没有抬头,可是她的态度发生了很大的变化,邀请我跟她一起做英语填词游戏。

作为母亲,我只能把握她成长的每一个环节,需要的时候从思想上扶她一把。而更多的困难我也许不知道,需要她自己去解决,让她具备解决问题的能力很重要,不是所有的问题让我跟她一起解决,她自己要独立解决问题,善于调整,这样才是长久之计。

很忌讳的做法是,妈妈就像克格勃机构人员,每天以最敏锐的眼光和手段发现孩子的秘密和种种不是,陷孩子于被监视之中,关心不到要害上,反倒伤害了孩子。

一个高中生写过的文章里的一句话:青春期的时候遭遇母亲的更年期,对孩子来说是比较悲惨的事情。

很多优秀的孩子也许就葬送在父母无法了解孩子的内心需求,而用错了方法,导致孩子在不同阶段的分层,原本很优秀的学生就这么因为缺乏理解,缺乏激励,缺乏调节能力而流于平庸。

担负孩子教育的主要是母亲,那么母亲就应该在孩子进入青春期前提前做好准备,重新青春一次,设身处地地为孩子着想。这样,母亲的角色就会超越一般意义的只满足孩子最大的物质需求而忽视了精神的需要。

期待每天与孩子的交谈,我将进一步了解她,给她激励的眼神,在背后看着她往前走。

15. 家庭教育何在

毫无疑问，天下妈妈都希望给孩子最好的教育，都把人生最美好的期待寄托给自己的孩子，当一个白纸般的孩子降临到这个世界上，孩子几乎都是平等的———一无所知，并且没有明显的智商高低的区别，可是随着孩子的渐渐长大，孩子就有了各种差异，为什么不同的家庭，不同的孩子就有了不同的性格、习惯和言语行为特征呢？

很多父母在与我交流的时候，总是说："你们家的孩子肯定遗传好，智商高，因为你们两口子都是高学历，大学老师。"当我告诉他们我很笨很健忘的特征的时候，没有人相信，只有我的孩子和大灰狼才知道我有多么笨，我自己也认可自己是"单细胞生物"，可是这些不足以说明孩子不是遗传的我。我列举很多例子，诸如我高中的时候，物理一直保持在50分上下，化学保持在60分上下，而我的小妮妮进入高中以来化学一直满分，物理的近几次也都是满分。他们也表示困惑，并转而认为小妮妮遗传了大灰狼的智商，而据大灰狼自己说，高中时物理与化学也很一般。我一再强调，智商与孩子在学校学习等各方面的表现没有很大的关联，可是没有详尽的例子不能说服他们。绕那么大圈子我只想让他们明白教育的意义。

此等的讨论，我归结为那些家长们不愿意承认家庭教育对于一个孩子成长的重要性。我一再对接触过所有有困惑的父母们说家庭教育方式会导致孩子在不同阶段的分层，经历的时间越长，分层越明显。

于是就有很多父母请求我："那你跟我的孩子谈谈吧，把你对孩子的教育方式用在我的孩子身上。"他们以为我跟他们的孩子谈上一两次，孩子就会如他们的意愿———学习突飞猛进，非常乖巧、听话等。如果我能如此做到的话，我要么是巫婆，要么是神。

我开始皱眉头了，不是我不愿意帮忙，而是工程太大，我需要扭转家长的教育理念并且具体在教育方式上要进行细节上的指导。于是我不停地接受很多不同职业、不同文化层次、不同理念的父母们的约会，为了能取得与他们孩子的接触，他们愿意向我提供孩子的信息。而于我而言，与他们的聊天主要是发现他们的教育缺陷。欣慰的是，无论处于什么情况的家长都有共同性——期待孩子越来越好。

我十分乐意分享我的教育方式和体会，可是我的精力是有限的，很多人期待我能够写出自己的教育专著，而我有想法，却未曾做这样的准备。因为我的妮妮也在成长中，我自己也在成长中，我仍然被很多小的问题困惑着。

妮妮的期末考试列班级第一，年级第六，这是很可喜的进步，一学期她轻松地学习，而我工作很忙，很少顾及她，她完全独立地安排学习。可是仍然存在问题，那就是，她的数学和语文不是很突出。

前几次，初中教英语的赵老师打电话给妮妮，因为她十分想念妮妮，就约妮妮到她的初中办公室见面。妮妮和老师谈了三个小时，零零星星地妮妮告诉我很多信息。赵老师详细询问了妮妮高中是怎么学习英语的，怎样能保持十分优秀的成绩，具备了什么学习特点等。当她获悉妮妮的语文不突出的时候，她问："你遇到英语生词的时候都是怎么办？"妮妮说："都写在本子上，立刻查字典，注意平时的积累。"接着赵老师反问："那么你遇到生僻的汉字的时候是不是也这样呢？"妮妮说老师问得十分尖锐，因为对语文的重视只限于背诵一些古文，从未关注细节。当问及为什么数学不是很突出的问题的时候，妮妮说："我做物理与化学题的时候，有一种兴奋的感觉，一直期待结果是什么，而做数学题的时候就没有这样的美妙的感觉。"于是赵老师说："那是你没有重视数学。"妮妮对赵老师的提问非常认同，说赵老师很尖锐，而我从心里十分感激赵老师对妮妮的用心。有这样的老师我们十分幸运！赵老师又约妮妮下次见面，并送给她一本书《等你在北大》。虽然她没有说什么，但是足见对妮妮的期待很高。

很多人认为我教育得法的时候，我仍然不比孩子的老师更细致，她尖锐而委婉地指出了孩子在学习中精力分配不当的问题，而我只是表象化地提醒。

妮妮在成长中，在不断地修正自己，而我仍然有疏漏之处，妮妮的每一点进步都不只凝聚着我自己的付出，更凝聚着老师的精心培养。如果让我谈谈如何进行家庭教育，我一时不知道从何说起。16年来的细枝末节，种种的经历都将再现，我试图从中慢慢过滤，寻找并总结家教的点点滴滴。如果能提供给我那些无助而焦虑的朋友们，我将感到很欣慰，我将抽时间慢慢做起。

16. 妈妈有什么用

"妈妈，昆虫与人类生活有什么关系？能反映人类生活的什么方面？"趴在床上读小说的我，脑子里一片空白，敷衍着说："不知道。"

自从孩子上初中以后，我几乎不能完整地回答她的任何问题。一直在家庭中倡导建造终身学习型家庭，意味着我在学术上和思想的深刻性上不能与先生差别太大，更意味着我能跟上孩子的节拍，始终做她模仿学习的对象，能喜欢她所喜欢的东西——比如周杰伦的部分歌曲（虽然她很喜欢听周杰伦的歌，但是那天也发出感慨：周杰伦太浪费歌词了），喜欢读她推荐给我的文章，喜欢她喜欢并养育了两年的小乌龟，喜欢和她一样去打篮球……可仍然力不从心，她不断增加的知识和对自然及生命的思考时时问得我捉襟见肘。

我仍然在读小说，突然她问我："妈妈，你说妈妈有什么用？我问你的问题你都不会解答，难道你就是为了养活我吗？"

"当然不是，你到18岁就要自己养活自己。"

"这么说，妈妈的作用是把我养活到我18岁的时候，你就完成了自己的使命了吗？"

我明白了，因为我对她的问题的敷衍，使她很不满意。忽然想起她问我的昆虫能反映人类的什么的问题，我说："对于你刚才问我的问题，我认为动物所折射的人类生活，主要体现在昆虫和人类同样拥有生命，昆虫的世界和人类的世界一样，也要面临生存和死亡等自然规律。不知道我的回答你满意否？"

"你只说了一部分。"

"那么你认为还有什么呢？"

她说："昆虫也劳动、婚恋、繁衍和死亡，就如人类一样，法布尔时代的人们就通过他的《昆虫记》而知道通过昆虫可以让人类懂得关爱，懂得赞美自然万物，懂得对生命的尊重和热爱的敬畏之情。"哦，原来她并不是不懂，而是很懂，只是考验我。

孩子的这番话让我惊呆了。

我很少仔细地想生活中很多事物有什么内在联系，是因为我太自以为是了，终于使得自己对美、对生命等美好事物的迟钝。

一直以来，认为母亲的作用是用自己良好的行为习惯、思想习惯、健康的生活方式、勤奋的生活态度、博爱的心灵去影响孩子，潜移默化，能做到这些就足够了，没想到我还是落伍了，我还需不断学习人类最精华的知识，与孩子一同探讨，在探讨中共同进步。

孩子对我的期望值还是蛮高的，因为她仍然不停地向我发问。在和孩子一同成长的过程中，孩子就慢慢地超越了我。

17. 那年那月

昨天一口气与四个有参加高考孩子的朋友通了电话，询问考试的情况。据了解，孩子们都感觉不错，说题目不难，我也很为他们高兴。既理解高考前重压之下的孩子，他们努力了十几年是要通过这三天来展现自己的成果，同时也对家长们的如履薄冰、望子成龙的焦灼心态感同身受，都一样是从当年所谓的"黑色七月"走过来的。

吃饭的时候，我跟孩子探讨高考的事情，虽然对她来说很遥远，因想让她对高考有个认识。

我对孩子说："当年的高考和现在不同的是，现在即使考上大学也并不意味着能找到理想的工作，甚至还要待业。可是当年我们只要考上大学就会拥有自己的工作。"

如果不是高考，也许我和大灰狼就永远失之交臂了。

我对孩子说："如果不是高考，你的爸爸也许就是一个农民，每天耕种，可是他那么清瘦，怎么可能产出粮食？加上自然条件不好，也许他依旧贫困不堪，也许他连媳妇也娶不上。那时他还那么文弱，他当年差点听从老师的引导做个农村的民办教师了。如果是那样，那么就没有作为他太太的我，也没有作为他的女儿的你。"

他生活得那么困难，在市重点一中上学，那时吃学校的食堂要花费很多，只好从农村带些煎饼，可是天气热煎饼就长毛了，长毛后也不能扔掉，用热水冲掉毛继续吃。能吃上食堂的一顿菜也很奢侈，因为买不起，只能吃从家里带来的咸菜。高考的时候，他成绩非常优秀，报考了一所著名的大学，可是老师说，农民的孩子没有经济来源，就上个管饭吃的学校吧。于是就给他改成一个师范类大学，至今说出来，他还有一丝酸楚。之后四年大学总共花了200元钱，我无法想象在20世纪80年代后，他是如何度过四年生活的。

而我上中学的时候没有一丝忧虑，家前面的那条大街上，每天纺织厂的那些漂亮女工来回上班好几趟，她们个个漂亮而多姿，每每骑车从我眼前经过，觉得她们真让人羡慕，将来我如果也如她们一样那该多么好！

初中的假期，每天趴在蚊帐里，开始了人生的第一次大规模阅读，更绚丽的人生就从那时开始想象。我懂得了感伤，懂得了懵懂的理想，并且开始发奋学习。那时才知道，纺织工人虽然很精彩，却远不是我的理想。

高中的生活单调而充满了压力，虽然现在想起来仍然是那么美好，可是没有机会读书，晚饭间能够在报栏边看看报纸就是很好的放松。当时挺喜欢的歌曲是邓丽君的歌曲，可是常被称为靡靡之音，大家都高唱霍元甲的主题曲，费翔、齐秦的歌曲也让人沉醉。最能引起共鸣的歌曲是《我多想唱》，主要反映了高三的生活，而老师和家长都不如这首歌的作者更理解高三学生的心理。

再看那个年代的照片，虽然灰姑娘心态严重，但是更回味无穷，格子褂，学生头，满脸的稚气，下课就跟好朋友傻笑不已。记得用了三个晚自习的时间跟同桌学会有技巧地嗑瓜子，同桌现在在美国生活了8年，常常国际长途，一通电话就是个把小时，过去的一切都是现在的话题。

多年已去，现在想，如果不是经过高考，怎么会有今天的生活，自认为有精神的追求，有诗意的生活，有健康的心态，有驾驭生活的能力；如果没有高考，而成为纺织工人，也许就没有丰富的内心。那时的高考和就业政策，使我没有成为纺织工人，却让我在自己的求学和职业生涯中历练了自己的情怀，学会了如何丰富自己，慢慢地用知识滋养自己，拥有了悲天悯人的情怀。因为命运的转向，使得自己能够在漫长的生活中不断修正自己，具备了修正自己的能力。

感谢高考，让我拥有现在的生活，虽然不富裕，却很丰满。

18. S：从退学到考入上海交通大学

S同学是2001级信息学院专科生，入学第三天晚自习递交了退学申请，要求退学，再三劝说无效，决定第二天回家复习。S同学自称退学的主要原因是身体不好，不能继续上学了。

根据学校给更多的学生有上大学的机会，为学生提供最优质的学习资源和服务的承诺，以及努力不让每一个在校学生辍学的基本要求，笔者全面观察该同学的表现，深入地和他进行了交流，希望他能够珍惜专科学习的机会，重新设计职业生涯。最终，他留下了，并收回退学申请。

S同学虽然留在学校，但是整日眉头紧锁，不合群，独来独往，不与老师和同学交流，拒绝参加班干部的竞选和其他一切活动，游离于集体之外。但是通过课外活动的观察，该同学喜欢打篮球，不像他自己说的身体不好。

侧面了解同宿舍同学得知，S同学在宿舍经常牢骚满腹，抱怨学校条件差，有破罐子破摔的倾向。不仅如此，经常不洗澡，身上有异味，令同学们厌烦。

通过与他多次交流得知，他亲戚家的兄弟姐妹都考入北大、复旦、浙江大学等名牌大学，而且都是本科。S同学高中阶段学习成绩很优秀，是高考没有发挥好。两方面的原因导致他产生退学的念头，并消极对待学习。

治病要治本，通过与S同学的聊天和侧面的了解得知，他对自己考取专科不满意，从而丧失了学习的斗志。初步推断S同学的心态不健康，面临挫折，既不能对自己进行全面评价、调整生活目标，做下一步的打算，更不能适应环境，超越自己。如此下去，很可能就荒废三年，学习和心态会越来越差，更谈不上升本科、考研究生。

我决定拯救他，并下决心把他培养成一名富有上进心、善于帮助别人、充满自信的学生。

（1）整合班级学习资源，树立学习参照系。

班级有一名卢同学，入学成绩第一，我把他作为第一学期全班同学的学习参照物，让所有同学向他挑战，同时单独告诉卢同学，要努力在三年专科学习时代保持第一。我在班会上宣布参照物的同时，也告诉同学们，另外一名同学——也就是S同学，在中学时代也一直保持名列前茅，我们大家拭目以待，看谁将通过努力名列前茅，看谁能够笑到最后。

（2）因人而异，进行心理疏导。

S同学在自暴自弃的临界点上，被老师在全班提名，就是给他巨大的激励。私下跟他谈话时，我要求他要超过第一名的卢同学，给同学们做榜样，并且对他日常的生活及学习方法予以指导。

针对他经常眉头紧锁的样子，我可以判断，高中时代虽然学习成绩很好，但是由于心态不好，导致高考发挥失利，如此下去再复习一年，也难保能考出理想成绩。我跟他一起分析高考失败的原因，确认他失败的主要原因是心态不好，而且他自己也承认自己自私的一面，高中阶段只顾自己学习，唯恐同学追赶上他，并总是找借口推辞同学们的求助。大学以后的几个月里，他由于看不起学校，也看不起同学，更没有与同学们交流。能认识到自己的缺点是使自己进步的起点，我看到了S同学转变的希望。

我激励他给同学树立学习的榜样，通过自己的努力，期末考出好的成绩，并发挥自己高等数学优势，竭力帮助同学们，大家在竞技状态很好的氛围里，团结合作，互相帮助，共同进步。

（3）规划人生设计，逐步实现自己的理想。

心态调整好了，剩下的是树立人生目标，并为目标发奋努力。帮助S同学设计未来，并根据自己的能力，树立长期目标、中期目标和近期目标。他为自己确立的远期目标是考入上海交通大学计算机专业，将来从事软件研究；中期目标是考入本科后，考上研究生；近期目标是各科成绩保持优秀，在班级发挥好学习带头人的作用。他把中长期目标分解到每学期、每周、每一天，并充满信心地投入学习。

在第一学期的成绩排名中，81名学生，他考了第三名，卢同学第一名；第一学年，卢同学第一名，他第二名。之后的每个学期，他始终处于这个学习名次。他不仅不再眉头紧锁，而且是个十分自信，并乐意为同学和班级出力的出色的学生。

在"3+2"专升本考试中，他以优异的成绩考入山东师范大学计算机系，并始终与我保持联系，及时汇报学习情况。两年后，又以优异的成绩被上海交通大学录取为硕士研究生。

S同学代表了我校学生的一类，既有个性又有共性，同样的方式可以引导更多的学生。通过S同学的例子，我对学校的"以学生为中心"的办学理念有了深刻的认识。

（1）以抓学习为突破口，培养学生内心的归属感。

学校提出"变学生管理为学习管理"，落实到具体工作中，要求辅导员全方位掌握学生，并在学生目标的树立、学习方法的掌握等方面进行有的放矢地引导，并跟踪调研。学生的本分是学习，学生的心思用在学习上，并奋发努力，将促使学生顺利完成学业并朝着理想的就业目标迈进。有了明确的学习目标，给予正面的引导和激励，学生心无旁骛，收心于学习，不仅增强他们的归属感、主人翁意识，更会减少不安全因素，学生的群体素质得到提高，学校的内涵也将同步提升。

（2）个性教育和共性引导相结合。

深入每个学生的内心世界，做好个案研究，是做好学生工作的最重要的环节。学生来自不同的家庭，接受不同的教育，很多习惯性的东西需要疏导，特别是困难学生，诸如学习困难、经济困难、交往困难等，要深入探究，因人而异，尊重学生不同的个性，对症下药，解决每个学生的问题和障碍，并发挥每个学生的积极作用，辐射到学生群体，在班级或年级中形成良好的竞技状态，形成群体上进的力量。

（3）充分重视入学教育和人生教育。

俗话说，习惯成性格，性格成命运。新生入学教育尤为重要。学生一入学，面临从中学到大学的诸方面的困惑，以为大学就是象牙塔，不会像中学那么紧张。过度的松弛和目标的不确定性，使他们缺乏学习的动力，很多学生就这样松松垮垮地度过了大一、大二，等需要升本和考研的时候，才发现大一、大二都没努力，基础没有打好，就丧失了进一步考取的信心和力量。

人生设计就如同奋斗目标，没有目标，就没有学习的动力，学生从入学开始设计人生是学生成才的动力，也是学校倡导的高层次就业的关键因素。因此，新生一入学，就要让他们进行生涯设计，介绍专业特点、毕业后可能的去向、要达到理想的目标、必须做出的各种努力等。从入学就养成良好的学习习惯，逐步实现入学设计的各个目标。让他们懂得一分耕耘，就有一分收获，大学只是学习过程的一个阶段，后面还有研究生等学习过程，直至通过努力找到理想工作，并发挥自己的人生价值。

抓好入学教育，可能会一劳永逸。学生工作者可以抓日常工作，对学生的个体进行全方位的服务，同时可以避免一些不必要的麻烦，引导学生走向更高的境界。

（4）*抗挫折教育贯穿始终*。

学生的抗挫折教育普遍比较低，首先，由于学生的经历比较单一，大学之前的教育限于学习，学习的成败决定了这个阶段的成功，面对学习成绩分层的现实，致使一些学生因为学习的挫败感而聚积为消极的情绪，对学习畏难的情结使他们难以逾越诸多困难；其次，部分学生因为从小缺乏挫折教育的引导，对于个体的经济条件、自身条件的劣势都当作前进的阻力，一旦升入大学，面临新的学习任务和环境，如果不能及时适应，不能克服各类困难，会阻碍前进的步伐。

因此，挫折教育应该贯穿大学生思想政治教育的始终，清除大学生成长的种种障碍，使他们正面自己的挫折，并心平气和地寻找解决困难的最佳途径，从困难中形成坚强的自信和执着的信念。

19. 国学沙龙兼教育思考

大道至简，大化于心。今晚受邀参加社联主办的诵读经典沙龙，有幸听取国学大家简文清先生关于国学推广的分享，深有共鸣。

深入浅出，国学并不高深，读便可，读的最高境界不是能够背诵的多，能够涉猎的多，而是所读内容能够内化于心，外化于行。所谓"书读百遍，其义自见（现）"，任何语言和文章的习得皆同此理，文字所表达的感情及透露的灵魂比文字本身更重要。社会极端功利,严重冲击学校,学校群推广的国学,手段简单,反倒让人丧失兴趣。

龚自珍在《定庵续集》卷二《古史钩沉二》中说道:"灭人之国,必先去其史。"这是非常有说服力的观点。习近平总书记大力推广传统文化的初衷可想而知,一个民族、一个国家丢掉自己的文化、历史、经典,将从根上丢掉自己的国家,所以要文化强国。国人一度丢掉自己的文化,学习外来文化,外来文化固然要学习借鉴,开阔视野,却把自己本土的典籍丢掉,反倒是国外的很多学者成为研究中国古典文化的专家。后代中国人须把自己的文化作为治学立足的根基,方能真正有对比,博取众家之长,获取各个国家和民族的文化精髓。

晚上接到上海大学法学院卢欣书记电话,言及学生杜同学因为英语口语差和对法律时事关注少而在研究生面试阶段败北,深感难过。卢书记对学生极尽负责任的态度令人感动,作为兄弟院校的老师,对培养学生肩负同样的责任。杜同学早在下午就告知了结果,他所言,面试的失败虽然没有为学院挣得荣誉,却也没有为个人的失败而伤感,也未对个人的失败做出思考和总结。我反省,大学教育的失败,在于学生为了学而学,不懂得如何学,却有愚孝愚忠的悲哀,谁之过错?如同沙龙上很多人的提问,直奔结果的焦虑,恰恰缺乏耐心的阅读,缺乏学习的过程。若教师和家长一样功利,谁来拯救我们的孩子和国家?想起妞妞小学时到中学,每日一家人泛听英语,她便喜欢英语,如果我也逼着她参加各种学习班,恐怕现在只剩下悔恨。

20. 如果我是心理医生,我能拯救她吗

我离开的时候,燕子还站在我的楼下,目光就一直黏着在我的身上,回头看时一直如此。

中午我只有20分钟待在家里，匆忙吃点东西，在厨房刷碗盘的时候，大灰狼在客厅招呼说来客人了。我湿着两手从厨房出来了，看见了燕子，差点没有认出来，她脸色特黄，胖了些许，十分认真地看着我，那一刻她看我的眼神使我想起了祥林嫂。

五年前，燕子的父母从别人处打听到我是心理医生，天知道别人是怎么说的，其实我什么也不是，当电话里听到对方喊"王医生"的时候，我的脸一下子热起来，感到很羞臊，我哪里是什么医生呢？只能说是懂点教育的热心人而已。

燕子的父母坐在我家的沙发上，我面对着他们，听他们说他们的女儿——燕子的表现：燕子不愿意到他们辛苦找的单位去工作；燕子喜欢上了同学的弟弟，而父母横加干涉，却没有了解燕子怎么想的。

他们争着告诉我，好几次差点吵了起来，似乎燕子的变化归咎于对方的不得体的教育，而我在他们争吵着告诉我的过程中，感到他们的教育都有问题。他们几乎没有站在孩子的角度考虑问题，他们不顾孩子自己的感受。

燕子有很好的表达能力，也许是她自己的经历和感受很真实，我在听燕子自己诉说的时候，被她感动着。我体会了一个中学生在学习遇到挫败后，老师和家长唯恐伤害她躲躲闪闪地不敢谈及她的成绩，反而更加伤害她的事实。她说她远不是他们所想象得那么没有承受能力，而是这样的不信任深深伤害了她，以至于事情愈演愈烈，使得燕子只好哪里也不能去只能待在家里。她似乎有些妄想症或者精神分裂，五年前我是这样判断的，我对燕子及其父母所做的工作没有很大的效果。燕子能够接受我的建议，而燕子的父母仍然自以为是地彼此指责。

五年前的夏天，燕子要自杀，她的妈妈打电话给我，带着哭腔，让我去她家，我放弃手中的事情，天气那么炎热，我费劲地找到他们家，算是劝住了燕子。

五年过去了，我早已忘记了她们，而燕子今天居然找到我的家。

简短的十分钟的聊天，我得知她没有工作，仍然在家里。我问："你的脸色为什么这么黄？"她说在吃药，我没敢问什么病，她自己说脑子有问题，吃中药，很苦，所以脸色才黄的。燕子看起来那么温顺，完全没有了以前的个性。她说话很慢，思路很清晰，还问起我的孩子的情况，居然还记得我孩子的名字。她那么认真地目不转睛地看着我，那么真诚，看起来带着探寻的神气，她的眼神似乎要把我看穿，似乎不用说话就要把我看个明白。我有点诙谐地说："是不是我还像以前那么年轻啊？"她使劲地点头说："一点都没有变。"

我没有问她怎么还记得我并且突然造访，这是我最想知道的。她说她的姑姑住院了，她只看了一次就没有去看，我问为什么没有再去看，她说姑姑是精神分裂症，如果她去了，怕受刺激对身体不好。可怜的孩子！也许她有遗传，希望不是如此，可是她仍然有那样的迹象，如果不是遗传，就是家庭教育的悲哀了。

我问她现在做什么，她说在家里弹琴，识谱，正在读《德伯家的苔丝》。悲剧情绪再次灌满我的全身，我知道她一定没有男朋友，在这个二十几岁的黄金年龄。而那个同学的弟弟很可能不会像她喜欢他那样喜欢她的。她就是在家里这么待着，接受头脑病的治疗，不知她自己是否知道这个头脑病也许就跟她的姑姑是一样的病。

我不知道我还能给予她什么，我要上班去，她不停地看表，又想多待一会儿，又怕影响我乘班车。一同下楼的时候，我说："很多人都没有了生命，甚至很多人都在生命线上挣扎，而我们这些健康的人，应该珍惜每一天。既然活着就快乐地活着，每天锻炼身体，听音乐，多做事情，否则枉费生命。"我知道她在认真地听，希望她能够如我说的这样开心地过每一天，不管她有什么病，可是她在以健康的方式度过每一天，她就是健康的。

她站在我的楼下，驻留在那里，看着我匆忙地离开，而不是随我一起走，她还是那么无比真诚地看着我，目不转睛。我不知道她究竟想看到我什么，我不知道她还想从我这里得到什么，使我离开得很不安心。

等我再次回头，她还是以那样的眼神看着我。我是外行，不知道心理医生是通过什么方式来治疗她，而我觉得我的力量很苍白，如果上帝是万能的，就请上帝救赎她吧，她的眼神令我心疼。

21. 塞翁失马之后

继上次月考之后，孩子的学习状态明显地变化了。

上次的月考，虽然每门成绩都不错，可是班级名次是第十一名，这对孩子来说无疑是个小的刺激，比往常的任何一次都差。我轻描淡写地说："好好总结一下就可以了。"可是内心的一丝忧虑或许被孩子捕捉到了。我想现在的孩子书读得多了，对大人的心理也能把握个大概，所以完全没有必要隐瞒什么，还是真诚点比较好。

孩子或许察知到我内心深处的那点忧虑，她说："妈妈，你知道吗，塞翁失马，焉知非福？"我笑着说："很好，我觉得我没有什么可说了，你完全驾驭了自己。"心里十分欣慰。

明显地看到孩子这段时间在时间的统筹上，在学习时间的分配上都很恰当，而且抓得很紧。这次刚考完的期中考试七门功课，平均95分，以全班第一名、年级第十三名的成绩，兑现了自己上次的承诺，她始终保持着良好的学习状态和自信心。

常常我怀着顾虑想说点什么的时候，她就会说："妈妈你不用说了，我知道你想说什么了，我读了好多文章，我对心理也有了一定的把握。"每当此时，我的心里窃喜，孩子不断成熟，不再是小孩子了。

一直想去孩子的学校，阅读孩子的作文，来了解孩子更深层的内心世界，但一直未如愿，期中考试语文试卷上的作文，因为需要我签字，我可以尽情地理解感知孩子的内心了。

《以书为友》的作文，近一千字，写得十分细腻，作文开头的方式也改进了，不再从讲道理开始，而是从自己的内心体会着手，容易打动别人。这是我很久以来的建议，一直担心她不会使用，看来运用得很好。从文章中了解到，孩子无论多么忙，每天晚上睡前至少半个小时的阅读，长篇的、短篇的，儿童文学、少年文艺、世界名著、读者文摘，时常变换着放在床头，用她自己的话说，对这些书的阅读，和自己的阅读习惯，使得自己的写作和认识问题的能力都有了很大的提高。

是的，孩子每天晚上都阅读，但是我从来不知道她始终坚持着至少每天半个小时的计划，我把她想得没有计划性，只是为了完成作业，原来她始终坚持着自己的统筹。

家里订的几本杂志已经远远不能满足她的阅读需求，我从书橱里找出一些名人传记给她。不晓得什么时候，孩子慢慢地超越了自己，这正是我所希望的，同时也使我很紧张，担心不能跟孩子共同成长。

曾经对孩子和大灰狼说，我们的家庭应该是个学习型家庭，现在最有危机感的是我自己，稍不留神，就被孩子嘲笑了，我得加把劲了。孩子的思想境界也同时激励着我。

"塞翁失马，焉知非福"的道理都懂，可是真正生活中遇到困难的时候，也许真的不如孩子实践得这么彻底，无论孩子还是我自己，在以后的日子里都将经历很多"失马"的时刻，希望得到的都是福。

22. 树下无助的哭泣

天气是刺骨的冷，当我在瑟瑟寒风中沿着小道回家的时候，从影影绰绰的树影下闪出一个小伙子。他戴着眼镜，很瘦弱，他挡在我的前面，路灯比较暗，我看不清楚他的脸。令我诧异的是，当他开口说话的时候，满带着哭腔。

我不知道他在我必经之路等了多久,他穿得比较单薄,因寒冷而佝偻着身体,借前面的路灯,我看见了他的脸上弥漫了那么多泪水,在脸上闪烁着。他哭着说:"我等您很久了,就想跟您说说。"

他说他是大一的学生,家很远,自从来到这所学校,一直很困惑。

"我几次想放弃上学回家,可是一直坚持着没有回去,最近我简直难熬下去……"

说着又泣不成声了。我说:"慢慢说,我听着你的话。"可怜的孩子,他满脸无助,如果被他的同学或者同龄人看见,他一定很没面子,或者觉得可笑。我想,如果是往常,我会带着满不在乎的口气淡化对方的忧伤了,比如"男子汉,大丈夫,顶天立地,没什么过不去的"。

可今天,看眼前这个男孩,的确非常难过,只有非常无助或者非常绝望的人才会有的哭泣,我非常温和而淡淡地说:"说说吧。"天知道是失恋了呢,还是遇到什么人生大事呢?

"我努力地学习,我觉得我的时间用得非常有效,可是我高考的时候,150分的题目,我才考了60多分。我上大学一学期了,门门课都学得很认真,可是考得两门课都不好,我是不是比别人笨呢?我想放弃……"他又泣不成声了。

可怜的孩子,原来是学习的困惑。我抚摸着他的肩膀说:"我很理解你,我也是从学生时代过来的,你遇到的问题我也遇到过。"我也顾不上寒冷了,站在那里听他诉说,我觉得他的学习方法不得当,不知道怎么学习,没有从中学到大学的角色转变。

我以英语为例,告诉他学习的方法,并且告诉他,我比一般人更笨、更健忘,但是我战胜了很多困难,比如我高中英语的水平,到十年后几乎忘干净了,从头开始,每天反复,每天听说读写,词汇从2000扩展到6000多个,从"哑巴英语"到比较自如地与老外交流。我用现身说法告诉他,我也多次想放弃学习,可是咬着牙坚持一路走下来,我觉得最后自己是胜利者。(有点轻狂了,为了增强说服力,只好如此。)

我告诉他，他比我聪明得多，年轻得多，更具备比我学习的优势，一定会远远超过我，而且书本是死的，人是活的，人怎么不可能战胜死的东西呢？我担心他不能够理解，就继续告诉他，如果觉得一本书学起来比较艰涩，他可以从目录开始看，带着那些不懂的问题开始研读书本的内容。或者，把自己假设成老师，如果让我去讲课，我要怎么准备内容，那么学习效果一定比被动接受效果好得多。

我还告诉他，他的困惑是所有爱读书、喜欢进步、能取得成功的人都曾经历的过程。这样说的目的，是让他明白，他一点儿都不用大惊小怪，因为人人都如此。

我看见他没有了泪水，眼睛里放射出了光芒。

他那么无助，可是他没有去网吧泡日子，也没有去谈女朋友，他没有很多现代学生的躲避学习的消极方式，他哭得那么纯真。我一下子觉得他很可爱，因为想进步，因为没有好的方法，而这么忧伤！

不知道有多少大、中学生，他们刚进入新的年级的时候，因为不懂得如何转变角色，因为没有找到理想的学习方法，而怀疑自己，放弃自己，他们的内心一定在绝望中挣扎，而老师和家长没有真正走进他们的心灵。也许，步入新的年级的学生，进行心理调适和学习方法的引导是最重要的。

不要嘲笑这个哭泣的男孩！我站在他的面前，一下子升腾起强烈的母爱，或许他并没有给他妈妈一个电话来哭诉内心的无助和困惑。

记得中国教育报曾刊登过一篇文章，关于"成长的疼痛"，说孩子到青春期时，经常会骨骼疼，那是因为身体成长得太快。其实人的成长一样，也要经历无数次成长疼痛，如果孩子的肩膀还比较稚弱，如果他还没有能力战胜这个疼痛，后果会是什么样子呢？

如果是个成年人，无法战胜成长的疼痛，也许他会怨天尤人，也许会彻底放弃人生的很多机会。这就是世界上有那么多人悲观地应对着生活，而很多人勇往直前的原因了。

23. 跳起来摘果子

孩子吃早饭的时候告诉我，开学第一次数学测验得了92分，我立刻反应是错在哪里，她比较欣慰地告诉我说，成绩是不错的，因为在老师看来最难的证明题，自己做得不错，只是填空和选择各错一道，老师在试卷上写着："再仔细些，你十分优秀！"我再问其他功课的感觉怎么样，她说很好。我说："很好，你很努力。"孩子是一直需要鼓励的，只有这样才会一直有信心，其实成人也是需要鼓励的。

她说，班主任老师制定了一个新的政策，每个人对每一门课设定一个惯常的目标，如果每次考试自己超越了这个目标分数，就加1.5分，低于这个分数就减掉1.5分，并且每个人的分数作为小组的整体分数之一，公布在班级的墙壁上，以红星作为标志，看哪个组得的红星多。孩子得意的是自己的标准分数是90分，最高标准是100分，可是全班没有一个人定100分的标准，程度不同的同学定的标准不一。孩子说，她不能定位到80分，因为那个标准太低；而定100分，很难保证每次考100分；定90分，就会常常得到小小的鼓励，自己会很开心。我立刻对孩子的想法作了口头的表扬。

我对孩子说："你敢定100分作为标准吗？也许你定100分为标准，说不定考取100分的机会将比以前增多。因为你对自己的要求更高了，就像跳起来摘果子的道理一样，如果把目标定得高一点，将无形地发挥潜在的能力达到目标。"就像孩子自己每天的蹦高，她每天把房间的某个高处作为蹦高的标准，恰巧昨天晚上达到新高，我说："也就像你的蹦高，虽然你还没有长高，可是你的蹦高达到新的高度，说明你自己有很大的潜力，经过每天的努力就达到新高，那么学习也一样。"

孩子听着我的话，神采飞扬，我想我的话对她是一个激励，我非常得意地对大灰狼说："怎么样，咱俩的教育方法不是一个概念吧？"没想到孩子接着说:"我的学习成绩是我自己努力,还有老师教育的结果!"她矢口否认我的功劳,她总是不失时机地挫败妈妈的成就感。我笑着非常大度地说:"那当然,那当然,我的教育是潜移默化的,是润物细无声的。"大灰狼说:"我的教育是开发智力的!"他真不识趣,跟着后面瞎嚷嚷,孩子根本就不屑一顾。

孩子若有所思地说:"妈妈,古人要十年寒窗才能中个进士,我得12年才能考大学,真漫长啊。"看来平时的读书有点效果,孩子的成长一点点地变化着。我说:"考取大学也不是终结,大学还有四年,四年之后也许你就有了新的目标呢。"我真担心孩子将来考取大学就丧失了目标,但是也怕当前目标太大挫伤她的积极性。尽量避免说教,让一切来得自然些吧。

担心孩子到初中就有了太多的叛逆,担心孩子在这个阶段产生始料不及的麻烦,可是目前我仍然是她倾诉的对象。回家忙着做饭的时间片段,孩子跟在我的身后,我一边做饭一边听她讲学校的趣事,她的同学,她的老师,还有她的困惑。我还得接受她推荐给我的文章看,看《儿童文学》《少年文艺》里那一篇篇有趣的文章,听她评价《麦田里的守望者》里的坏孩子霍尔顿的善良,然后我读完了,还要说出我自己的看法,我很喜欢被孩子如此要求着,感觉很惬意。

孩子自己所言的12年寒窗刚进入第7年,多么希望在以后的那些岁月里,我仍然是她的朋友,虽然她经常打击我说"这么老才不是我的朋友",可是,她完全就是把我当作她的朋友的。

我家的橱子里已被她自己开辟了一个空间,有的层面是她分类放的自己的书、杂志,侦探书是一个系列,漫画是一个系列,儿童文学等是一个系列,《读者》是一个系列,其他图书是一个系列;还有更大的空间她存放了很多积木,从一岁多就玩耍的积木,一直还保存着,还有她自己用纸箱子、木片、塑料人等东西制作的基地。这个基地是个很难进入的地方,有很多机关,制作非常巧妙和智慧,往往在周末的时候,她就和邻居的孩子一起搬出来玩耍,其乐无穷。还有一个盒子里放了好多组她自己制作的棋盘,她和她的小朋友用那些棋盘下棋。这个橱子是孩子快乐童年的见证，现在她一直使用着，真的希望她这些快乐的玩具连同快乐的往日，一直属于她。

我从不敢轻易地把她的这些东西挪移，就怕她受到伤害从此远离它们。那天我收拾橱子的时候，把她托儿所到小学的不同阶段的绘画拿出来和她一起看，她还觉得以前画得很好。

大灰狼不知道我们的橱子为什么看起来这么拥挤，我没有告诉他，也许他还不能像我这般疼爱孩子的这些东西，就像疼爱孩子一样。

24. 为什么要读高中

有中学孩子迷惑地问我，为什么要读高中？尚好，还有提问。现在难得有问题意识，我小的时候经常被老师问理想是什么，我也常如此问自己，我的理想已经实现。而现在的中学生或者大学生似乎缺乏对理想的追问，从小被安排，被上课，被选择，慢慢就丧失了追问的能力，于是久之成为社会性问题，创新成为难题而被呼喊。

创新应源于发问及发问后的思考，如今我依然在努力让更多的学生思考，有点力不从心。前十年的中小学教育成为一种模式，为了考试而努力，为了成绩而奋斗。中学的教育直奔考试的成绩，立足课本，很少有时间阅读，整日被作业控制着时间和精神。所以朋友的孩子在卡内基梅隆这样计算机专业全世界排名第一的学校就读研究生，因为教授的过于功利而准备另择学校，这样有见识和判断力的孩子还是太少了。周边陷于功利中的孩子如温水中的青蛙，看不到教育的功利及功利的学习，就这么溜溜荡荡地把日子一天天地过了去。大环境如此，看起来也颇正常，危机却在深处。

功利性导致过程的简单，而成长是要有成长的规律，诸如各类人文知识的涉猎浸润，人性的光辉往往在充满艺术性的作品中展现，需要时间去阅读和感受，沉浸于以考试为终极目标的中小学教育必将把教育扭曲。虽然，中小学的管理体制和制度中都有足够的素质教育的论述和支撑，而在教育过程中却被淡化，终究以高考为最后的目标和追求。这样的恶性循环，导致全民义务教育，只有少部分有教育见识的教师和家长能够以长远的眼光培养孩子，更多的人流于教育的功利化，成为应试教育的牺牲品。

普通大学的学生们，因为来自上述中学，接受了以高考为终极目标的大致教育，他们到了大学，已经积习难改，在大学任何一门课的开始，并不是对这门课充满好奇，而是很快追问这门课将会如何考试。大学老师的悲哀是，要首先唤醒学生对知识的内在诉求，再循序渐进地引导他们阅读，这原本是在中小学就应该拥有的习惯和过程，要在大学从头开始，甚至由于十多年的习惯，很多大学生在大学四年也未能够懂得主动阅读和思考。今日我在大学，我平日与学生打交道的每一场报告，每一次课，每一次单独的谈话，都会尽可能地唤起学生的思考，激发他们广泛阅读，使他们把阅读作为终生的生活方式。尽管这样的想法略显理想化，但是依然要坚持，并且呼吁所有的老师都这么做。只有如此，才可以谈创新，学生才可以有发问的能力，我们培养的人才有底气，才不负于国家。

25. 学生厌学的分析及应对策略

【案例概述】2014级学生燕子（化名）从电话中咨询："老师，我厌学，不想学习了，对未来没有任何想法，只是打算去打工实习，可是对此既不满意又很彷徨，我该怎么办？"当时我在开会，就跟她约好周一上午到办公室聊天谈话。

谈话中，了解到她大一参加活动很多，学生会、社团等工作，让她投入了很多精力，一年下来，成绩平平，身边同学的英语四级都已经过关，而自已考的分数很少。大二开始进入图书馆学习，一个晚上两篇阅读理解也做不完，效率很低。更没有心情进行其他方面的阅读，从图书馆回到宿舍还是很沮丧，觉得自己不适合学习，又心有不甘。于是向我求助，希望老师帮助她分析一下，究竟该怎么解决当前的困惑。

解决方案的理念及理论依据：根据燕子同学的现实情况，我重点使用了心理学的认知理论——心理分析、心理干预和教育理念中的赏识教育方法解决问题。心理学家波莱恩认为，特殊好奇心是学生独有的，不良刺激会诱导学生的认知失调和认知上的矛盾，从而引起厌学，诸如网络、恋爱、各种活动等。

根据心理学归因理论，寻找该生的积极归因因素，分析大学生厌学的内外原因，包括学校、社会、家庭、个人等因素，从而找到适合燕子同学的解决方案。

根据人本主义心理学观点，学生厌学的主要原因在于一些学校过多地关注学生的学业成绩，教育的功利化，使得大学之前的整个中小学教育对学生的学习兴趣、态度、情感等品质的培养缺乏，导致他们把学习看成负担，被动地接受填鸭教学，没有形成主动学习的积极性，独立思考和判断的能力薄弱。在学习中，马虎草率或行为散漫，经常旷课、迟到甚至翘课。这种常年功利性学习的环境，导致大学生的厌学现状。

【案例分析及解决方案】在把学风作为永恒追求的背景下，厌学成为学风建设的一个根本障碍。据调查，厌学是存在于学生中的普遍现象。厌学的表现也各有不同，有的学生干脆不学，逃课丧失进取心；有的去网吧混时间，逃避现实；有的去创业、打工、谈恋爱等；有的学生虽然在教室、在图书馆学习，实际上学习效率极低，只是寻求心理的安慰，比如本文中找我咨询的燕子同学。

在我看来，学生厌学的原因有以下几点：

一是这所学校不是自己感兴趣的，而是由于报考的盲目，选择了所谓的热门专业，与内心的爱好没有达成一致，或者专业兴趣没有建立起来。有的教师卓越的教学方式或者引导方式，能够使原本对课程不感兴趣的学生喜欢上专业课，而很多老师缺乏足够的能力或者担当，只是为了教书，教学方式模式化，缺乏创新，没有引导学生对专业学习的兴趣。

二是对大学生活的失望。由于很多学生在中学时代对大学充满了向往，认为大学是理想王国，是世外桃源，充满了美好的想象和憧憬，而现实的情况与学习任务与他们的心目中的"象牙塔"产生了巨大反差，从而丧失了学习的热情。

三是家庭教育的忽视。很多家长认为孩子上大学了，不用过问了，对学生本身也没有要求。其实，学生上大学后，有一段迷茫期，需要家长悉心引导。

四是对职业生涯的迷茫。虽然老师也引导，但是学生一方面对未来充满美好的想象，另一方面不能够忍受学习的寂寞，不愿意吃苦，不愿意为自己设立的目标而坚持下去，从而无法从内心产生学习的巨大动力。

在与燕子的谈话中，我询问她上大学终极目的，她说："希望能够到更高层次的学习平台学习，找到理想的工作。可是，学习太难了，英语四级没有过，每天的学习效率很低，一个晚上记的单词，第二天几乎全部忘记。"于是，她迟疑地告诉我："还有一种选择，就是去打工。"我追问她："打工是临时的，还是永远打工？"她说："不愿意永远打工，想过理想的生活。"她的回答是我引导她的突破口。

我进而询问："以四级考试为例，你每天给自己制订了怎样的计划？怎么执行？预期到四级考试前能达到什么程度？"她红着脸说："老师，其实我每天没有明确的计划，更没有为四级考试设立中期目标和近期目标。到图书馆学习，只是看到人家都来，就来学习了，待一个晚上或者一个下午，并做不了多少事情，心里很沮丧，所以就找老师来咨询了。"难怪，她主观上希望有美好的结果，也试图到学习氛围浓厚的图书馆学习，可是置身其中，又心在其外，因为她毫无目标，没有给自己定下必须完成的任务。

该生主要问题是，没有明确的规划，没有明确的短期目标，对于每天的学习也没有必然的要求，只是泛泛地学，因而没有足够的学习动力，这也是很多学生的共性。我用推理的方式，像剥橘子瓣一样，与她一起分析实现目标的可能性。假如，她定的目标是考研，那么考研所具备的条件是什么？诸如英语的学习程度，专业阅读的程度等。那么英语如何达到考研的能力和水平，大概用多长时间达到想要的水平，于是就分解到每一个月、每一周、每一天，这样下去，每天做一部分，日久天长，就达到考研的水平了。

分析过程中，燕子同学的眼睛亮了起来，如此分析，考研原来没有这么难，只要坚持每天完成计划，到考研的时候，必然具备了相当的能力。

当然，我还要叮嘱她，考研没有诀窍，唯一、最难的是坚持，所有学有所成的人，必然经历反复，无数次想放弃，又无数次地坚持下来，忍受寂寞，忍受孤独，同时也会苦中作乐，收获成功。我告诉她，考研只是一个过程，当你在求学时代，经历过为了目标而努力的喜悦，将来一生会有很多重大突破，都在这个阶段打好基础了。

燕子回去后准备了一段时间，再次来找我交流，她根据目前自己的程度，确定了一年后考研的报考学校，并且决定每月精读两本法学著作，精学两门专业课，并且每天阅读英语，并同步进行听力和阅读训练。她自己承诺，每个月的月底，到我的办公室向我交流本月学习成果，并且向我分享阅读的法学专著，并陈述自己的观点。目前，燕子同学已经连续两个月与我分享学习的效果和进展了。每一次，我都非常认真地听她分享阅读的感受和努力学习的心理变化与体验，我真诚地予以表扬和肯定，激励她如此学下去，必然能够实现自己的理想。

侧面了解到，燕子在班里变成了最坐得住的"学霸"，影响了一批同学，她每天充满了积极的态度和学习的斗志，用她自己的话说："现在每天都很充实，经常有小成就感，一周还要跑步三次，我深刻体会了大学的意义。"宿舍里的同学和班里的同学，都发现她的变化很大，看到燕子惜时如金，每天快乐地学习，舍友们也渐渐地陪她一起学习了。好的学习态度会传染人，燕子带动了很多同学，扎实地投入学习中……

我的感受是，尽可能做学生工作，一个不能漏掉，让他们把心思转移到学习、阅读和思考上来，有追求，有目标，充分体验学习的快乐，并能按部就班地实现自己的人生目标，能够到更高的平台继续深造。一个学生的正能量会影响一大批人，尽自己所能做更多学生的工作，让整个学院充满正能量，并且都有所追求，奋发努力，绝不能让厌学等负能量充斥在学生中间。

26. 雪花飘及格丽娅

不论我再怎么刻意，在这样一个雪花飘落的时刻，我也难以克制我的感情。我恨不得分身窗外与雪花同在。好像三年没有下雪了，飘飞的雪一般不会下得很厚，而又细又快飘落的雪往往能持续很久，可以足够堆雪人的，一个同事这样说的。我愿意顶着一头雪花走进我的房间，可是那时我在上课，只有任雪花在窗外那么诱惑我。还有一周留学生的课将结束，而我没有想到有几个人将可能永远不再回来，因为他们中多数只在这里上一个学期课。

格丽娅是上周要求这一次课给她考试的，她要提前回俄罗斯，她的家乡下雪就像长江以南的雨水来得那么容易。他们的新年是1月7日，她要乘五六天的火车，先去哈尔滨，然后去亚库克。她是亚库克民族人，她曾经告诉我，亚库克族人在五百年前大多是从内蒙古移民去的，我可以理解为她认为她原本是中国人。

格丽娅的皮肤如雪花一样白，很文静，很内秀的样子，学习总是很认真。我在给他们授课的过程中，也是我学习异国文化风情的时刻，这是双赢的一类课。无论世界上哪个民族，虽然语言不同，但是心理、情感和文化有共通之处，上课中的交流常常把我带到很远很远……此刻的亚库克的温度是零下

50度左右，比在这里冷得太多，而因为有她的家人，那里仍然是最温暖的。

没想到的是，下课后她从小坤包里取出一个精致的小袋，从中抽出一个挂坠，布艺的，椭圆形，四周是驼色的绒毛蕾边，中间嵌着的是飞翔的天鹅。她用不十分流利的汉语说："这是亚库克人的图腾，意味着美好。"说着就挂到我的胸前，并把准备好的相机交给另外一个人，她有点羞涩地站在我的旁边，我顺势把手搭在她的肩上，她要留下和我一起的照片。她什么也没有说，我们只是这么亲密地站在一起拍了两张照片，身后还有我留在写字板上的字。生活的惯性使我无法克制对于这样分别的不舍，我忍不住问："你下学期还来吗？"她说："不，因为大学毕业要找工作了。"我想，除此之外还有很多，我今生可能不再见格丽娅了，一转身她将被纷繁的雪花淹没了……

我忍不住说："我会想念你们的。"我以为我的想念会挽留他们。"我下学期还来，您难道不想念我吗？"维克托在旁边喊道，他一脸的稚气，仍继续问："下学期您还为我们上课吗？"

"呵呵，我会想念你的！"

远的，近的，我全想念。

27. 只因为我有了这么多学生

我患了严重的手机依赖症。

如果手机没有电了，我就会暂时失去和我的学生的联系，他们也许会为找不到我或者不能及时收到我的回信而着急，如果能有用不完电的手机，我想我会更方便，白天都在学校，晚上也常常不在家，即使晚上在家很短暂的时间我也时刻手持手机，及时回复学生的信息。

手机信息给了学生们足够的方式来向老师表达他们的内心世界，那些当面难以启齿的事情和内心表白统统可以通过手机发给我。我就像一个恋爱中的人，期待着他们的信息，期待那些最初我还叫不出名字的可爱的学生，他们渐渐从手机信息的虚拟状态，走入我的办公室，我们彼此走进对方的内心世界。

陈同学："王老师，今天下午听完您的讲座，有一种醍醐灌顶的大悟，特别是讲到母爱，我颇有感受。身为农村的孩子，我想我更应该好好学习，父母为我付出太多了，从他们身上我学会了很多，他们经历的坎坷也太多了，就是从他们身上，我学会了坚强与不放弃。我很高兴成为您的学生，谢谢您让我明白许多。"

赵同学："听了您的讲座我深有感触，贫困不是博得别人同情的资本，只有努力奋斗才是关键！从窗子里看天空也是辽阔的。"

于同学："今天下午听您的报告，不能骗您说我全都赞同您的观点，但真的获益很多，谢谢您，真的。特别是您说的很多感恩的话，让我想起我中学的英语老师胡老师，她讲的课可能很多我已经淡忘了，但她的一句话让我至今牢记：做人永远比做学问重要得多，要学会感恩，学会爱。谢谢您的讲座，是我听到的最好的两次讲座之一。……谢谢您的教导，老师晚安。"

"老师，我还是习惯这样的称呼！我是农村来的，不知怎的，我以前向往大学生涯，现在却有点害怕！我英语是弱科，对过级充满恐惧，我也害怕交际，因为我的普通话……说实话，我有点自卑了，我在以前是很自信的，我相信我是最好的，可现在……我们能交朋友吗？"

李同学："王老师，明天就是教师节了，提前几个小时祝您节日快乐……在接下来的四年当中，我们一定会让您很劳累，但希望老师永远像我第一眼看到时那样年轻，那样干练……"

张同学："老师，我是您的新学生，今天听您的讲座，感觉受益匪浅，本来想改英语专业，现在我对未来充满信心和希望。"

王同学："当我刚来临沂师范学院时，我还在为没有去聊城大学而后悔。时至今日，我改变了我的看法！我的选择没有错，王老师，在我看来，您是一个有学识有智慧的老师,跟您交流一定会增长很多知识!"

张同学:"老师您好,今天听了您的讲话,让我肯定了父母的选择。本来我打算复习的,但爸妈说在大学好好努力是一样的,没有必要再浪费一年的时间。我是带着矛盾的心理来到临沂师范学院的,现在我不矛盾了。谢谢您,老师,愿您做个好梦!"

杜同学:"王老师,听您一席话,我突然觉得我曾自认为特沧桑的那点经历是那么不值一提……从开学第一天我就在努力表现,希望当班长,我参加了朗诵,参加了学生会的竞选,我也深知学习的重要性。但我从没有跟您说过,总觉得要做出点成绩来让您看到我是多么优秀,可是人才是跳出来的,不是挑出来的,我真诚地期待跟您面对面交流。还有,王老师,您一定要注意休息,要不我们同学们都会很心疼的,我们也一定会做得更好,让您省心。"

杜同学:"敬爱的王老师,您好!昨天您的讲座让我认识到,您不仅是一位教授知识的学者,更是一个了解帮助我们的朋友。在辞海里我们将要携手创造未来!谢谢您假期不辞劳苦给我们一个个打电话敦促我们前进,谢谢您昨天精彩的讲座,更要谢谢未来您为我们的忙碌。"

朱同学:"今天的阳光很美,王老师就如同太阳一样美丽。四年后我也要像您一样!"

苏同学:"尽管我们相处的时间不长,我还是喜欢上了您,这不是套近乎,而是我们学校的校风提倡的那样,是实实在在的心里话。其实这段相处后,我觉得您跟我高中最喜欢的也是平生真正打心眼里尊重的一位数学老师挺像的——浑身上下透着一股让人无法拒绝的气质,溢满阳光的脸,温柔又富有说服力的言语,更重要的是那股教书育人的热情。这些都深深地打动了我,您的每一次讲话都对我启发很大,我甚至感觉那些话就是专门为我讲的。是的,我的心理素质不是一般的差,高中一段时间还有过严重的心理问题,可那时我苦于无人求助,结果让我一直很自卑,尤其是那像一场噩梦的高考,让我自己更加怀疑了。不过,听了您的讲座,我想开了,慢慢来,谁不能彻底改变呢？总之谢谢您，更重要的是祝您永远这么阳光、这么美丽。"

于同学："老师，您辛苦了，我相信在您的教导下，我们一定能够成功！"

孙同学："老师您好，虽然您没有正式给我们上课，但您的谈吐和修养让我坚信我的选择是正确的，祝您永远年轻，永远像太阳！"

一个不愿意说出自己名字的学生："老师，听您讲话时嗓子好像有点哑，要注意身体哦！"——关心我的时候，同学们往往愿意以匿名的方式来表达。

陈同学："老师，我有一个问题，您能帮我指点一下吗？我觉得我超自卑，我哪儿也不如别人，我觉得我都不知道如何跟别人说话。"

秦同学："老师您好，我无法给感动下个定义，但是您今天下午的一番话深深地触动了我。您没有用华丽的语言，只是朴实的话语教会我成长。我希望以后的自己不再那么执拗，不再那么脆弱！我不希望遇到挫折，但是我现在不畏惧打击，人生本该是柔韧的。老师，真的谢谢您！"

"王老师，遇到您是我的幸运，不然这四年我恐怕又要糊里糊涂混过去了，您的严格是对我的鞭策。"

……

我常常沉浸在此类信息中不能自拔，我的心被同学们挖走了，在学校里我的身心属于他们，在家里，脑子里也全是他们。我的工作琐碎而没有规律，计划往往因同学们的意外拜访而中断，可是什么是大事呢？只觉得每一个学生的事情都是大事，因为专业目标不确定而困惑，因为没有明确的方向而迷茫，因为不知道如何跟人交往而忧虑，因为英语学习不知道从哪里开始而怅惘，因为找不到银行而着急，因为想念自己的父母而焦虑，因为不知如何拒绝异性同学的情感表达而窘迫，因为不敢登台说话而迟疑……

我是否可以解决他们所有的问题？我是否可以仅仅凭借爱心就能带领他们抵达彼岸呢？

我需懂得专业知识，我需深谙考研的选择和程序等问题，我需顾及那些还不善于表达的学生，我需进一步学习心理知识，我需了解每年的国家就业形势，我需因人而异，更深入地走进他们，我需将这些学生带入一个我和他们的家长不能抵达的远方……

极强的团队精神，极浓厚的学习气氛，极自信自强的心理状态，极健康的身体，极强的创造力，极高的集体荣誉感，极高的修养和素质……都是我将带领他们抵达的目标。

"父母之心，为师之道"积淀在我的心底，沉甸甸的，不是像说出来那么容易的。更多的时候，这简单一句话只有内化为心灵的一部分，才能本能地去践行，才具备尽善尽美地去实现的动力。

每天早晨都一大早跑到教室，是为了看那些可爱的孩子是否在大声朗读；每天晚上都不舍得离去，还想看看晚自习的时间他们是否都专注地进入学习状态。为了能常常出现在他们中间，楼上楼下一路小跑使自己青春了很多；哪怕是无声地在教室里走几个来回，我想他们会觉得有一颗爱他们、关注他们的心就在他们中间。

良好的开端是成功的一半，也许还有学生不能理解入学之初的严格，但是良好习惯的养成在大学阶段同样重要。学校的嘱托是我一切工作的出发点，家长的期待是我力争做好每件事情的巨大动力。有家长发信息说："'为师之道，父母之心'，非常赞同临沂师范学院的办学理念。儿在身侧，责骂由之；儿行千里，寝枕难安。各种缘由，不言而明。唯愿学生经受锻炼，学有所成，孩子在您身边，我们感到放心！不胜感激！"如此情真意切，殷殷期待，我怎敢懈怠呢？

我惶惑不安，唯恐辜负了我的那些可爱的学生，还有学校的嘱托和家长的期待。我尚无知，这将驱使我不断地充实自己，不断地超越自我，以使我的学生们有更大的超越！

第三篇 审美之美

SHEN MEI ZHI MEI

"离开人生便无所谓艺术,因为艺术是情趣的表现,而情趣的根源就在于人生;反之,离开艺术也便无所谓人生。"

——朱光潜《谈美感教育》

1. 从属者女人的悲歌
——读林贤治《漂泊者萧红》

此刻不是我记录文字的最佳时期，几日班车上颠簸的阅读，使我对萧红欲罢不能，而最佳的记录心境已经奉献给工作了。

中学时代读《生死场》，未对萧红有更多的了解；多年前文学系的课本也没有过多的描述，那个懵懵懂懂感觉灰色的小说也没有激发给我多少要了解她的冲动。而作者林贤治却让我为萧红神魂颠倒，那些忘却的青春的忧伤，夹杂萧红凄苦的命运和艰辛的创作历程深深地揪住了我的心。

林贤治让我了解了萧红的前生后世，作者自己所言在创作时，"忠实于历史，故事场景及人物对话，大体上是对回忆录或自传性作品的综合改写"，创作的真实性使我深切地进入主人翁的生活场景。

那日在病床上打点滴，还没有读到萧红命运终结的时候，因情节所迫就打电话给大灰狼，试图确认萧红离开萧军后有没有与端木蕻良结婚。他也不能确认，实在是没有对萧红有过多的关注。但是我十分激动地告诉大灰狼，这是这篇小说，作者对萧红有大量的心理分析和内心独白。和西方小说不同的是，西方小说在心理独白和曲折的情节背后，常有更深的文化背景，很深的哲学、美学思考，更多理性的色彩，更多地要理性阅读，这样的阅读常使我想起布莱希特的喜剧理论中提到的"陌生化"效果，需要跳出来读小说。小说时时提醒读者，这是一部作品，而我在阅读，不能沉浸其中，沉浸其中的小说往往是不能登大雅之堂的通俗小说，比如《飘》《基督山伯爵》等。而此篇小说能让我沉醉其中，随意、自由、深呼吸，与萧红一起长大，一起忧伤，一起恋爱，一起在孤独中感受写作，一起悲愤于男权社会对女性的摧残……

萧红从小就在抵抗男权社会为自己安排命运的人生旅途中挣扎着艰难地走着，为了抗拒父亲为她订的亲事，她逃离家庭，逃离那个她喜欢的"墙里墙外的每棵树尚存着我芳馨的记忆，附近的家屋换着我往日的情绪"的校园。在那个校园里，点燃了她对文字的兴趣，她看到"文学明显地有着更广阔的空间，可以伸展到看不见的黑暗的深处。而且，文字中有一种意义，其奥妙是画面无法呈现的。随着阅读的进行，对她来说，世界仅仅有美已经不够了"。她逃离了父亲为她许配的门当户对的未婚夫王恩甲，逃到了北京。在北京寒冷的冬天里，萧红仍然穿着"薄得透明的单衣"，全身结了冰似的冷，饥寒交迫。她所投奔的认为两小无猜的朋友陆振舜也放下武器，萧红责备了陆振舜，也同时责备了自己："为什么如此轻易地相信了一个男人？"

这句话似乎就是一个隐语，男人是不可信、不可依赖的，以后的故事印证了这一点。

回到家里被禁，再次出逃，被一个老婆子收留，那是打算把她卖给妓院的。再次从噩梦中逃离的时候，萧红是穿着夏季带孔的凉鞋走在雪地上，成为彻底的无产者。归来的娜拉，回到了王恩甲的怀抱，她在屈辱中继续生存……

后来遇到萧军时，她是逃离王恩甲却怀着他的孩子后，几乎一见钟情，"由相识、相爱仅是两个夜间的过程罢了，竟电击风驰般，将他们经年累月认为才能倾吐的，尝到的……那样划着进度的分划——某时期怎样攻、某时期怎样守、某时该吻，某时该拥抱，某时期该……我们全有了……"

这样迅速地相爱，往往会让人产生隐隐的不安，萧军如此快地喜欢萧红，就有可能很容易喜欢其他的女性。事实正是如此，萧军先后喜欢四个女人，而有两个是萧红很熟悉的朋友，萧军喜欢程女士后，失望哀愁的萧红，写下了组诗《苦茶》：

带着颜色的诗,

一只只是写给她的,

像三年前写给我的一样,

也许情诗再过三年他又写给另一个姑娘。

昨晚他写了一首诗,

我也写了一首诗,

他是写给他新的情人,

我是写给我悲哀的心。

这样的一小节诗让人心疼,如此孤独和悲哀,萧红还勉强振作着操持家务,替萧军整理、抄写文稿。我想,萧红是因为太爱着萧军而甘愿忍受感情的巨大伤害没有离开他,却还坚守家庭主妇的本分。曾那么坚强的萧红,历次出走,寻找自己,却又如此受辱,如果不是出于对爱情的珍惜,不能为人理解!女人大概都是爱情的奴隶,为了最初坚守的爱情往往丧失了自己而不自觉!

萧红把自己的尊严降到很低的位置,她明明知道萧军爱着许粤华,使许粤华怀孕后,萧军在犹豫中喝酒,而萧红还是为他的健康考虑:"你近来的喝酒是为了报复我的吸烟,这不应该了,你不能和一个草叶来分胜负,真的,我孤独地和一张草叶似的了……"萧红自比一个草叶。

草叶是卑微的,而草叶应该有顽强的生命力,干枯后来年会发新芽,而萧红就是一个被踩躏后被踩过一样的草叶,虽然她努力挣扎着,最后这个草叶还是一次次接近生命的终结。面对萧军感情的背叛,萧红的心里流血,也促使她心理的成熟。我十分赞成林贤治对萧红的评价:"深度的痛苦有一种促使自身升华的元素。她觉得,个人情感的天地过于狭小了,必须超越其上,进入更自由、更广阔的境界。"她说,发生在男女之间的爱情,只要是真诚的,哪怕带着点"罪恶",哪怕对她构成了侵犯,她也是可以接受的。

其实，这里包含对徒具婚姻形式的男女关系的一种否定，在个人的泪光里，闪耀着女性主义的纯净的光华。

萧红从与萧军的关系及朋友们因他们俩关系的矛盾疏远，看清了自己——包括所有女人的——作为男人的附属物而存在的事实。萧红及更多不同时代的女人起初都相信爱是不轻易被分裂的，很多如萧红般有思想的女人，不是庸俗地用力拉着男人的衣角，或者拒绝别的女人在男人身边出现，她们要独立地展示自己，希望自己曾经选择的男人也同样选择她，而且无悔于这样的选择。

这样的想法尽管很坚定，却常常被现实摧垮，生活总是在一次次地演绎同样的故事，无论故事发生的时间、地点、人物有多么大的不同，可是情节总有雷同之处。弱者的反抗是消极的，低姿态的，在很多感情的羁绊下，萧红拿不出公开决裂的勇气，她又如娜拉那样出走了。

她后来与端木蕻良的结合，是在备受萧军冷落和感情的折磨之后。萧红没有充分的准备，她需要抚爱、保护和温暖，敬重的师长鲁迅已经去世，萧红没有感情上的任何寄托，她失去了亲人，情人和朋友也相继离去，她什么也没有。她害怕一个人过日子，害怕遭到世界的冷落甚至更强的压迫，此刻端木走近她身边。萧红不是深谋远虑的人，她关注的是现在，如果现在给予她真诚的爱、阳光，或者野火，她愿意在顷刻间融化自己，哪怕从此永远在草间流失！

开始，就意味着另一段结束。

快乐和幸福转瞬即逝，不幸的事情确实根植太深，想拔又拔不掉。宿命的是，当萧红离开萧军和端木一起的时候，萧红又已怀孕，肚子里的孩子使她常常回顾和萧军在一起的日子。对于两人的过去已经不堪回首，也没有更好的新生活，只好孤独地游离在朋友间，把苦痛埋在心底。在和端木一起的日子里，她仍然深切地感受到了作为女人的从属性，端木对萧红病重的身体非常淡漠，更不能与她相伴（后来在困苦中离去）。她对好友说："我总是一个人走路，以前在东北，到了上海后去日本，现在在重庆，都是我自己一个人走路。我好像命定一个人走路似的……"

萧红的生命完全被摧垮了，而端木仍然活得风流倜傥，理性上萧红觉得应该离开端木，而为了逃离日本的轰炸去了香港后，萧红不得不把个人命运系在端木身上。她是女人，而社会关系都在男人身上，哪里都有封建这个罪恶力量的存在。女人无论走到哪里，都逃不出男人的天罗地网，她拖延着残存的爱而不忍舍弃，然而她又不能过无爱的生活，那么理想的爱情在哪里？究竟有没有真正的爱情呢？

爱情的幻灭，同居者的冷漠，自己的无助，日益摧垮着萧红。萧红是爱者，可她一直遭到被爱者的剥夺，永久的孤独属于她，最后的毁灭也属于她。所有寂寞的排遣和情感的抚慰都来自写作，写作对她是一种生活的挣扎，自我内心的博弈，"当作家们忙于塑造遍身光辉的抗战英雄的时候，她去写阳光永远照不到的底层的卑贱人物"。

怀着人类的梦想而写作，怀着对自由、爱和温暖的向往而写作的理想远离了萧红，在靠葡萄糖液维持身体的日子里，萧红写下"我将与碧水蓝天永处，留得那半部《红楼》给别人写了"，又写"半生尽遭白眼冷遇……身先死，不甘，不甘"，辍笔微笑。

萧红在小说《亚丽》道："为了要追求生活的力量，为了精神的美丽与安宁，为了所有的我的可怜的人们，我得张开我的翅膀……"

我期待着萧红张开她的翅膀，卑微而伟大的女人，不幸而永远渴望爱的女人，我将永远怀念她。

她是萧红，她用自己的笔书写女人的卑微和弱势，女性原本是坚强的，可往往被男权的社会所吞没。

我想，写萧红的林贤治，是位先生，是男人，而把一个旧年代的女人刻画得如此淋漓尽致，他给予那么多的心理揣测，如同萧红自己在写，如泣如诉，那是因为怀有伟大的爱心，还是抛开了同情的因素而包含着对一个作家的敬重？

现代女性不必拽着男人的衣角生活，而又有多少深处的寂寞是可以被理解的呢？

2. 凸显"丑"的美之境
——《巴黎的忧郁》的对比艺术

评论界一般认为，波德莱尔是一个审丑的大师，他发现了美的对立面——"丑"的世界。生活中的死亡、黑夜、犯罪、变态、垃圾、侮辱、尸体、绝望、阴郁等都进入了他的审美视野之中。的确，他自己也明确提出了"发掘恶中之美"的艺术观，比如《恶之花》中描写的恶范围极广，涉及社会现实、自然事物、人性精神等具体可感的和抽象虚幻的不同领域，构成了一个具有多个分支的庞大的恶的意象体系。这加强了人们对波德莱尔作为一个"拾垃圾者"的定位。然而我们不能就此说他没有对美的事物的描绘和追求，为写丑恶而写丑恶，这不仅不符合逻辑，也不符合他创作的实际情况。作为一个社会的伟大探险者，作为具有敏锐观察力和独特理解力的艺术家，波德莱尔有丰富的追求美、理想、光明的内心世界，现实尽管丑恶，诗人心中却有一片纯洁的天地，永远有一份积极向上的激情，所以在目光关注丑恶世界的同时，总是描绘出一种美的背景，在美丑对比中展示自己对现实世界和精神世界的思索。本文以他后期创作的散文诗《巴黎的忧郁》为例进行分析。

（1）《巴黎的忧郁》中的对比艺术表现。

同《恶之花》一样，波德莱尔在《巴黎的忧郁》中主要写丑的事物来表达思想，但是在此他更多地使用了对比手法，把美与丑、理想与现实、灵性与兽性、升华的欲望和堕落的快乐两两相对地铺陈在一起，形成鲜明对比。波德莱尔曾说："任何人身上，任何时刻都同时具有两种追求，一种是向上帝的，另一种是向撒旦的。祈求上帝即灵性，是一种晋升的欲望；祈求撒旦

即兽性,是一种跌落的快乐。"(《波德莱尔散文选》,怀宇译,百花文艺出版社1992年版,343页)

《巴黎的忧郁》开篇《异邦人》就利用问答的形式,表现了现代人理想与现实之间的对立与冲突,奠定了以对比作为重要艺术表现手法的基调。一个外乡男子,没有亲人、没有美人(恋人)、不爱金钱、不信宗教,在作了这一系列的否定之后,作者写道:"我喜爱浮云……飘过的浮云……那边……那些令人惊奇的浮云!"(波德莱尔:《恶之花·巴黎的忧郁》,钱春绮译,人民文学出版社,1991年,下引文同)"浮云"这个意象是经常出现在波德莱尔诗作中的,他特别钟情于它,并用之表现现代人生飘浮不定的命运,表达对一种远离现实黑暗的模糊理想的向往。在第四十四篇《浓汤和云》中,他又写到了浮云,他把两个风马牛不相及的事物——饭店里喝的汤和窗外的浮云相提并论,并用了"曲笔"表达法形成强有力的对比:"我向餐厅敞开的窗子的外面看去,观看上帝用水蒸气建造的活动房子,那些用难以触摸的材料建成的神奇的建筑物。"这里显然以诗意化语言写出了浮云的神奇,然后突然从理想的天空中堕落到现实地面,同"我"在餐厅吃饭的有着嘶哑声音的姑娘说:"你打算马上就喝浓汤吗?收购浮云的傻瓜……"这里作者显然表达了不可企及的理想与现实之间的对比。第七篇《小丑与维纳斯》也表现了理想与现实、美与丑的对比,诗人首先写了万物都心醉神迷、万象欣欣向荣的美景,然后一转,写到一个伤心人——一个小丑在美丽的爱神维纳斯神像面前的哀叹。第十一篇《野蛮女人和装模作样的女郎》将身在福中不知福、装模作样、唉声叹气地撒娇的恋人与另一个被当作野兽关在笼子里供人参观的"野蛮女人"作对比,表达出作家的爱憎。

用对比手法把目光投向贫富分化形成的社会差别和鸿沟,在《巴黎的忧郁》中表现得尤其突出。第十五篇《蛋糕》中,诗人先描绘了一幅充满诗意的理想美景,作为布景,在这一美景上上演了一出"饥饿的战争"作为前景,形成令人震惊的艺术效果:诗人写一次外出旅行,来到了一个风景极美的地方——"具有一种不由人感叹不已的壮丽和雄伟。在那一瞬间……我的心灵宛如环抱着我的苍穹那样广阔,那样纯洁……总而言之,由于四周的激动人心之美,我感到我跟我自己、跟宇宙都保持完全的和合,我甚至觉得,在我的无比幸福之中"。当诗人开始野餐切吃面包时,发现了一个饿得发疯的孩子把从未见过的面包称为蛋糕,便给了他一块面包。这时不知从什么地方突然冲出一对长得一模一样的孪生兄弟,二人抢夺面包直到打得精疲力竭,鲜血淋淋,而面包也碎了,消失得无影踪。诗人感到了美景破灭后的悲哀和对人间贫困的震惊:"这个场面使我眼前的风景黯然失色。在看到这两个小孩之前使我心灵感到惊奇的那种平静的喜悦,现在全部消失了;我悲不自胜,这种情绪持续了很长时间,我不停地反复说道:'竟有这样一个绝妙的地区,在这里把面包称为蛋糕,这种甜美的食品如此罕见,竟足以引起一场兄弟残杀的战争。'"当然这种人间的悲剧不仅是因为所谓的蛋糕的罕见,而是社会的贫富不均,这种美与丑的对比绝不亚于雨果的艺术对比所产生的艺术审美效果。第十九篇《穷孩子的玩具》先写富人家的孩子在有着美丽大花园的院落里玩,他的玩具是一个与他本人一样衣着华丽的布娃娃,但他不感兴趣,他的目光盯着院落栅栏外的一个穷孩子的玩具——一只活老鼠。而这个孩子"又脏,又瘦弱,脸色像煤烟"。但是作者认为他与其他富人的孩子一样没有本质的区别:"如果把他那种讨厌的贫苦绿锈揩揩干净,公正的眼光会从他身上发现一种美,就像鉴定家的眼光从华丽马车制造者的油漆手艺之中看出理想的绘画一样。"是的,穷人与富人的孩子天性本来没有什么区别,没有什么高低贵贱的等级意识,只是社会在他们之间安装上了等级的铁栅栏。第二十六篇《穷人们的眼睛》也运用了对比手法,写"我"和女友在一家新开的咖啡馆里会面,发现橱窗外面马路上一个40岁左右的男子带着两个孩子也在打量这家新开的咖啡馆:"他们都穿得破破烂烂。三人的脸色都非常严肃,六只眼睛紧盯着新开的咖啡馆,露出同样惊叹的神情,只不过由于年龄的差异而有些细微的差别罢了。"诗人被这一家人的眼睛所感动了，他详细地描述了三个人的眼睛所传达的入迷心情，同时坐在旁边的恋人美丽的眼睛也让诗人感动："我沉浸在你那双如此美丽又如此异样的含情脉脉的眼睛里，沉浸在你那双由'任性'占据，由'月神卢娜'赋予灵感的绿色的眼睛里。"在这样做了对比之后，诗人笔锋突转，写他的恋人提出了一个令自己感到异常意外的要求——让咖啡店的服务员把这一家人赶走！作者最后无可奈何地感叹："相互了解竟然如此困难，我亲爱的天使，思想竟如此不能沟通，即使在相爱者之间。"孰丑谁美，顿见分晓，在对比之中形成巨大反差，好比一落千丈的瀑布，这就是作家要达到的效果。另外如《老太婆的绝望》《狗和香水瓶》《绳子》等篇也都运用了对比手法。

总之，波德莱尔作为都市的穿行者，他总是善于发现都市中的丑陋之处，并能揭露其本质所在。他像一个好恶作剧的画家，先涂出一幅美景，如夕阳下的西天景色，然后又比较残酷地画上令人感到沮丧和阴沉的中心形象，形成鲜明的对比，从而把读者的目光由美吸引到丑的一侧，《巴黎的忧郁》就是这种艺术对比的典范。

（2）*移情于"丑"的世界——对比艺术的功能。*

法国法兰克福学派的代表人物瓦尔特·本雅明在《发达资本主义时代的抒情诗人》和《巴黎，十九世纪的首都》等论著中，对波德莱尔作了独特的分析。本雅明把波德莱尔放在了现代商品化的城市中，考察了他作为波希米亚人般的都市"游手好闲者"的感受，指出波德莱尔真正体验到了现代都市的灵魂波动。换句话说波德莱尔发现了现代人的现代都市，他穿行于大都市的街道，在城市这个迷宫里游走，在商品的大潮里游戏，在都市人群中隐现，从而追求他所要获得的一种特殊的快感和陶醉，也就是一种"移情"感受："诗人享受着既保持个性又充当他认为最合适的另外一个人的特权。他像借尸还魂般随时进入另一个角色。对他个人来说一切都是敞开的。如果某些地方对他关闭，那是因为在他看来，那些地方是不值得审视的。"（《波德莱尔全集》第二卷，第420页，参见本雅明《发达资本主义时代的抒情诗人》第73页）波德莱尔对都市的一切东西感兴趣，并投注了自己的诗人情怀，为此本雅明指出："移情就是游手好闲者跻身于人群之中所寻求的陶醉的本质……波德莱尔的天性与此产生了强烈的共鸣，对无生命物体的移情是他灵感的源泉之一。"（本雅明：《发达资本主义时代的抒情诗人》，张旭东等译，三联书店，1989年，第73页）

"移情说"本是盛行于19世纪后期欧洲大陆的心理美学思潮，"移情说"的代表人物首推里普斯。里普斯在《空间美学》中提出"审美欣赏是主体情感与对象形式的交汇，是主体情感对客体的移入或外射，审美活动欣赏的是自我与对象的统一体"。这里里普斯强调在移情过程中主体的精神特质灌注于对象，使对象成为人的精神内容的象征。波德莱尔的创作也有着明显的移情现象，并陶醉于其中，不过他和传统诗人的移情不同，他往往把情感体验投向了都市中的所谓的"丑"的世界，从而获得了一种与众不同的移情效果。这种效果的获得与前文所述的对比艺术密不可分，通过以上的举例我们也可以明显地感到波德莱尔的诗作中美丑两个方面的表现，最终都把情感移植到了丑的一侧。我们从波氏对美的表达中无法把握他的思想，但从对立面——丑中就可以感受到他的主观精神的投影。这样，美就成为一种陪衬，但它又是一种不可或缺的陪衬。比如第二十七篇《悲壮的死》，方希乌尔作为滑稽小丑的表演艺术家，其技艺达到了炉火纯青的程度，但他背叛了国王。国王既喜爱他的表演，又厌恶他的反叛，于是让他演出供自己享受，然后把他除掉。诗人极其详细地描述了方希乌尔的演出之美、之成功、之征服力，其本人也忘情地沉浸在艺术境界之中。但诗人主观精神的落脚点却不在于这种美，而是转向了令人震惊的丑的一侧。接下来，诗人写了国王的穷凶极恶，国王才是一个比艺术家更高明的杀人艺术家——他安排手下，在方希乌尔演出的最高潮，在所有观众和表演者自己都沉浸在艺术情景中时，突然大喝倒彩，而且只喊了一声，就立刻要了方希乌尔的命："方希乌尔大受震惊，恍如从梦中醒来，先闭上眼睛，随后又几乎立刻把眼睛睁开，睁得极大极大，接着又张开嘴巴，像要抽搐着透气，微微向前，又微微向后摇晃了一下，随即直挺挺地倒在舞台上死去了。"多么绝妙的神来之笔！这种效果，当然离不开诗人所运用的强烈的对比艺术。第五篇《二重房间》，也是一篇对比手法的范例。前半部分写梦中的房间，它是理想的房间，有美丽的色彩、醉人的香气、美好的梦想和永恒的安乐；后半部分写现实的房间，幽灵把我惊醒，美好的房间消失了，现实的房间脏乱，伴随着回忆、悔恨、痉挛、恐惧、愤怒、神经病……"我"成了时间的奴隶，痛苦地活着。通过对比，诗人表达出美的幻灭，突出了丑的现实，美更加遥不可及，丑更加挥之不去。

作为一个由传统向现代迸发的诗人，波德莱尔发现了一个崭新而令他失望的世界，于是他走进了"恶"的世界中。作为一个游手好闲者，一个忧郁的病患者，他碾碎了理想，碾碎了美，他把理想用现实击碎，这个目的在具体的诗歌表达上也只有对比手法才能实现。所以对比艺术自然成为与通感手法和象征手法同样重要的方式。我们在解读波德莱尔"丑"的艺术风景时自然也不容忽视作为对立面的"美"的背景。

参考资料；

[1] 波德莱尔. 恶之花·巴黎的忧郁 [M]. 钱春绮，译. 北京：人民文学出版社，1991.

[2] 本雅明. 发达资本主义时代的抒情诗人 [M]. 张东旭，等，译. 北京：三联书店，1989.

[3] 刘北成. 本雅明思想肖像 [M]. 上海：上海人民出版社，1998.

[4] 周 怡. 战士的苦闷与叛逆者的忧郁———《野草》与《巴黎的忧郁》比较 [J]. 鲁迅研究月刊，2002（2）.

[5] 波德莱尔. 波德莱尔散文选 [M]. 怀宇，译. 天津：百花文艺出版社，1992.

3. 海宁，那些浪漫的小街和房子

在我游历过的许多地方中，最浪漫的当属海宁了。20年前，一部《戏说乾隆》曾让多少人迷恋，一谈及海宁，便与乾隆联系在一起。乾隆常与"康乾盛世"联系在一起，在世人的眼中，他是国君，亦为才子，更是风流倜傥之辈。所谓"戏说"，多言他的浪漫爱情故事。先前对海宁的认识，大概只觉得海宁出美女，使得乾隆"六下江南，四驻安澜"。其实，最重要的还不是"戏说"所及的浪漫爱情，而是乾隆与"海宁陈家"永远说不清的故事。

小小的盐官镇，有"天下奇观海宁潮"，姑且不说钱塘潮壮观的景色衍生出的独特的文化，最令人费解的是海宁盐官与皇家的千丝万缕的关系。乾隆曾在此地建了海王庙，独步于此，所触摸到的是每一块旧石板都隐藏着厚重的历史，走进"海宁陈家"阁老府，其庭院布局、房间构造，仍不失当年的贵族气派。传说，陈阁老乃乾隆的亲生父亲，这里面隐藏着另外一个"狸猫换太子"的故事。当年陈阁老和四皇子雍亲王同时生了孩子，宫女到阁老家说雍亲王要看看孩子。阁老的儿子被抱走之后，送回来的却是一个女孩，只好告诉天下人，阁老家生了千金。有人说正是这个原因，乾隆历次下江南，都驻海宁，因为这里有他永远无法说出的秘密和无法割舍的情感。

品味盐官，值得细细品味的还有离阁老府不远的王国维故居。相比之下，王国维的故居在繁华之外的镇边，一座极普通的房子，甚至没有院落，似乎反衬出文人的清淡和低调。破败的墙壁，手触之处，墙粉似乎簌簌滑落，房内的设施尤为古朴、简陋，两个工作人员看到我和朋友来访，很热情，似乎很少有人来到这里。他热情地带我们到王国维的书房，书房也是那么简陋，那线装的发黄的旧书以及王国维每天坐着读书的椅子，都是那么真切。书架上少有的书散发着古老的气息，带着往日的风采，引起了我对这文化先哲的怀念，当那纸墨的芬芳消失殆尽，变黄的纸散发出一种凝重的岁月的气味。

王国维曾是清华四大导师之一，学贯东西。他一生治学，前期举业就学，主要治哲学、文学，包括文学批评、诗词与戏曲研究，后期治经史、考学，在金甲文字、汉晋简牍、汉魏石经的整理、考释和商周等研究上，方法出新，创新尤多。王国维在《人间词话》中说："古今成大事业、大学问者必须经过三个境界：'昨夜西风凋碧树，独上高楼，望尽天涯路'，此第一境界；'衣带渐宽终不悔，为伊消得人憔悴'，此第二境界；'众里寻他千百度，蓦然回首，那人却在灯火阑珊处'，此第三境界。"他20多年的治学生涯，也确实经历了这三种境界，在一境高过一境中发展，他的《王国维遗书全集》和《鲁迅全集》一起，被郭沫若誉为"虽与日月争光可也"的一对现代文化的金字塔。

历代对王国维的评论纷纭复杂，褒贬不一。在这新旧交替的大师身上，十分明显地表现出二重性："学术上的启蒙家，政治上的蒙昧者；新的先驱，旧的忠臣；一半朝向前往，一半向后顾恋；在书本上驳斥着陈旧，在现实中恐惧着新生"（刘再复《王国维之死》）。他在治学精神和治学方法上开一代风气之先，使他的学术成就成为一座崔巍的楼阁，大放异彩。可是，王国维50岁自沉，却使我迷惑而痛惜，一代学者如此不珍惜自己的生命，或许，正因为他生活在新与旧、前与后、书本与现实的矛盾中，不能自拔，无法调和，只有远离。悲哉！这古老而寥落的房子越发在我的心头蒙上神秘气息。

走在王国维故居后面的小街上，散见几个人影，多半是悠闲的，很多人已走出村镇，投入经济的浪潮里去了。他们与王国维、陈阁老为邻居，却与王、陈有着天壤之别。他们一只脚踏进优越的现代世界，一只脚仍留在优美的历史空间里，既享受现代世界的物质条件，又享受历史空间的精神财富。在那一条条干净小街的街面上，处处可见黑色的圆点，那不是鸟粪，那是香樟树上凋落的小果子。镇上的人说，把它们种在地里，明年就会长出一棵小的香樟树。这些漂亮而精致的小果子，散落在街上，没有人会忍心踩坏它们，这里鲜有游人，更少见汽车，只有孤独的老人，聊天的妇女。只有亲身走在这小街上，才会产生漫游而过的酣畅的感觉。

何止盐官，整个海宁旧街全是这种幽深而弯曲的小道，也许是因为黄昏走进海宁街道的缘故，古老一点的建筑，全是灰白的墙壁，黑色的瓦片，墙里墙外的花树，分外地幽雅而温馨。小街就是这么又长又深又古老，走进这小街，才是真正走进海宁的生活、海宁的灵魂。

每一个地方都有它特定的气质，尤其在它特定的地方，这种气质就会分外突出地散发出来。在海宁，我最想去的地方是徐志摩故居，它深藏在海宁最繁华的地方，那么安静地伫立着，这里面隐藏着一段浪漫的回忆。这座房子是其父徐申如为徐志摩与陆小曼结婚而建造的一栋中西合璧式的小洋楼，志摩深爱此屋，称其为"爱巢"，内部装修及居室布置都亲手而为，中西文化的情感与格调在此融合，表现得淋漓尽致。这套房子里有他和陆小曼的新房，还有父母的卧室，里面雕花精致的家具，全部是张幼仪的嫁妆，徐志摩前妻张幼仪那时已作为徐申如的继女，居住在西间的前厢。

徐志摩的诗广为传诵，并有很多人对他及他的诗歌进行研究。令人不解的是，文学史居然没有对他进行章节介绍，我想是因为他过于用情不专，使得正统的史学家们不能接纳他。我曾无数次感慨，如果他不是那么多情，也许他不会早亡（他为了陆小曼四处讲学挣钱，又对林徽因无法释怀而整日奔波于南北），如果他不是早亡，会写出更多迷人的诗。偏偏命运只给了他35年的生命，他短暂的一生，为情奔波，为情创作，为情而生，为情而死，正如他自己所说："我没有别的办法，我就有爱；没有别的天才，就是爱；没有别的能耐，就是爱；没有别的动力，只是爱。"为追求理想中的真情真爱，1927年徐志摩与张幼仪协议离婚。在与陆小曼的结婚典礼上，其老师梁启超作了古今罕见的婚礼训词："志摩小曼皆为过来人，希望勿再做过来人。徐志摩，你这个人性情浮躁，用情不专，以致离婚再娶……陆小曼，你要认真做人，你要尽妇道之职，你今后不可以妨碍徐志摩的事业……你们俩都是过来人，离过婚又重新结婚，都是用情不专。以后要痛自悔悟，重新做人！愿你们这是最后一次结婚！"如此苛责的致婚词，一般人难以承受，却包含了梁启超对爱徒的一片关怀之情。凭借他的威望，在这样的场合，做出这样的训词，就不会有人能超越他，给志摩以谴责和非议了。

尽管当时遭到这样的指责，可后人对他的过于多情的不满似乎完全融合在对其诗歌的热爱中。徐志摩在品味着生活，生活在后来的人们在品味着徐志摩，诗情装饰了徐志摩的房子，徐志摩的诗装饰了无数追随者的梦。这种感觉暗合了卞之林的诗歌《断章》："你站在桥上看风景，看风景的人在楼上看你，明月装饰了你的窗子，你装饰了别人的梦。"他哪里知道，当年与林徽因、陆小曼、张幼仪的感情纠葛给了后人多少想象的余地，又有多少人不能谅解他的多情呢？

那日的黄昏，我的思绪纠缠在徐志摩浪漫的往昔中。海宁的小街上，从一个早已关了门的板门内流出了一支忧伤的歌声，但一时想不起是谁的曲子，很伤感，很深切，肯定歌唱者把内心的东西放进去了。尤其在那带着寒意的秋日黄昏里，歌声裹在那绵杂的人语和风声里，分外动人心扉。我只想敲开那古老的板门，看看是一个什么样的人在享受着感伤的歌曲，莫非他也有着志摩般的情怀？莫非他也被一种情感折磨得不能自制，故而以这样的歌声在这幽深的小街上抒发出来？

也许这才是海宁小街上最深的也是最日常的生活。朋友说，海宁看起来很现代，可灵魂里却很深刻。所有的浪漫便深藏在这一处处房子里和一条条小街上，如果没有走进去，便永远无法体会，无法抵达。

海宁，我曾走过的那一条条小街，和街边的旧房子及房子里发生过的前前后后的故事，令我如此着迷。我终究没有想明白，为什么小小的海宁竟会出现这么多的才子，蕴涵着这么多丰富的故事。没法想清楚。只觉得我已和那里的小街、房子连在一起，但我不知道究竟是海宁已在我的心里生根还是我的心在海宁留下了一些依然活着的根须。

4. 到时间的另一边去

  当我置身于另外一个地方，无论多么美丽，无论多么经典，我总喜欢用心去感受，而不习惯带着相机去把那些瞬间的美丽或者随着时间的推移有可能会被忘记的东西记录下来。我总是迷信这些美丽的或者有特色的东西留在记忆里就是最深切最长久的了。而当这些时日过去后，我能记忆的东西已经很少了，只有些微的片刻，或者某件很微不足道的小事还记得。

  我注定不是一个能够干大事的人，永远的琐碎和卑微，我所记得的那些事情，往往没有什么意义，或不值得称道。不像那些传统意义的作家关注民生，关注社会重要话题，能够站在整个人类的高度而去感受和思考。留在我记忆中的东西不仅模糊得一团糟，能够记得的那些也羞于用文字重新表述。而那些经历过的，也许今生不再看到的景致因为没有拍摄下来也就丢到脑后了，直到某一天到达某个地方，看到某个相似的风景才会重新记起。

  我竭力回想去过的地方，想留下一些记录，脑子里却片片断断的，说不出所以然来。

  短时间内两次进京，都赶上天气十分寒冷，没有心情去感受北京的变化，更没有时间去感受北京的内里。灰头灰脸的北京和儿话音很重的北京口音倒是给我留下了深刻的印象，我知道我没有进入北京的里面，那是需要时间和心灵的。

  宫廷大宅，灰色的建筑，历史性的院落都隐藏在寻常的街道里面，即使是老北京四合院也不是那么老了，都经过了翻修，只有长安街那一段高大的红墙还彰显着昔日皇帝远离民众的权威。

  国子监那条街来回走了两趟，我并没有进入国子监里面去看昔日的高考题目及那时书生的桌椅板凳。也许看过就不过如此，我辈如此浅薄之人常因为看过而后悔，认为还是不看，对这个地方才怀有永远的念想，故不能深入其中。如此这般，写出来，也就如同忏悔了。其实是那条街道色调吸引了我，高大的国槐周围的建筑都没有超越国槐高度的，而且清一色是灰色，行走于这条街上的时候，居然很少有汽车穿过，偶尔呼啸而去的风声会提醒人们这是21世纪的北京，而不是国子监红火的时代。

而颐和园似乎与多年以前和大灰狼初次合影的情况很不相同，那时湖岸尽是绿色，游人几乎占据了角角落落。记得那时同事鲁、尹夫妇俩也效仿浪漫的我们挽起胳膊，享受情侣般的心情，我和大灰狼那时的照片居然都被当年的学生一抢而光，现在什么也没有留下。

冬天的颐和园，冷清而休闲，湖里的冰很厚，小道上行走的都是老人，蔚宏和我一起绕着湖整整走了一圈，三个小时，我穿着高跟鞋，居然毫无倦感。可爱的蔚宏低着头，我们并肩边聊边往前走着，我问："你为什么低着头啊？"她不无羞意地说："你看看，这九点十点光景都是老人在这里的，我们在这里闲逛有罪孽感哪。"呵呵，蔚宏很可爱，我们青壮年，似乎应该是在努力做事情的，仅仅是这么匆忙走了一圈，心里也蒙上了愧疚。

回来了，还时常念想着蔚宏和她的可爱的小菲菲儿。蔚宏看起来白皙，小巧玲珑，很像南方的水土养出来的，而骨子里是北方人的真性情。我离开北京的那天，蔚宏要搬回小家，居然自己刷起了涂料，她说"此刻是光芒四射的感觉，俺满身满脸繁星点点"，她能折腾，这样的热情很有感染力，能代表她的性格。

北京千般好，而最终让我怀想不断的是北京的人，蔚宏那个可爱的菲菲儿和可爱的警察同志，不，一家人都很可爱。

5. 对于痛苦的思索

"你说说，人为什么会有苦恼？人为什么一直步履匆匆，疲于奔命？"朋友这样问我。我无语，因为我也常为这样的问题困扰。

人要是不面临那么多的选择也许就没有这么多痛苦，可是偏偏总是要面临不同的选择才能趟过一生。究竟为什么活着？

生活在美国的高中同桌最近晚上总是要跟我通一两个小时的电话，她是上帝的信徒，她那么长久地述说，使我感到上帝常常是眷顾她的。听着她的声音，我的思绪就飞到8年前她生活在华盛顿的那段生活。那样一个大的城市是无人能顾及这样一个女子的种种况味，那时的她因为遇到种种的磨难就要崩溃了，而今平静的语气已经显示心灵的平静了，因为在她最困难无助的时候是上帝帮助了她。

我不是基督教徒，我无法体会她受上帝恩惠的过程和感受，那些世界上不同肤色、不同民族的人们都相信上帝是万能的，我想是因为他们遇到选择及更深重的痛苦的时候，是一股脑儿把困难都交到上帝那里去了，无论上帝能否解决，无论什么时候解决，反正已经交给他老人家了。也许这最终是心态的问题。

究竟拥有多少钱财才是最富足的？究竟事业做到什么程度才是最成功的？究竟有多高的地位才不会仰人鼻息？究竟什么样的伴侣才是最适合自己的？究竟得到多少才会停留追寻的脚步呢？

可是看到的是，得到了这些东西又会产生新的痛苦，仍然不快乐。

早几年张国荣及农村因为种了假种子没有长出庄稼而自杀的农妇们，层次差别很大，可是殊途同归，起码是他们都不堪忍受生活的压力而结束自己的生命。可是我想，只要活着，痛苦也是幸福。

哲学家是最痛苦的，他们终极一生都在探索"人为什么活着？世界消失后人怎么办？"等这样深奥的问题，一代代的哲学家穷尽他们的人生思考这样的问题而终究没有答案，他们一直在痛苦中，这成为哲学家的生活方式。

明眼人都知道，思维简单、生活简单的人最幸福，他们不会提前把痛苦背到自己的肩上，而智者是不愿意以这样简单的方式生活，他们鄙夷那些头脑简单，生活粗劣的人们，可是幸福存在于这样的简单群体的概率更多。

我也常陷入这样的痛苦中，有时候换个角度看，或者跳出来看，原来也没有那么艰难，我应该更接近这些简单的人群。

也许已经拥有的就是最好的，尝试思考：如果为了财富，为了地位，为了更好的伴侣，我失去了现在的健康，失去了现在流水不尽的小日子，失去了我目前的工作，失去了曾经伴随自己走过那么多日子的伴侣，那么我一定就是幸福的吗？不，都不要，还是就这样吧。

六月蛇先生是经济学者，他曾经的一句"活在当下"常令我感到欣慰。

我的母亲去世后，我深重地痛苦了一年，深夜常泪水相伴，从六月蛇的文章中得知他的父亲去世，而他很少谈及，言辞很淡漠。可是我想他只是没有流露出来，放在心里的东西更多，更深沉。

此刻，我裹着长长的外套，正瑟缩在非常寒冷的屋子里，没有暖气，没有空调，我的脚发麻，靠一杯热水维持着身体的热量，手僵硬着，如果不是敲着键盘，恐怕也难以伸出来，我对幸福最大的渴望就是能够让我温暖起来。

6. 凡人的悲哀

我以为我就是最普通的劳动者，每日为生活奔波劳作，为自己的日子精打细算，为调整孩子的饮食苦思冥想，为琐碎的事情与大灰狼争吵，为高兴的事情大笑，为莫名的小事伤怀，可是与大灰狼的同学文比，我已经生活得很好，很幸福了。

文是大灰狼的初中同学，那时候大灰狼的生活条件很差，吃饭都成问题，而文的父亲是工厂的工人，文常常从父亲那里得到很多粮票送给大灰狼，补给他的生活。很多年过去了，这件事情常常被大灰狼提起。每当听到这件事情，我觉得感动，心里就升腾起由衷的祝愿。

文是前天傍晚到我家的，先前只听大灰狼多次说起他，一直没有见面，当我看到他的时候，心里还是很有落差。大灰狼的同学很多，大多数在不同的行业小有成就，各个看起来生活得比较滋润，可是文完全是另一番样子。文中学毕业没有考上大学，自己做汽车修理，可是多年过去了，他的小修理厂一再破产。他过于朴实和善良，而那些精于算计的顾客总是从一点小事上找毛病不付给他钱，因此常常是白干活。所以他不适合做生意，而这样的个性，也只能跟别人打工了。文个头不高，看起来比大灰狼大六七岁的样子，脸上布满了横横竖竖的皱纹，脸色又灰又黑，头发上还落了一层尘土。他端水杯的手上也布满了深深的皱纹，那纹理以及手指甲里，因修车弄上的汽油之类的垢污，大概已经和皮肤浑然一体，很难洗掉了。看到文的样子，我心里很难过，就是眼前这样的一个人，朴实得让人心疼，难怪大灰狼每每提到他也是满怀心事。

那时，他刚从农村老家来，父亲因为得癌症正在医院住院，他和他的兄弟已经花尽了所有的积蓄，而他的父母并不懂得癌症有什么可怕，觉得住院只要不觉得疼痛了，病就好了。也是这样强烈的求生欲望，他的父亲比医生所预料的日子多活了几近半年。虽然我们为他祝愿，可是这个祝愿是多么无力，在病魔面前，我感到了人的无助。

晚上大灰狼带文出去吃饭，由他们一起长大的另外一个同学陪同。据大灰狼说，买单的时候，文还抢着去付款，大灰狼以主人的口气批评了他，说等去拜访他的时候，再由他请客。我听后，心里又是一紧，唉，人啊，人。

深夜躺在床上，大灰狼感慨万千，深深为自己作为一介书生的无用而叹息，他不能为文解决实际困难，只能看着亲爱的同学，受尽生活的艰辛。

一直觉得文学是有用的，看着文，觉得文学离生活还是那么遥远，心里有无限的苍凉和悲哀。

7. 感受名画

无意中我从冯骥才先生的文章里面看到了大师的名画。

喜欢看油画，尽人皆知的《蒙娜丽莎的微笑》在少年时代就镌刻在脑海了，那么矜持而意味无穷的微笑让人难以忘怀。画是很唯美的，让人充满了对蒙娜丽莎的想象，是什么事情使她产生了那样的微笑？还是她一贯的表情呢？她一定有良好的家庭修养。至于后来那些很聪明的人，对她的微笑的解读带上了性的色彩，说那是蒙娜丽莎性满足之后的笑容，虽然这样的解读多少带来点猥亵的色彩，仍不能拂去人们对这微笑唯美的想象。

我不懂得画，却喜欢看油画，我喜欢油画的色彩，多数油画以咖啡色为主要基调，配以红色、明黄色等典雅的色彩，还有构图的舒适感和油画中的场景及人物的表情等，所感受到的仅如此了。多次想，莫非油画也如文学作品或者音乐作品一样，每一部感人的作品里都蕴含着作者的情感意蕴和当时的时代背景？曾这么无知地问过作画的人，虽然是在乘车时随意地询问，却得到了多一点的信息。一个艺术系老师告诉我说，文艺复兴时期，还没有拍照技术，画画是用来记录的，仅仅为了记录，就如同某个名人在某个历史时期的文字记录，如现在看那些不算古老的文字记载，那些发黄的纸片，所承载的大师的笔墨，当时的画家、作家及其他创作者在选择创作用的工具的时候，是否也做出了一定的选择呢？至于后人们除了对作品本身的研究之外，也多了一些研究领域，使得裱糊也成为一门艺术。而文艺复兴时期的画更具有丰富的文化内涵和历史性。

恩格斯在总结文艺复兴时期的文化时说："文艺复兴时期，是需要巨人而产生巨人的时代。"莎士比亚、乔叟、拉伯雷、薄伽丘、达·芬奇等艺术巨匠应运而诞生，航海、天文等领域都诞生了一些大家。在那个时代，文学艺术和天文科技等很多领域一个突出的特点是从以神为本而转为以人为本。

今日在杂志所看到的油画，仿佛让我亲历了那个时代。

15世纪，达·芬奇的《骑士》将一个持枪归来的骑士描述得活灵活现，他一脸懊丧地缓缓走来，他的皮衣上的厚厚的毛与坐骑浑身的鬃毛全都无力地松垂着，是否他战败而来呢？达·芬奇在一个怎样的场景捕捉了这个骑士？因为冯骥才先生在研究这幅画的时候，发现那只是一个文件夹的封面！一定是达·芬奇意外看到这个骑士，而手头没有纸张，更来不及准备，否则骑士就要远去，而灵感也会瞬间消失，才这么就地找了这个文件夹的封面而作，却永远地载于世界文化的历史。

16世纪初，拉斐尔创作的《圣约翰布道》带有浓厚的宗教色彩，更具人文气息，布道者在人群前面，妇女、小孩、男人着各色服装，各具情态，非常入迷，布道者没有在高高的讲台上拉开和信徒的距离。

我还阅读了17世纪贝尔纳多·斯特罗齐的《妇人形象的静物画》、皮埃洛·迪·科西莫16世纪20年代的《先祖》（背景：创世纪故事）、安吉利科的《领圣母报》等。尤其安吉利科画里的圣母，正体现了文艺复兴时期的绘画由神到人的时代，把女性的生命融入圣母的神像中，《圣母领报》中的神灵已经具有现世人的气息，虽然这种人性化的圣母还带有理想化的美。

我未能有幸亲眼目睹那些名画，却从冯先生的文字中体验了那些名画的气息和大师的灵魂。那时的画，只是一种记录，却给后人带来无穷的想象和遐思。

8. 感悟青春

终于完成了晓红给我布置的作业。整天在博客上乱说一气，要规范地写点文字的时候，才发现自己的能力实在捉襟见肘，但是总是要对得起晓红的信任和重视，尽管自己认真对待了，仍有些不满意，不管结果如何，反正是完成作业了。都说报社美女多，依我看，只要去报社走一圈，也会沾些美气。六年后的小红，笑声依然爽朗迷人，我知道她青春依然。

回头看自己，虽然青春已逝，但是心态越来越健康，平和了很多，不像以前那么大喜大悲，心灵更趋于宁静，常常以"不以己喜，不以物悲"来安慰自己。

前两天从某篇文章里读到朗费罗的《生命的颂歌》：

不要向我再念那些悲怆的诗篇
说生命是空洞的梦幻
说灵魂已沉睡垂死
说世事如过眼烟云

青春不是用数字来记载，青春也不只是人生的一段时光，而是心情的一种状况，日渐衰竭的是我幼稚的文字，日渐空落的是我们的纯真。在忙乱的生活里，总贯穿着不绝如缕的对生命的想象，在生命的想象中，时时泛出通向深处的志向。

一直追求生命的价值，试图安身立命，在自己的似水年华中，常常把如絮的人生，飘零在万紫千红的春天。如果说青春年代已经过去，可是那个阶段充满了西风飘落的忧伤和彷徨，在那些来不及实现的一个个小愿望中，都已经随铅华逝去，剩下的是无言的成熟。

我已经不再悲怆，不再强烈感慨过眼烟云的无奈，只要我愿意，青春永远属于我自己。

晓红依旧，我是否也依旧？朱红的唇，粉红的面庞只是形式，而心灵依旧是青春的，并且更加成熟了。不再愤世而悲歌，以自己的方式延续青春。

9. 关于浪漫爱情之一

和小泥巴进行了半个多小时的通话，探讨浪漫爱情。

我毫不客气地打击了小泥巴，小泥巴恨不得把所爱的人攥在手心里，希望知道对方所有的行踪，什么时间、什么地点在做什么都掌控在自己的手中，才感到安然。

爱一个人发疯的时候，很容易陷入这样的境况。我常问思考中的老公："你在想什么？"因为我希望他想的内容与我有关，可是他真的会把他内心想的东西全部告诉我吗？当你试图控制一个人的行踪的时候，能控制他的思想和感情吗？爱让女人变得十分弱智。

女人，因为浪漫爱情嫁给一个人，只是"嫁"而已，而不是"和他结婚"，因为"嫁"本身就意味着不平等，是把自己托付给一个人的意思，而两个人的结合才更多具备平等的意味。

当女人嫁给男人后，希望终生拥有和恋爱时的那种浪漫爱情，可是婚后的日子，她的感情、她的精神、她的经济，甚至她穿什么衣服、留什么发型都以丈夫的意志为标准，完全丧失了自己，以为只要漂亮，保持青春就会得到永远的浪漫爱情。可是恰恰相反，在女人做出这种艰苦努力的过程中，浪漫爱情也就慢慢消失了。于是乎，演绎了那么多的婚外恋、婚外情、冷战、热战、跟踪、离婚等纠纷，女人成了弃妇。

不想成为弃妇（包括感情上的被冷落）要明白如下道理：

第一，要看到见异思迁是人的劣根性。人性的一个方面就是不可能终生只爱一个人，雄性具有英武果敢、善于挑战的特性，表现在对女性的态度上也是如此。对于这样的特点，主要靠教育、文明、道德约束男人，当然在某些情况下这些约束都无效。

第二，女性自己甘为弱者，以为嫁给一个人，就一劳永逸，不必有自己的追求，不必保持自己的美丽特质，一切有男人，全靠他了，这样就加快了被抛弃的过程。

第三，距离产生美，道理非常简单，却很容易被忽视。夫妻间也要保持适当的距离，包括思想的、感情的、着装的，要有自己的思想和感情空间，别忘记伍尔夫的那句话"有一间自己的屋子"，适当对自己的日记上上锁，尽管没有什么大不了的秘密。即使在睡觉的时候，也不要当着老公的面把衣服剥得一干二净，留下点想象的余地。

第四，女人要学会适合自己的修饰打扮，有自己的个性和特色，不要追星。自信和健康的美更具持久性。

第五，女人最重要的是，要有自己的追求，不断学习，不断丰富自己的内涵，这种美丽是由内到外的，是个人的场和气，不会被磨损，随着岁月的流逝更丰富，更具魅力。

第六，女人要懂得自己养活自己，经济上不依赖，这样才理直气壮。

第七，女人如果做到上述大致几点，男人仍然背叛，那么不要挽留，不要遗憾，义无反顾地离开对方，寻找自己的生活空间。哭哭啼啼、打打闹闹的结果，是让对方更厌恶，走得更决然，与其如此，不如自己走得决然。

浪漫爱情，之所以浪漫，因为太理想化，不能持久，而短暂的往往是永恒的，永远追求的东西，是理想爱情和生活中的某个人进行了对接，是自己的感觉，冠之于某个确切的人而已。如果这理想爱情是和生活中的另外一个人对接，会同样轰轰烈烈，如果期望过高，也会同样消失得快。

10. 关于浪漫爱情之二

爱情能够存在的方式有很多，但是消失的速度和消失后的心理状态基本相似。

过于执迷于爱情的追求，可能就会丧失基本的对生活的把握。比如不断地喜欢上另外一个人，不断地追求，不断地放弃。如果已经结婚的人，很可能会出现多次婚姻。

记得某个女作家曾经在一篇随笔的结尾说："我将终生追求爱情。"多么有勇气的箴言！可是否能够得到一段持久的爱情就很难说了。就是因为爱情消失得快，所以人们才会乐此不疲地去追求。心理学家经常研究关于爱情究竟能够维持多长时间这个课题，虽然每每结果不同，但共同的一点是，爱情维持的时间很短暂，研究结果最长的达几个月。

悲哉！那些爱情主义者在终生信奉爱情的信念支撑下，要么在爱情的夭折后慨叹唏嘘，要么痛苦不堪、坠入深渊，要么振奋起来进行下一次的追求。

从人性的角度讲，奢望永远追求爱情有什么错误呢？因为爱情，那些傻女人丧失了自我，把自己终生的事业无私地为自己的爱人及爱人的结晶而奉献，因为她始终爱着那个曾经给她浪漫爱情的男人，而那个男人有可能在这安全的大后方的滋养下，外面四处寻觅能够给他带来新感觉的爱情。

那些一脚跨出曾经因为爱情而结合成的婚姻的人们，是因为"距离美"消失，爱情就寡淡无味，而前仆后继地无视爱情的结果去追逐新的目标。他们或许形成了惯性，他们总是不甘心爱情的丧失，要重整锣鼓，重新开始。于是，社会上的离婚率越来越高。最大的负面影响是那些因为爱情产生的孩子却因为父母爱情的缺失，造成他们父母之爱的缺失，导致心灵的创伤难以调和。

而那些一生追赶爱情的人，总也无法得到爱情的完满，因为爱情的生命太短暂。终其一生，他们就得不停地追求，不停地幻灭，容易使人想起茅盾的爱情三部曲：《追求》《动摇》《幻灭》，周而复始。

那些白头到老的人，有没有爱情呢？有爱情，有亲情，可是人们想要的是爱情，而不是亲情，怎么办？照此看，要爱情都得不断离婚，或者不离婚就去寻找第三者？

去问问那些白头到老的人，他们还靠什么维系呢？我猜测，他们彼此需要，彼此习惯，彼此的思想、感情、生活习惯已经渗透到对方了，我们无法分割，他们没有再谈论爱情，却用一生的时间去经营因为爱情而建立的一切，是不是爱情的深刻含义就容纳在生活中呢？

也许没有很多金钱，也许没有轰轰烈烈，也许没有时尚，他们稳定而从容地按照自己的生活方式延续着自己的生命，两个人真的成了一个人，谁都无法离开谁。他们享受着人间最平凡的幸福，那么这平凡或许就是最持久的东西，平凡把他们最初的爱情拉长到整个人生。

11. 花事

从小就有丁香情结，源于人们说的"谁找到五瓣丁香，谁就会幸福"。喜欢丁香淡淡的紫色，喜欢丁香馥郁的香味，喜欢丁香的枝枝叶叶。后来又读戴望舒的《雨巷》，更增多了对丁香的向往，这充满了希望的向往，使我成年后的这么多年，还在寻找五瓣丁香。我已经很幸福了，可是我还在寻找，寻找五瓣丁香成为度过春天的一个方式，成为生活中一个不自觉的追求。

很多花都已开放，我赶在白玉兰开放前，就看到她的骨朵向空中伸展的姿态，我就能想象几天后她雪白地伸展，还能想到她凋败后的凄凉，色泽的黯淡和花瓣的枯萎，因为不堪这个情景，我宁愿只看到骨朵，而不去关注花开以后的事情。

那灿烂夺目的倒挂金钟，它们总是在别的花还在羞涩地打扮迟迟没有出门的时候，就开始点缀着春寒后的楼前、屋后，甚至那些从来不被关注的角角落落也因为它们的存在而夺人眼球。

我家的阳台上曾经养满了花，那得益于妈妈的栽培，可是妈妈走后，那些花全部随她而去，现在只剩下吊兰和落地生根，因为它们只长叶子，即使开出了花也那么小，那么不引人注意，跟叶子比，完全可以忽略不计。它们的生命力极强，即使我几天忘记浇水，它们仍然昂扬地活着。在这个春天里，我没有花种子，就在盆里种上花生，几天后破土而出的小芽，仍然令我和孩子兴奋不已，我们都感受到了生命的力量和春天的魅力，这个令万物生长的季节！

我已经不需要在阳台上养一些开放的花，总是要因为他们的凋零而伤感，总担心衰败的到来。与其如此，不如坦然地养两盆泼辣而常绿的吊兰类花草，虽然不名贵，可是常在。

昨天和朋友们一起上山，去看梨花、桃花，还顺便看了绿水青山，感受了山里人纯朴的感情。

不知道是桃花更美，还是梅花更美，看到零星开的桃花，忽然想到梅花，问身边的朋友："为什么桃花那么像梅花？"其实我问的时候，就已经把梅花作为参照了，桃花固然美丽，可是过于娇艳和妖娆；而梅花是那么傲然，无视霜雪，桃花的品格当然不比梅花。

梨花已经开得很烂漫，白云一般绕着山的周围，如烟如雾，多日以来的工作压力和劳顿随着山边的清风和植被隐隐的清香而烟消云散。

置身于这样的环境，大家没有了平日工作的严谨和严肃，就像一群傻瓜一样，因为某句话、某一件小事而时时爆发出放肆的笑声。原本那些话，那些小事没有什么可笑的，但大家都憨笑不已，使我想起儿童时期，常常为一些莫名其妙的小事而笑起来没完。

S一脸的真诚和质朴，语气平淡也暗含玄机，可是Z一脸认真的样子总是拾起S的话把儿，他看起来那么憨厚，一看到Z那朴实的脸，大家就开始笑了，因为只有他自己不知道已经上了S的当，他还一味地解读S的话，于是引得大家笑得前仰后合，看那两个小姑娘，已经笑弯了腰。

S是催化剂，Z是化学药品，二者一旦相遇，就产生激烈的化学反应，而大家只有笑的份儿了。

除此之外，值得一提的是，在山上，那静谧之处，掩映着一幢灰砖的二层小楼，深色的门框，拱形的门廊，看起来别致，有点西欧风格，牵强一点说，有点巴洛克建筑的痕迹，近看却也无甚特色。小楼的门紧锁，旁边文字介绍，这个小楼房曾是德国一个传教士的居所，他为了传教曾在此居住40年之久。敬意油然而生，且不管当时处于什么社会背景，传道士远离故土，为了传播自己的信仰，如此执着，独自居于此40年，要忍受多少寂寞和思乡之苦。来看望他的人与他比，多少有些浮躁之气。

我登上二楼的台阶，在门窗处往里面看，却什么也看不到，封闭得很严实，这使我产生了强烈的神秘感。这个现在看仍然比较闭塞的山里，如果不是偶尔有游人到此打扰，该是十分静谧和安宁。楼后千年的银杏树与之相映，更让人难以释怀，我想，虽然此处艰苦而远离尘嚣，可是这里仍然有充足的理由让德国传教士久居40年。

山顶人更少，四处静悄悄，司机说，晚上这里静得让人睡不着觉。而我觉得静得让人心疼，连远处村庄里的狗吠也能很清晰地听到，还能看见袅袅的炊烟。

一边是喧嚣一边是静谧，山里山外两个世界，我知道离开这里也就回到喧嚣之处，这些花，这些树木，这个传道士，还有山外的狗吠，就在我的心里留下了丝丝根须……

12. 恍若隔世

本来是想做个周末好主妇的，结果做得一塌糊涂了。

去街市买了些好的水果，洗好了放在盘子里，我想等孩子回家的时候可以忍不住想吃一些，但她居然对水果也不怎么感兴趣，很不像我了。

水果的事情还是打理得比较顺利，也实在简单。只是中午的午餐就出了差错。

那个时候电脑里放着音乐,那些我喜欢的歌曲,高雅的、通俗的,一个接一个地自动播放着,于是我的心情也不断地变换着,就如孩子所说:"其实听歌的时候,是想唤起曾经最初听这首歌的情景。"小孩子居然还有这么深刻的感受,我知道我在她面前越来越小,而她却越来越大了。

我的心随着音乐不断地漂浮着。我在厨房炒青菜,要命的是,我的意识流还在漂浮,不知道到了哪里去了,现在怎么也回忆不起来了。可是加盐的时候,我把剩下的半袋子本来要倒进小盒子里的盐,几乎全倒进了锅里,这个菜无法吃了,只好倒掉了。

下一个是烹鲳鱼,结果今日的鲳鱼也不知道怎么了,全碎掉了,粘了满锅底。我的思维迅速回到厨房了,可是一切都晚了。

对不起了孩子,妈妈太蠢了。只好炒了最后的青菜,孩子回家了。

原来是想躺在床上读小说的,可是躺着躺着就想起了工作上还有一件事情没有准备好,想去单位,可是还想享受周末,就打了个电话,等周一解决吧。于是又靠在床上,调整了一个比较舒服的姿势,太阳透过窗子照在我的身上,那一刻很舒服。哦,对了,还有一盆衣服呢!我可不想等到这个周日的晚上进洗手间的时候还看见一盆没有洗的衣服。

那就把衣服先洗了吧。水的哗哗声盖过了音乐,洗大灰狼的衣服的时候,他已经不在家,可是衣服还有他的气息,不知道他在做什么呢。

该读小说了,我又回到床上,靠在床后背上,音乐还在陪伴着我。

可是我居然不知道我读了什么,怎么就是进不去呢?以前读小说,是一口气读完,这篇《幸存者手记》气势恢宏而且非常凄美,可是我就是读不下去了。"文化大革命"中那些打砸抢的故事,看了心里发冷。想到近几天常读刘亦铭先生的博客,里面好多是对知青生活的描述,也许经历过"文革"的人能对这篇小说产生共鸣。

或者是我的内心结构真的发生了变化,我居然又对诗歌感兴趣了。诗情那么纯粹,诗人性情远远高于社会,因为他们的激情,因为他们的纯真。

十几年前读诗、写诗，如果几天不接触诗歌就等于失去了生活最重要的东西，那是个充满了幻想的年代。上下级的同学自发地组成了诗友会，我懵懵懂懂地被高一级的同学拉着去拜访校园里所谓的诗人。那些手抄的小诗生涩而富有激情，那些"五四诗社"里的诗人们也有混进去打算追求女孩子的。我也狂热地把我的诗奉献出去，脸上涌出一次次的潮红。啊！我在做着高雅的事情！白朗宁夫人十四行诗我基本上是背诵下来了，那被爱情拯救了生命的白朗宁夫人使我对爱情产生了神奇的向往，普希金、冰心、泰戈尔、戴望舒都跟我很近很近。

自己写的最后一首诗是送给大灰狼28岁生日的礼物，现在看来文学修养远远在我之上的大灰狼及他的狡猾，一定觉得那首诗的可笑，我居然没有询问过他关于那首诗的下落。

这么多年诗歌就像一只鸟，不知道飞到哪里去了。前年在上海参加了先锋诗歌讨论会，见到了那些先锋派诗人，觉得他们拥有自由的灵魂，行为却受到了限制。诗人的世界是个另类的世界，他们未必是超凡的，但是常常脱俗。见到王小妮夫妇俩，简单攀谈了两句，感觉小妮的诗歌和人一样清新自然可亲，心里很满足。

如今我读小说，小说里有很多世俗的东西，正如我不写诗，而写生活里乱七八糟的东西，做个记录。

大半天的时间都漫游了，下午北风呼号，天气突然变化了，太阳也没了，我的心情也就跟着糟糕起来了。才发现一天我几乎是无语的，都是意识流了，那时仍然在床上看书，觉得很想说话，只要有人能听见我说话，我可以听见他声音的特点，我好知道我还存在着就可以了。拨通了小隋的电话，一说就是半个小时，她的老公和孩子都围绕着她，我从电话里听见了他们的声音，好羡慕一家三口一起过周末，而我一个人。每次打电话，小隋都是一边接话筒，一边收拾家，无论她多么忙，她是不忍心挂掉电话让我失望的，她就是这么善解人意，知道我有倾诉的欲望和需要。这样的结果都是我们通电话很久问她在做什么的时候她才告诉我，于是我慌忙挂掉电话。

心情爽朗了很多。

我刻意想过个放松的周末，结果脑子一直在不停地想事情。勉强按照自己预想的方式过了周日。

冬天快来了，漫长的冬天我可以在有暖气的房子里用足够的时间意识流了。

13. 灰姑娘

我此刻正好听着《灰姑娘》，其实到现在我仍然不知道灰姑娘的确切歌词，可是我很喜欢听，也许歌词并不是很重要，我听这首歌的时候，主要听的是情境，这歌名很代表我多少年以来的内心的隐秘情怀。

最初听这首歌的时候是在师妹的房间里，她向我诉说她近十年的酸楚的感情经历，灰姑娘正是背景音乐，我一下子喜欢上，但是不知道是什么歌名，我先后进入了师妹的情感世界和《灰姑娘》给我带来的情感意蕴。好多灰姑娘时代的往事那时也一起涌上心头，不知道是师妹的故事让我感伤，还是我那么悠长的思绪使我无法回到现实。反正，那个下午觉得很漫长，因为经历了很多往事。不是只在未婚的时候才是灰姑娘，而灰姑娘是我一直的心态，埋藏在内心深处时时泛出而无法言说的情绪。

平日里有很多朋友，可是真正感到"灰"的时候却无法诉说，其实没有什么，可就是心情灰灰的，说出来反倒给别人添加了负担，把糟情绪传递给别人。心情灰的时候是要自己独自体验和度过的，这样的过程是非常凄美的，有些孤寂，有些伤感，有些失落……还是说不清楚。就让情绪肆意泛滥，即使沉落到非常低非常低的地方，觉得那才是归属。

有的歌曲是喜欢旋律，有的是喜欢歌词，有的是喜欢当时听这首歌曲的情境，那时的情，那时的景，那时的人，还有那时我与那些人、事情以及情景发生的关系，最主要的是心情。

上学的时候，阴天的下午，不想看书的时候，就在宿舍的阳台上吹口琴，最喜欢的是《爱的罗曼斯》，当时是有歌词的，第一段是："你是我池塘边的丑小鸭，你是我月光下的竹篱笆，你是我小时候的梦想和童话，你是我的吉他……"是不是吉他一点也不重要，而是这首美妙的曲子，牵涉到丑小鸭，还有那么纯美的意境。不知道我打小是怎么形成丑小鸭心态的，突然泛出妈妈常说的一句话："你看你丑得跟猪八戒似的。"我就常常照镜子，看看我哪里像猪八戒，可能灰就是那时开始的，尽管长大以后才知道那是妈妈因为爱我才这么说，其实并不是因为我长得像猪八戒，相反，很多人称赞我的外表。妈妈虽然那么爱我，可是后来没有治疗我的灰姑娘的心态。后来大灰狼的出现也并没有改变我丑小鸭、灰姑娘的心态，这是骨子里的东西，也许外界任何人也无法改变。是不是这灰就是我的个性中的很重要的一个方面呢？我自己也不知道，灰的时候很严重。

几年前意外地听到了《卡萨布兰卡》，这首歌那么致命地击中了我的情绪，经常几个小时反复地听，歌曲里的意境也很忧伤。那是一个很无奈的爱情故事的插曲，我却喜欢歌词里吃着零食在汽车旅馆看电影的情节，还有那个让人伤心欲绝的卡萨布兰卡。

前年，大灰狼不知道从哪里下载了一首音乐，在电脑里播放后，整个房间里灌满了曲子空灵的旋律，还隐含着激扬的情怀，顿时给我的心里注入了力量，我问是什么，他说名字是 Nice，这到底是不是曲子的名字，至今还不知道。于是，当我想做事情的时候，我就首先播放这首曲子，让我再次充满了激越的情绪，好高效地做事情，先前是要先听《查德斯基进行曲》或者《维也纳森林圆舞曲》，要酿造好情绪。

很多歌曲并没有很深的内涵，曲调和歌词并不高雅，可是代表了一个时间、一个空间，或者某个故事段落，尽管听好了，就等于再次经历幽暗的心情或者快乐的片刻。

听《冷冷的夏》就记起大学舍友G小姐，她老喜欢这首歌曲；听印度歌曲，就想起来性格火辣辣的同学赵小姐；听《大约在冬季》就想起和大灰狼恋爱的时候一起吃饭的情景，那时到处播放这首曲子；听《秋日的私语》，脑子里是一片白桦林，没有一个人，这曲子常常让我听出很多泪水，不知道头几年里哪里有那么多泪水，一首曲子就惹得我稀里哗啦。

《听妈妈的话》是我在洗手间的时候听到的，就喜欢上了。当时是孩子播放的，说是周杰伦的歌，虽然周杰伦的话那么难听懂，可是这首歌老让我想起我的妈妈，很亲切，很感动。

现在很少听《无言的结局》了，偶尔在歌厅听别人唱，就想起上学时候的恶作剧。有个男生，大概是暗恋我，每个周五的下午都到我们宿舍作客，拘谨得可以，坐在五个女生中间。时间久了，大家都知道他是冲我来的，于是后来大家就开始往外溜，让我独自面对尴尬局面，好像真有什么故事似的。我很生气，就对她们"约法三章"：等该男同学再来，谁也不能走。因此，该男生再来的时候，仍然是五个女生围坐在他的对面，大家谁也不说一句话，为了让他难堪。可是他很执着，仍然能抗拒那样的尴尬，之后我们中就分配一个人负责播放录音磁带，等该男同学再次拜访，就一遍遍播放《无言的结局》，只放这一个曲子给该男同学听。我不知道他到底品味出来没有，只是我的态度也非常淡漠，拒人千里之外的态度，他居然也承受了一段时间，就这么愚钝的人，居然还想……不过，歌曲还有这样的效果，代替我的言语，能很好地表达我的意思，他不说什么，我更不用说什么，呵呵。

读研的时候，刚听到刘若英的《后来》，觉得很好听，看书累的时候，就把音乐声音放得大大的，于是周边宿舍的人纷纷跑来问是什么歌曲。其实已经广泛流行了，只是我们这些整日被束之高阁的女生们，多如修女，为了研究，为了读书，比较闭塞。那一段时间，整个东四宿舍楼的五、六楼会时不时从哪个房间就飘出了《后来》，很多女生都不知道后来如何，工作、恋爱、婚姻都是未知数。

有一段时间大家围在一起看美国情景剧 *Sex and the City*，四个很自我的白领，过着自由的生活，频频和男士约会，然后回头聚在一起交流。过去这么久了，想想，那才是灰姑娘的群体，大家都忙学业，把个人问题耽搁了，看起来都是知识分子，可是心里的灰只有她们彼此知道了。

14. 回味周末

清风丝丝从窗缝中吹过，暖暖的阳光透过窗帘照在身上。

从容地读文字，从容感受时间，温润的上午。

那一盆兰花草，一年数次开放，那盆自己培养的绿萝三代，那棵滴水观音，那盆花期已过而香味依然在心里茉莉花，此刻，他们依然静默着……

就连水养的小草也一直美丽到现在。

不打一个电话，没有任何言语，只有音乐和文字。

如此静雅，如此从容。

最孤独处，恰是最自我；最清净处，恰是最幸福。

咖啡的味道很浓，飘满了房间。

放下文字，随意地走动，看看花草，把玩每日使用却没有触摸感的镇纸石。偶尔，也走到镜子旁，看看自己……

不及门罗，穿越那一个个血腥的故事，都是爱。

浅姿态生活，深层次感受……

15. 惊异

我不知道我日常生活的向度是什么。

是不是走进牛角尖，我仍要追问生命的意义。前一段时间甚至更长的过去，我常常回答别人询问我的同样的问题。在回答此类问题的时候，我内心感到义愤，这样的问题还用问吗？人活着就有意义，我在心里这样想，可是在回答别人的问题的时候，我是举出了很多例证，把对方说服。

而今我还在追问，原本几近不惑，是什么都该明白的时候，却对终极意义重新思考，这个思考对我来说很重要，将是支配着我未来工作与生活的力量。我询问了诸多 50 岁上下甚至年龄还大的人，他们曾经的追求是什么？他们目前的追求是什么？也许是因为我的日常生活过于匆忙，也许是我在忙碌中失去了自我的空间。

在我的追问之下，他们的共同的答案是，他们在儿时都有远大的理想，工作以后，每天都被日常的工作催促着，日子就这么慢慢地过去，到"知天命"的时候，认为健康最重要。我对于这样的回答仍然不满足。

这每日的吃饭、工作、读书、写字……最后要归于哪里呢？

从我询问的朋友及同事那里，我得到的深层感受是：生命只是一个历程，通向死亡的一个历程，人之所以追求意义，是因为人人都必须面对死亡，生命非常偶然，每个人的出生都很珍贵，要珍惜自己的存在，人们都在为延续生命作种种努力。究竟诞生、成长、亲情、爱情、悲剧、喜剧、死亡这样一个复杂的过程，哪个更重要呢？延续生命的过程并在过程中的努力，才产生艺术、宗教、哲学、科技这些足以让人延长生命过程的东西。

可是我很卑微，与那么伟大的历程比，我就是这样过着这些幸福、忧伤、沮丧、欢快的小日子，很多年前看到的尼采的那句话时常从脑海中冒出来：人宁可追求虚无，但不能没有意义。

我一直认为即使我没有多么大的生存意义，可是我富有悲天悯人的情怀，这足以让我理直气壮地活着。我仍然对生活充满了惊异，能够对日常生活倾听、欣赏、愤怒。

惊异和气愤仍然是生活中最不可缺少的东西，而冷漠才是社会中最丑恶的东西，越是在日常生活中越蕴藏着神圣的东西。在孩子的眼睛里，每天都是新的一天，孩子的心灵是非功利的，他们将小动物及一些小的事情都看作自己的一部分，和自然融为一体。他们没有因为受到世俗的污染而对世界充满了麻木。

人们崇尚自然，喜欢在自然中放松自己的身体和心灵，是因为自然能给人宽厚和包容，自然是母亲，赐予人心灵的安宁。

只要我仍然惊异，我就会发现生活之美，我就有了意义？这样肯定不符合逻辑关系。可是，有一点是确认的，对美比较敏感的人，总是富有人情味的人，并能对其产生惊异的情感。

16. 流年似水

打开孩子的口香糖盒的时候，倒出来的居然是粉豆花的种子。孩子和我多年的嗜好一样，也喜欢搜集粉豆花种。

儿时，我家有个小院子，春天到夏天的角角落落都是粉豆花，有玫瑰红色的，有黄色的。黄昏的时候花瓣全部绽放，非常艳丽，样子像个小喇叭，我常常摘下来塞到小辫儿上，觉得自己美了很多。白天日照很强的时候，粉豆花就萎缩了，只在黄昏和凌晨开得最灿烂。粉豆花又叫地雷花，后来从一篇文章里看到，粉豆花的真正的名字叫紫茉莉，更富有诗意和浪漫的名字。

邻居的邢奶奶总是黄昏的时候来我家小坐，院子里处处是紫茉莉的艳丽，从各个角落里伸展出来，装点着我们的小院。奶奶那时已经不能走路了，坐在树下的藤椅上，邢奶奶来和奶奶聊天，他们都擅长讲故事。奶奶对《红楼梦》《镜花缘》《三国演义》《聊斋》里的故事如数家珍，听奶奶一次次重复感慨林黛玉的命运，埋怨贾老夫人的糊涂，一遍遍地念叨葬花词，她极不喜欢薛宝钗的练达。再读《红楼梦》就没有新鲜感了，而且带着奶奶理解的痕迹和情感取向，始终同情黛玉，至今没有理性地看待红楼梦，更无法如很多人那么鞭辟入里地分析《红楼梦》的社会、家族等深层原因。原本觉得读文学作品是用来感受的，欣赏的，不想理性地硬要分析出什么。这也是我无法专注于搞学术研究的原因，缺乏理性能力，容易被作品牵着鼻子走，想到这里，就觉得很愧对培养我的导师。随着岁月的增长，奶奶对我而言，越发有神秘感，可惜那时年少，不懂得和她进行很多现在想交流而无法实现的内容。奶奶出身大家，从小得到很好的教养，为人做事具有大家风范，她的整个人生历程充满了故事色彩，一直想要写下来，但是一直没有敢动手，总怕亵渎了她老人家。

邻居邢奶奶，相反，大字不识一个，但是她有很高的智商，那些《西游记》《封神榜》里的故事全是她绘声绘色地讲给我们的。当时，不只是两个老人，还有一群孩子围坐在她们身边，青砖的地面，四处的紫茉莉围绕着我们，其他植物的暗香从四处阵阵地袭来。当时就想，邢奶奶不识一字，可是故事讲得绘声绘色，她是怎么知道的呢？她们那一代人，几乎没有电影看，更没有电视，多年后屡屡想起这些往事，就想，也许邢奶奶是小时候听说书先生讲的，那些在农村的大街上，由盲人说讲的故事，被邢奶奶全部记下来，并融进自己的感情了。

我没有询问我的孩子，我给了她哪些有益的、能镌刻终生的记忆呢？

周末首次开车带她去她的奶奶家，原想一起去田野走走感受一下自然，可是她全被路边那些粉豆花给留住了，不停地从地上捡起花种，她也如此喜欢紫茉莉花，她的内心涌动的是什么？昨天晚上她还拿着一颗种子问我："妈妈，我种在花盆里，今年还会开花吗？"

当然，只要埋进花盆，就一定能发芽、长大、开花的。

我的奶奶已经去世17年了，可是关于奶奶还有当时的紫茉莉以及小院子的记忆还很多、很清晰。再过17年，孩子是否也会用文字记载与我一起欣赏紫茉莉的情景和感受呢？

17. 美丽的下午

忙里居然偷闲了，把那些缠在心里和手上的很多事情处理完后，我发现还有两个小时的时间够我奢侈，心里有一丝不安，更多的是兴奋。我把桌面上放置很久的《西方美术史》和《野兽派》还回阅览室，精选了两本《时尚芭莎》和《瑞丽女性》，试图找回一点时尚的元素。尽管我从上到下、从里到外都产生了审美的定式，仍希望能有所改变。

关键是读书可以让自己的心放松下来。麦斯威尔比雀巢味道更适合我，而喜欢的摩卡超市里居然买不到。

窗外不远处的双岭路上飞奔的汽车声时不时干扰着我，耳边的萨克斯音乐就被冲淡了许多，但是仍能够让我的心安静下来。

手里有篇介绍怀特的文字，很俊美的故事，只知道他的《夏洛的网》，自我找到这本书的7年来，曾经买了无数本赠送给我朋友的孩子，因为那里面写的是"好人间联络的暗号"，我从没有问过孩子们读过这本书的感受，或许丝丝的痕迹留在他们的心里了。

怀特书信集的中文版的名字叫《最美的决定》，名字是取自1929年怀特结婚后妻子办公桌上的信笺，写的是："E.B.怀特渐渐习惯了这样想：他做了此生最美的决定。"很感动人的一句话。48年后，妻子的去世，怀特很难从伤痛中恢复过来。这漫长的婚姻，会不会因为是怀特——一个那么有童心和爱心的人能够使婚姻一如既往呢？我难以想象那么久长的婚姻是否他们产生过厌倦。日常生活中的很多人，都慨叹婚姻是鸡肋，今天居然有30岁的女性相信网络的胡言，说女人的更年期提前到30岁了，这完全是男性对女性的恶毒攻击。

朋友们常常自嘲：40岁的女人是男人，因为职场需要奉献，孩子需要培养，老人需要陪护，老公需要呵护，衣服需要洗，饭菜需要做，还常被男人挑剔。而怀特一生的婚姻料定是这样不与我们为伍吗？仅仅有文学还远远不够吧，那童话般的《美丽的决定》，或许能够给人带来的是无限美好的想象。但是我相信一个写出那么多流传世界的儿童作品的作家，他一定是纯真或者说是具有纯粹人性的人。

怀特的最后阶段更纯真，他患有老年痴呆症，喜欢自己的儿子为他朗读作品。听完，怀特就会问儿子，文章是谁写的，儿子答道："是你写的，爸爸。"于是短暂的沉默后，怀特说："嗯，不错。"

《一头猪的死亡》仅作品的名字就足以让温暖传遍全身，有谁去关注一头猪的死亡呢？很多作家去写人生了，而怀特却关注一头猪。

谁说这些儿童作品不该推荐给成人呢？长大以后，人们就慢慢地丧失了纯真。那些曾经的美好，那些曾经的浪漫，那些曾经的设想被现代人统统抛到了脑后。

感谢怀特，让我拥有了一个美丽的下午，还有这些文字给我带来的美丽回忆和畅想。因为能够想象，时光变得更有生机。

18. 像雄狮一样活着

不知道他生活的背景怎么样，不知道他还有什么亲人，不知道他以前是什么样子，故事就这样开始了。《老人与海》的故事就这么单纯，只有老人桑提亚哥与大海及发生在他们之间的故事。故事给我一种深沉的悲壮感。一部不足百页的作品，却能让一代代人一读再读。我从那朴素、精确而又洋溢着浓郁生活气息的描写中，进入了老渔民桑提亚哥的晚年生活。我读出了他的贫穷、凄凉，也读出了他的倔强和不甘，他虽已年老体衰，对生活却仍保持那份固有的信心。

阅读《老人与海》，总感觉很奇妙，老人孤独，与世无争，对生活要求得极少。就是这样一个谁也不会注意的普普通通的老渔民，到了海上，他性格中最独特的一面就充分展现出来了。小说中的主要情节是老人捕鱼的过程，此间没有一个人，老人却丝毫不觉得寂寞，他与鱼儿对话，与鸟儿对话，他把与他搏斗的大鱼看成一个与他平等的对手，他把大海整个地看成了他的家园。小说中对他家的描述那么简单，却把大海及老人打鱼时的天空描写得富有诗意。小飞鱼、小海鱼等在他眼里那么富有人性，即使老人打鱼的绳索，也好像是握在我的手中，我似乎感到那绳索在我的手中滑动，仿佛身临其境。

最打动我的是，桑提亚哥拖着长长的鱼骨头回家的情形。他默默无言地回到自己的小窝棚，静静地躺下了，给我留下了悠长的想象。如果他还有妻子，妻子或许做好了饭在家里等待他；如果他有孩子，孩子或许围着他，让他讲打鱼的有趣过程。可是，这一切都不存在，他仍然什么也没有。我多么想变成曼诺林，也做他的朋友，我将送给他更多好吃的东西，我将陪他去打鱼。可是，也许当他真的拥有这一切时，他就不是桑提亚哥了。第85天的打鱼，他仍然没有任何实际的收获，可我认为他收获了一种力量。生活中，我曾失败过很多次，每到此时，桑提亚哥总会出现在我的脑海里，他虽然是失败者，但他奋力拼搏，并深信"一个人并不是生来要给打败的"，"你尽可以把他消灭掉，可就是打不败他"。在精神上，他始终是个胜利者，向我展示了人类不可摧毁的精神力量。

在小说的结尾，我多么希望海明威能再多写一点，因为我想知道曼诺林的父母将怎样对待小孩和老人的交往，我想知道那些曾开玩笑嘲笑他的人，又将怎样评价他，可海明威只是让人量了一下鱼骨的长度，故事就结束了。海明威故意留给了读者广阔的想象空间，老人令所有的人敬畏。

桑提亚哥是一个衰老、疲惫、贫穷、孤独、凄凉、背运，接连84天没捕到鱼的老渔民。小说一开头的肖像描绘好像和"硬汉"毫不沾边："后颈上凝聚了深刻的皱纹，显得又瘦又憔悴"，脸上长着褐色的疙瘩、肉瘤；两只手留下皱痕很深的伤疤，"变得像没有鱼的沙漠里腐蚀的地方一样"。他那补了面粉袋的船帆"看去真像一面标志着永远失败的旗帜",但他那"像海水一样蓝的眼睛是愉快的、毫不沮丧的"。他独自一人肩扛桅杆,在黎明前驾船向海洋深处进发。

在深海中他碰到了令人敬佩的、强有力的、崇高而优美的对手———一条巨大的马林鱼,于是一场不亚于古罗马战场的激烈搏斗,在这茫茫大海上,在一个衰弱的老人和一条强壮的大马林鱼之间展开了。弱肉强食、生存竞争的残酷性在这里表现得淋漓尽致。坚韧不拔的桑提亚哥终于征服了美丽的大马林鱼。饥饿的鲨鱼接二连三地追上来,他拼尽全力,一条条地杀死这些掠夺者。如果说马林鱼是崇高的对手,鲨鱼群则是贪婪的强盗,一次次来争夺胜利果实。桑提亚哥明知已经不可能保护好大鱼,但还是拼却全身的力气,与血腥贪吃的鲨鱼作殊死的搏斗。这是一场明知失败却依旧不屈不挠的战斗。海明威出人意料地展示了这样的结局:永不退却、奋战到底的老桑提亚哥拖着一根又粗又长的巨大的鱼骨架回来了。

在这里海明威高扬起了一种不甘失败的硬汉子精神,写出了一篇现代意义上的人生寓言。人要勇敢地面对失败、死亡,在逆境中能够聚集人的内在的本质力量,开动智慧的机器,表现出人的精神风度,明知不可为而为之,要的不是物质上的报偿,而是一种精神上的享受。表面上看来老人奋斗了三天,在物质上的确没有收获,但他为荣誉而战,为尊严而搏,在与各种力量的对抗中他保持了人的尊严——人类的尊严。

小说中,几次提到狮子,老人开头时处于失败的境地,被人蔑视,靠梦见狮子来做精神支持;在磨难最难熬的关头,他想,"但愿它(那条大鱼)能睡去,这样我也能睡去,梦见狮子。"雄狮是桑提亚哥的精神指向,也是海明威的精神指向,它是力量的象征,这也是海明威创作的动力。或许,每个人的心中都有一头雄狮,每当厄运来临时,它便从沉睡中醒来,让人从逆境中振作起来。

《老人与海》十分简短,海明威没有把渔村的所有相关的人及他们如何谋生、出生、受教育和养育儿女的过程都写进去，而把焦点凝聚在"追逐——获得——失去"这样一个简单得无法再简单的线索上，形成一个起伏多变、张弛有度的内在节奏。小说中的语言、行动、心理描写和场景的刻画都达到了惊人的凝练和生动，他舍弃了那么多诱人的题材，都是为了避免干扰主题的表现和意蕴的探索。小说中那种历尽千难万险却屹立不倒的英雄气概，得到了突出和升华，这是海明威毕生都在崇尚和追求的精神境界。

19. 穿越百年的诗意

　　小时候我常常想一件事情，泰戈尔为什么总有那么多的情感要抒发，他脑袋有多大，他的情感有多长？他的才思如泉涌一样，一生汩汩流出了无数篇壮美的诗篇。后来，我才明白，并不是那些美妙的诗句都现成地装在他的脑袋里，脑袋里装下50多本诗集是不可能的，会累死的。泰戈尔一生中不停地生活、感受，头脑不停地闪耀各种各样的诗情，他把它们串起来，记下来，才有了这么多美丽的诗句。

　　诗情，每个人都曾拥有过，它本身是情感的释放、情绪的宣泄，它有一种要倾诉的欲望，有诗意的人愿意把自己的感觉让别人也知道，一同分享。可很多人的这种感觉犹如昙花一现，而对泰戈尔来说，他的诗情成为他生命中的常青树。

　　一个人面临成长的疼痛，总会笼罩着淡淡的愁绪，感动泰戈尔的不是喷薄的朝阳，绚烂的云霞，赏心悦目的莺歌燕舞，而是黄昏的暮色，星星的陨落，秋风的萧杀。悲哀出诗人，那时的泰戈尔有一种难以表达的痛苦和扑朔迷离的欲望。一方面是青春期的苦闷，另一方面是忧愁的临界期。当外界生活与内心不协调时，他的心灵中受到难以名状的伤害和痛苦，变成诗从心里流到笔端，痛苦获得表达，感情得到宣泄，得到升华。这时期的诗歌以《暮歌》结集出版，在献诗里，他这样呼唤着那位女神："多少世纪前，当我是个婴儿时，你用自己抚爱的阴影，遮蔽着我，宛如黄昏用自己的静谧遮掩着大地。难道黄昏教会你这迷人的秘密？你在我心中窥探，星星在我心中闪烁。你让我认识自己的秘密的财富，你教会我唱歌。"

虽然这个时期的诗歌大多数是粗糙的，不成熟的，但这是他第一次随心所欲地写出真正想说的东西，标志着他诗歌创作的模仿阶段的结束。

初读泰戈尔的诗，就觉得很美，细看起来，又发觉里面有很深的哲理。他的诗永远带有一种不经意的味道，然而就是这种看似行云流水般不经意的诗句，却蕴涵着博大精深的意境。记得读《飞鸟集》里的小诗，就像在暴风雨后初夏的早晨，一切都是那么清新、亮丽，其中的韵味很厚实，耐人寻味。

在泰戈尔的眼里，世界始终是一个审美意象，他以自己的生活体验，呈现出开阔的视野、敏锐的感觉和情思的灵动，就如有位作家说的："伟大的作品似乎是被分泌出来的"。与劳动人民一起，他创作出同情劳动人民的诗；与孩子相处，他便发现自然、天真、自由自在的童心世界，诗情总是与他同在，那是他精神的寂园。

当我还是儿童的时候，就被他的儿童诗所打动，也许这正是很多迷恋泰戈尔诗歌的少年共有的心态，在他的诗歌里，有一颗心与我一起跳动。"我愿我能在孩子自己的世界的中心，占一角清净地。……我愿我能在横过孩子心目中的道路上游行，解脱了一切的束缚……"这一切足够了，面对着中学时代那一堆堆的课本和一道道做不完的题目，泰戈尔的诗总使我的心灵得到抚慰。他面对失去亲人的巨大痛苦，面对殖民者对民族的欺压，拒绝商人的金钱，拒绝美人的微笑，却接受一个在海边玩贝壳的孩子的雇用："在这个孩子的游戏中做成买卖，使我成了一个自由的人。"(《新月集·最后的买卖》)

大凡作家和诗人都有一颗美的心，诗意的眼睛，所以他看到的事物都充满了美的意蕴。在诗集《吉檀迦利》中献给神的那些诗歌，总是那么意味深长，只可意会，不可言传。"我在人前夸我认得你。在我的作品中，他们看到了你的画像。他们走过来问我。'他是谁？'我不知道怎样回答。我说，'真的，我说不出来。'他们斥责我，轻蔑地走开了。你却坐在那里微笑。"（《吉檀迦利》102）也许，只有被奉献的人才能领会其中的奥秘，因为诗人自己也说不清楚，当别人问他"关于上帝，你讲了那么多话，莫非你真相信？"他说："不相信。我只能说，只有当我沉浸于一种新歌里时，我格外深刻和亲切地感受到他的存在。"在我看来，泰戈尔这种神秘的体验只是一种诗歌状态，一种内在的独特的感受，这是他灵感的源泉。

穿越时代，跨越年龄，人们读泰戈尔的诗总能走进他用诗情所编织的花园里。

"你是什么，读者，百年后读着我的诗？我不能从春天的财富里送你一朵花，从天边的云彩里送你一片金影。开起门来四望吧。从你的鲜花盛开的园子里，采取百年前的消失了的花儿的芬芳的记忆。在你的心的欢乐里，愿你感到一个春晨吟唱的活的快乐，把它快乐的声音，传过一百年的时间。"（《园丁集》85）

我读着它，觉得这就是写给我的，可千百万个读者都和我有同样的感受，他把这首诗献给了所有的读者，他穿越了时间的隧道，和我们一同陶醉在自然，陶醉在情趣盎然的田园风光中。

他之所以获得诺贝尔奖，正是因为他的诗情不囿于狭小的个人天地，他的生命始终和印度的血脉连在一起，诗句间常回荡着几亿人的心声。每每想起历经劫难的祖国，想到灾难深重的同胞，泰戈尔总是禁不住热泪盈眶。"啊，祖国！我把你的名字描绘在世界文学的地图上，我是你培育的诗人，我为此尽了力。我没有力量让你在政治上站起来，在经济上富强起来，这些我都做不到，我只是一个诗人，我只能在文学的领域里为你赢得地位。"

显然，泰戈尔的诗也不同于其他一些政治诗，甚至不同于其他的抒情诗那么苍白、矫情，这是因为他更富有诗的灵魂。他的情感真挚，充满强烈的感染力，他坦认自己在政治独立上的无力，对经济富强的无能，可作为诗人，他却尽着自己的本分。他的语言透明，没有丝毫的矫饰，却令我非常迷恋。我想，诗人与诗之间唯一的桥梁正是真挚而强烈的情感。

从他的诗中，能感受到音乐的旋律，感受到纯真年代的忧伤，感受爱的宽厚和热情的绵长，这一切究竟来自哪里呢？是什么使他在生命的特质中注入了自己的意义呢？

泰戈尔诗中思想与感情的完美和谐让我惊叹不已，在他的诗里，我看到了一种与预言相类似的诗歌，看到了一种与哲学不相分离的宗教，所有美丽的诗歌便是他意味深长的形象的外衣，即使是诗篇中的野外气息，也引起了我对生命本质的共鸣。他的诗歌不乏崇高的思想和感情，华丽的辞藻和描绘，但他坚持写平凡的事件和人物——鲜花和果实，河流和渡口，白云和细雨，天空和群星，船工和乞丐，路上的旅客和持笛的牧人……他不仅以大自然的物体作为其描绘对象，还以自然中这些普通的事物为描绘对象，在自然的这些普遍的物体中发现人类的意义，他自己就是自然的一部分。他的情感，他的诗，他的一切也是自然的一部分，大自然中的任何一物和他都存在着一种神秘的共鸣。

他描写的自然中的花，盛开了又凋谢，然后在尘埃中得到再生，在一般人看来，这种现象如此平凡，如此普通，可在泰戈尔眼里，花虽然美丽，却又极其脆弱，但它的力量正蕴藏于它的脆弱之中，它们依靠抑制自身的美才得以维持作为一枝小花的完善。我渐渐地在"花"的诗意中，得到了生与死的韵律，看到了个体生命如何消亡，使生命在永久的形式和狂喜中不断更新。花显然是简单的，它柔和，美丽而芬芳，虽然它没有声响，却在沉默中传播着自己的美妙乐章。

诗人的生命与自然中的一切息息相关，潮起潮落，四季轮回，泰戈尔已与人们告别了许多年了，无论时代怎样进步，无论我们的手中有多少卡通书，迷人的电影和醉人的小说，而泰戈尔的诗情将穿越一切永远与我相伴。

20. 秋天与阅读

黄花漫卷的季节原本是最伤怀的时节，不知道自己哪里来的那么多伤怀，是天然的承继，还是青春病的后遗症，抑或文学作品的影响呢？母亲和父亲不是那种善于感怀的人，他们一生劳作，在过去的大家庭里，承载了祖母和外祖母家的很多事情，谋生的压力，处理各种关系，更重要的是他们作为教师都十分尽本分，没有消闲伤怀，更没有向我无言地传递这样的情绪。

我倒是常常生活在祖母的影子里，她为我讲书的日子最多，而那些作品常常带着她自己看世界的取向。《官场现形记》的百态人生让祖母充满了对那个社会平民的同情，我认为祖母——20世纪初诞生的祖母，对当时的社会有着更感性的认识，尽管她出生于大家庭，却富有平民思想。《儒林外史》里的那些知识分子的命运更令祖母充满忧患，其实最让祖母钟爱的作品仍然是《红楼梦》，因为里面的人物命运一生牵绊着她的情怀，尤其是林黛玉的命运，常常慨叹贾母的糊涂。

她一遍遍地背诵《葬花辞》，之后就是为黛玉的死鸣不平，她只能在她的病床上感叹，我多是坐在她的床边听她的诉说。我常常试翻她的有着《葬花辞》的那一册书，可是懵懵懂懂还读不懂。虽然我不能读懂，却有这样的特权，而别人是不能获许借她的书看的，那一套四卷本的《红楼梦》，发黄的就如我想象的奶奶度过的岁月，莫非她有着同样的经历？不能！据我了解她小时候的家庭环境，应该生活得很优越。要么是她有着与黛玉相似的感情经历，相爱却不能相守的无奈？

可是那时太小，无心问这样的问题，父辈及同辈的其他人恐怕更不能了解奶奶年少时的情感世界。奶奶有着浓浓的林黛玉情结，不知道奶奶少女时喜欢什么样的人却无奈被父母嫁到了几百里之外的门当户对的祖父了，我宁愿没有我作为他们的后代，而让奶奶那时如愿以偿地获得自己的爱情，多么遗憾！或许是奶奶将这伤秋的情绪传递给了我？年轻的我，开始了最初的阅读，日日与那些凄美的故事缠绵，伏在我的小床上，拉上蚊帐。那愉快的心情是如此新鲜，优美的文字，起伏的情节……以后的快乐再也没有那时那么纯粹，它像烟花一样，放过了，就再也没有了。

我不再伤秋，漫卷的黄叶昨天清晨还安然在树上，中午已经飘落了一地，覆盖在绿色的草坪之上，那缠绵的黄色叶子落在地上还是一个走向的，如果取走一片都显得不完美。空气冷杀，这些黄色的叶子被一晚的雨水打落在土里，明年将会产生新绿。近日的浅睡原本令我憔悴不堪，精神却复苏了，秋末初冬这样寥落的日子，居然使我保持着头脑的清醒，阅读的需要和冲动时时冲击着我。这原本是属于春天的。

清晨的英文十分钟阅读，奠定了一天情绪的开始，一卷在握的小书，是要等到工作的劳碌之余，在清冷的日光灯下，蜷在沙发里慢慢消受的。几年前真正纯粹读书的日子开始是在上海的校园里，也是同样的季节，被导师指定翻译《哥伦比亚英国小说史》里的一个章节，那些天书一般的评论术语，伤透了我的脑筋，哪里有阅读的快乐？把阅览室里最大的两本英文《辞海》抱到我的桌前，从一个个的单词开始查起，生词出现的频率已经无法使我快速浏览，整整一个晚上的时间，我连同查字典到翻译只进行了两个自然段，而翻译出来的语言连我自己也看不懂，常常在图书馆员的轻声呼唤中抬起头来，感慨时间短暂，感慨为什么阅览室不能通宵开放。回到寝室还和师妹探讨文中出现的作家生活及作品的内容，那些女性作品里隐晦的生活使我对西方旧时代女性的地位充满了同情和激愤。

我不由自主地进入了阅读的世界，那些令我畏惧的英文原版，那些艰涩的常常让我禁不住要放弃的阅读终于可以过去了。我度过了最初的难关，那一章节的翻译最后成为一篇一万字的中文评论了，虽然那只作为作业上交了，可是后来读莫里森等作家的小说英文版及各类评论，并且运用英文评论写作就没有那么害怕了。莫里森作品 *BELOVE* 里，塞丝为了避免自己两岁的女儿遭受白人的奴役和蹂躏而亲手杀死孩子的惨烈，长时间震痛着我的心灵，我被这些的阅读给净化了，真切地走进黑人的文化和情感世界，甚至还与纽约梅德林大学的Virginia博士（黑人后裔）常书信来往进行交流，涉及生活、文学、社会学、婚姻等的内容，会改变我自己看待世界的方式。黑人民族把整个世界看作一个大家庭，亲情味十足，女性主义、集体主义的因素已经自觉于他们的意识，他们崇尚上帝赋予他们的一切。后来我再读《圣经》的时候，不只当作文学作品去读，而带着崇敬的心情，因为圣经让那么多人历经沧桑和磨难后仍顽强地活着。

这些艰涩的英文文字把我带入另外一个充满着向往的爱的世界，从底层到上层的人生的体验，极端的、温和的世界在我的情感世界交替出现，我将那个熬煎着无数个夜晚而写成的纷乱的文字变成一个小小的书稿。其实，那里面更多的不是我叙述的那个作家的创作及生存方式，而是他所生活的世界及那个世界的历史、文化，使我对另一个民族、另一种文化产生认同和体验。

更多的阅读是在后来的无数个不眠的夜晚，曾那么无奈，那么执着，伴着夜晚的红酒和咖啡，啃却那些不亚于英文艰涩的哲学著作，那些发黄的散发着古典气息的哲学，那些性格怪异、吃尽苦头、忍受过常人不能忍受的苦难的哲学家，依他们创作时的艰难也许没有让他们看到作品在未来世界被人们推崇的程度，而后人看过了，却在心灵上镌刻了点点的痕迹，我仍然不能记得那些著作的片段，却留下了许多无法忘怀的感受。

阅读之于现在的我还有什么用处呢？当我读着浅显的大学英语里面的有趣片段的时候，我无法想象这样的阅读会指向何方。狂妄的人往往有做出大事的性格基础，而我不是。不再阅读哲学，可是优美的散文和吸引人的小说会令我获得瞬间的美感和赏心悦目。

生活不无烦恼，而阅读常使我忘记这些东西。那些曾经被我圈注过的书籍，那些先前在种种情景和氛围里我读书笔记里记载的那些文字，我不会永久地丢弃在书架，我会在刹那间，情绪使然而从书架上抽出它们随便一翻。

于是，那些过往的阅读记忆就会重新涌上心头，温情曼延全身，他们如同生活的不同阶段爱我和我爱的人们一样在我的心里永生，我闻着纸页中散发出来的气息，那独有的气味和记忆，就会重新出现。那时的故事，那时的对话，那时的空间，那时和我发生关系的事情和人们，都将穿越岁月再次与我接触。

在岁月的长河中，我就是一粒尘埃，微不足道，可是我以自己的方式，认真地存在着，就如这阅读，我仍将继续下去，也不知道将指向何方，但是我深信阅读将使我的心灵趋向高贵。

21. 生命如阅读

昨天深夜，终于读完了那三篇小说中的最后一篇，这本载着三部长篇小说的杂志，放在枕边正好一个月了，我迟迟怕最后阅读的结束。

在生活无比忙碌的日子里，能在睡前读小说很惬意，可是终将伴随着阅读的结束，而产生强烈的失落感。我将从书中主人公命运的了断中重新回到现实，不是现实不够丰富多彩，而是我习惯于在那些角色里与他们共品人间欢愉与失落。

每当这些阅读结束的时候，我最放不下的是那些俊美的文字，那些丰富的性格，那些意味无穷的情感。抽身到现实的时候，我经常把生活与小说混为一体，把那些人物与现实不妥帖地吻合了。我知道，在没有新的小说出现在我的案头前，我将久久地回味它们。

虽然书架上有很多书，还有很多没有读过的，可是有的书或许永远都没有机缘去翻看它们，如果不吃不喝，用一生的时间也不可能把它们阅读完，而我要读自己喜欢读的书刊。

常常有年轻人问我：究竟读多少书，才能达到"黄金屋、颜如玉"的程度，能使自己看起来富有气质？我也不知道，寻求这些变化大概要经历很长的阶段，生命的各种变化就是在不知不觉中形成的。所有的文字，所有的故事，所有的人，所有经历的东西都会在一个人身上留下点点痕迹，最后形成一个人的特色。

那么必然造成，什么都过去了，可是不着痕迹却留下了丝丝缕缕的印迹。那么多"只道当时是寻常"的日子、人、事，到后来竟那么值得回忆。

最近，朋友的姐姐非常意外地去世了，突然得让人无法接受，亲人都说："早知道是这样，就不……"可是谁能预料生死的事情，每天的相濡以沫，习以为常，可是倏然地消失，让活着的人后悔不已，痛心疾首，剩下的除了悲伤，更多的是回忆那些共同的日子，无论是贫穷、争吵、龃龉都变得美好了，因为这些都将永存在记忆，并被反复回味。

慨叹身边人的离去，就觉得活着就好，俞平伯夫人曾说过一句话："从今往后，我们要仔仔细细地过日子了。"一定不是以前的日子不够仔细，而是太匆匆，没有仔细地感受，仔细地回味生活中所有的细节，用季羡林老先生的话说，这个仔仔细细就是：多一些典雅、少一些粗暴；多一些温柔，少一些莽撞；多一些人性，少一些兽性。如此而已。

往往过去了，才开始回味；往往失去了，才懂得珍惜。

引用季老的话自勉："回想喜庆的事情，能使人增加生活的情趣，提高向前进的勇气；回忆倒霉的事情，能使人引以为鉴，不至于再蹈覆辙。"

22. 生命是用来度过的

有人曾说，生活是用来回忆的。可是我觉得生活不只是用来回忆的，生活是用来度过的。

人就像那些树，无论多少年的风雨，它们静默着，我们看不到它们每天长出了什么，他们长得那么不留痕迹，总有一天成为大树，成为人们生活的一部分。窗外草坪上已经立起了几棵树，在新土刚刚整理到树的周围后，那些栽树的人们围坐在一圈歇息。我坐在窗前的电脑前看着他们，他们围坐的方式就如朝圣者的样子，让我感动，这棵树得到了这么多人理所当然的又不十分有意的呵护。记得一个美国人曾对我说过，树是人生命的一部分，人情感的一部分。之前我没有仔细想过，只是觉得生活中没有树是枯燥的。

树的沧桑只有树知道，而它们始终缄默着。

而人与树不同的是，人要通过言语来宣泄那些过去的以及正在经历的东西。

罗兰巴特曾经说起过一个常识，电影的连贯性会让人不能中途闭眼，否则会让人随时漏过一个关键的情节。生活何尝不是如此，突然发现哲学就在身边，就在生活中。虽然经历了那么多不单纯快乐的事情，可还是希望下一件事情是快乐的；虽然经历了痛苦，仍期待接踵而至的是幸福。在这样的期待中，人生不断延续下去。

清晨，一群女孩子从我身边经过，她们年轻的芬芳在她们走后还丝丝地弥漫于我的鼻息，她们似乎在谈论着其中某一个人的恋爱。她们一定像我在她们这般大时那么纯真，"女人无国界"，杜拉斯在《情人》里有这样的描述："她们在等待，她们穿衣打扮，她们毫无目的，她们彼此相看。"生活因为她们而美丽，她们茫然地进入了恋爱婚姻，很幸福，那么单纯的幸福。如果她们问我，婚姻是幸福的吗？那当然，记得三毛也曾这么回答过别人的提问。我可不能告诉她们婚姻也许是冒险的。婚姻离她们想象的还有一定的距离。

梦想是动力，它使人们忘记了年龄。稍前的时候，我是没有想到的。只要怀有梦想，就要为梦想付出代价。那群与我擦身而过的女孩子们，另一种生活尚未展开，一种可能性的生活，充满了反向的野心，以及前途未卜的志忑。

我与 Miss 周昨天进行了一个多小时的国际长途通话，从开始谈到了最后，又回到了开始，人无法回到从前的生活，岁月居然把人折腾得夫妻面对面却无言，语言已经到了十分苍白的地步。

清晨读柳营的小说《鸡蛋面》，从上车开始读，正好读完。我经历了一个15岁女孩从内心生出的对一个男孩的恋情，当我下车的时候，故事结束，那段一直埋藏在心里的、十分美好的恋情正好夭折。那么俗气的小说名字，可是故事写得很细腻，很唯美，虽然最后是被破坏的。我要推荐给孩子看看，虽然她距离这样的阶段还远，但是我不希望她将来受到这样的伤害，尽管是在心里，可是很伤痛。如果教她把世界和人性看得太清楚，也许伴随她的是无穷的精神的痛苦；如果向她蒙蔽了世界的复杂性和人的多面性，那么我怕她蒙昧地进入未来的生活。我要教她怎样呢？我疼爱的孩子！

多年以后，之于当年作为小女孩的我，已经有很大的不同，而那时妈妈在不同的情景说的似是而非的话到现在才次第明白，有的也许还不明白。妈妈那时那么用心良苦，百密总有一疏，我也许终究没有如很多年前妈妈期待的那么幸福，那么如意。那样含在嘴里，捧在手心里才放心的孩子，经历的事情怎么能一一让她得悉生活不只是幸福，不只是美好呢？妈妈会通过我的眼神来判断我，我会让我的眼神让妈妈满意，因为我懂得妈妈的心理。是不是我的孩子也会这样巧妙地遮掩自己的内心世界呢？

每个人还是要按照自己的方式经历一遍自己的人生，无论是不是父母曾经警告过的，无论在书中有多少类似的故事给人以警戒，可是因为怀有梦想，还是要再来一次。其实，哪个人的一生能够避免任何痛苦就会老去呢？虽然我已经无缘再听妈妈对我的委婉忠告了，可是那么多年中，零零星星告诫我的，我一直在慢慢地咀嚼。

那么我真正应该认真做出努力的事情是什么呢？也许只有一件事情，即快乐地把生命中既定要发生的事情作为一种必然的、正常的事情来接受；坚持内心的定力，学会在放松中保持必要的清醒。

23. 诗意的生活

天若有情天亦老。

人生易老，感情亦老，青春易老，红颜易老，幸福不老。

我无法写出连贯的文字了，我的情绪在春天之外，没有顺序，没有了分明的季节。

一直追求诗意的生活。诗意的生活源于生命的蜕变，又一个春天来临的时候，我就不敢提起笔，因为怕春天在我提起笔尖的时候就消失了，还没有发现柳树吐芽，就见柳叶长得很汹涌了。

我对春天充满了敬畏，我怕它走得太快，怕还没有拽住它的衣角就倏然而去。我等啊等，想等到情绪的高涨，让我记下又一个春天，期待如往年无数个春天带给我的激情。

从某本书里看到：佛说，有多少执着，就有多少束缚。暗合了近日的心境，我追求春天的同时，却从自己的茧中无法抽身。

我以足够的准备迎接春天，却怅惘不已，难道如大灰狼常常嘲笑我的早更？难道此春天远非昔日的春天？我如待嫁时的情绪，不安，幸福，惶惑。我如往日那么每天对着花盆，看那小芽什么时候破土，这是度过春天一个不可缺少的细节，可是仍然无法走出惶惑。

我朦胧地感知，我又将经历一次蜕变，我将在蜕变后获得新生。

我曾经昂扬的生活状态，我曾经对文字的迷恋，我曾经无法掩饰的激情，我曾经对未来的向往……都在无数个春天一次次掀起高潮。

我是如此怅惘，我对春天的敬畏让我束手无策。那么多的想法，那么多的追求，在这个春天之前被搁置在脑后。今天，我痛苦地蜕皮，如果我能如堂吉诃德一样，提着他可怜的长矛，到处征战，我可以如他一样和大风车战斗，不管头破血流，或许我能得到灵魂的诉求。

渴望诗意的生活，比如安全感，比如舒适感，比如成就感，比如幸福感，却屡屡擦肩而去，是因为我对生活的追求太高吗？

我想到了我那作为农民的公公，他生活得简单而质朴，他没有各种稀奇古怪的念头来装饰自己的生活，但是我依然敬重他的智慧，在他的生命里充满了对土地和自然的爱和敬畏，他不断地朝向土地和他的田园。无数像公公一样的人们的生活嘲笑了我的小资情怀，在力所能及的范围内，他们建造了诗意的生活。

而我离诗意的生活还有多远呢？

24. 文化是个啥东西

坐在班车上，和一个学历史的人无意聊起了天，他已远离历史专业从事了管理工作。我问他："离开自己的专业，你有没有后悔过？"答曰："没有，历史没有用。"

可悲啊，学历史的已经不能忠于历史了，不是因为他不从事专业了，而是打心眼里也说历史没有用。有那么多人（学历史的）甘于寂寞，甘于清贫，一直守候着历史这片天空，令人敬佩却也悲哀，因为从事这个专业的人多半比现代人物质生活晚些节拍。

人家问我学什么专业的，我后来就不敢理直气壮地说："俺是学文学的。"因为总有人说："文学有什么用？"我总是拉开架势，细数文学的功用，还不敢直接说是养人的东西（否则又被扣上小资的帽子），只是前从历史、后到未来、上对民族、下到个人，阐述文学的意义。任何一个具有悠久的历史文化传统的民族都有文学的潜移默化的作用。有了文化，人就有了宽容心；有了文化，人就懂得敬畏；有了文化，才懂得爱人；有了文化，就懂得忧患；有了文化，才会有民族意识的自觉。知识分子是民族的先导，是改造历史的二传手，承传文化，文化的改造是漫长的，一代代知识分子就默默地承担了这样重大的历史作用。

文学没有用，不能买车买房，不能买大白菜，不能买肉，可是没有文学，没有文化，就等于没有灵魂。有句话说："三代培养一个贵族，一代培养一个暴发户。"一个人的素养不是看三五本书就会有的，一个人的素养也不是身穿名牌，出入高档消费场所就体现出的，高贵和教养与心灵和文化有关，和钱没有直接的关联。

不能向别人解释自己的专业，是因为解释也没有用，而懂得文化的人是不需要解释的。文化的养成就如谈到博尔赫斯就想起了布宜诺斯艾利斯，谈到本雅明就想起了使哲学家迷失在艺术里的巴黎，说起茅盾就令人怀念起充满了灵秀之气的江南乌镇……

一个城市的文化并非简单取决于边界、距离、高楼、山水庭榭，也不是因为这个城市每年炒作出的文化事件，真正的文化和艺术，从不主动现身，而是隐藏于民间，潜移默化地作用着。文化之于一个地域的作用在于水滴石穿的作用；文化之于一个人在于不停地学习、不停地思考、心中时有爱、潜移默化的过程。

25. 文学培养爱情的疯子

文学常培养出爱情的疯子，只是我一己之见。

从昨天到今天，我的情绪一直跟着两对深陷爱情泥沼里无法自拔的青年起伏。称作"爱情泥沼"一定不会是有收成的爱情，而是苦恋中的男女爱情泥沼。

两对人均是学文学专业的，都是高学历，可是他们都为爱情所累，谁也无法离开对方，却又时刻做着离开的精神准备。于是，他们的爱恋就变得风风雨雨，好好歹歹，分分合合，甚至生生死死，历经周折。

上午，远在西北某大学的小李发短信告诉我："姐姐，我的心灵在受到爱情的煎熬，情绪糟糕透了。我们俩在一起哭了好几次了，我的精神快崩溃了。你给我写封信吧。"多么无助！

另外一对恋人几乎被爱情窒息，也是反反复复，恨不得以死相许。面对他们那么沉重的爱，我不知道说什么，觉得自己的语言很无力。

相恋的男女真要到了非要离开的地步，我想一定有更深层的原因：要么惧怕家庭生活，要么担心没有物质基础没法满足对方，要么另有所爱无法说出口。还有他们的共性是对现实不满，对自己不满，苛求完美，而完美在生活里找不到，于是一段时间的接触后，就会对对方失望，因为自己的恋人不能够按照自己理想中的人的所有条件来满足自己。

尤其文学专业的人，读的文学作品多，对浪漫爱情的追求指数大于常人，置身于文学作品中的爱情无法回到现实，常把自己幻化为某个文学作品中虚构的人物。

读文学的目的是什么呢？肯定所有的人都起码会认为不是为了追求作品中的动人爱情，而是要文学滋养自己的心灵，提高语言表达能力，开阔知识面，可以找个好工作。归根到底学文学专业的最终目的是生存。

说到读文学也是为了生存对于爱情男女来说多么大煞风景！文学怎么是为了生存？即使学理工科的人也认为，文学是没有用处的，在这里无法进行深入的探讨，时间有限。我要说的是，文学的最终目的是生存。

曾为了这个问题和上海的某硕士导师争论了，他说文学是无功利的，而我认为文学是功利的，因为你试图从文学里得到滋养，就是功利，还有那么多潜在的功利性呢。

因为很多人学文学，套进去了，完全进入了文学，而不能跳出来看文学，于是成为文学的附庸，或者被文学牵着鼻子走了，把文学（当然文学的内涵很丰富，今天只说与本话题有关的内容）和现实搅在一起，造成很多爱情的悲剧，造成很多文学青年暂且还没有足够的生存能力，暂且还没有很深的文学造诣，却在感情上陷于文学造成的幻觉。别人的劝说作用微乎其微，他们要披荆斩棘，不历尽爱情的折磨不肯出来。

我劝他们首先冷静下来，如果时间还允许，多读点社会学、名人传记、哲学、心理学等方面的书籍或许能开阔视野。可是，又担心文学偏执狂们读哲学容易悲观，读心理学容易走火入魔，我苦口婆心地劝告，满以为效果良好，可是几日后，他们的爱情痴病又开始发作。

世界上那么多人经历了那么多苦难和不幸，可是仍要活下来，他们承受了多少苦痛，需要多少战胜困难的勇气我们无法估量，可是当今的社会物质丰富，条件优越，还有多少爱是不能够坦然解决的？要么悉心呵护，要么击掌分开，做永远的好朋友，可是为什么要苦苦地相恋，苦苦地折磨呢？

我认为他们的心理还是很不稳定，还不具备驾驭生活的能力，或者在某方面很不自信。

愿上帝拯救这些在爱情里挣扎的痴男痴女，这些爱情的疯子，他们因为读了文学，他们因为是文学青年，却站在文学边缘的边缘，感叹脆弱的爱情。希望他们看到世界的美好，珍惜青春的生命。谁让他们不是我，谁让他们无法体味过来人的种种人生体验呢？

于是他们尽情地在爱情的泥沼里挣扎。

26. 一杯苦咖啡

一楠辗转从美国带来的这罐咖啡放在桌上很久了，第一次开启。尝遍各地的咖啡是很有意思的事情，不同的品牌，不同地域的咖啡有不同的味道。

有趣的咖啡杯和异国的咖啡一同品味了。学生们在教师节送给我的礼物是用他们的照片和我的照片（偷的）合成在杯子上，没有水的时候是深棕色的，而冲上热水的时候，杯子的表面显现出我的照片和同学们的照片，看着他们各具表情的青春的脸总是赏心悦目，杯子耐用，咖啡耐喝。

而这杯咖啡实在太苦，不仅颜色很深，而且味道太重。我习惯了有些奶味的咖啡，而这杯苦咖啡，只能一小口一小口地啜，无意中我体会了品，我不得不这样喝下去，不舍得倒掉。咖啡是不是就像生活，已经倒在杯子里了，如果不是倒掉，就要慢慢地喝掉，其中的苦与甜各有不同，即使是苦涩的，也要这么喝下去，为了最初的心动和欣赏。

"咖啡"一词源自希腊语"Kaweh"，意思是"力量与热情"。通常，我会在心情很放松的时候来一杯咖啡，咖啡总是和阅读及写字在一起，或者与交好的朋友一起聊天时享用，否则觉得是对咖啡的浪费。

曾一阵子很迷恋越南的民歌《一杯苦涩的黑咖啡》，从网上没有查到这个曲子的任何创作背景和信息，只觉得直逼心底，忧伤得要命，无法释怀，却不知道放不下什么。"苦涩的""黑"这样的意象，使我联想到那些无法言说的悲情，这首歌的主人是否在极度忧伤中创作了这曲子呢？音乐就是这样有魔力，没有歌词，仅是旋律却让人不能自拔，我想故事本身也是如此吧。

原想买些方糖配着喝，现在改变了主意，也许糖会扰乱了我的感受。就让它来得苦一点吧，苦或许能让人清醒，苦是它的本色。

27. 由哲学笔记想到的

从书架和书橱里到处找大灰狼的 *Half a life* 的时候，几乎翻遍了也没有找到，结果不经意的时候在床头柜的那一摞书里找到了，这本奈保尔的英文版作品实在是太小了，躲在那些书中间很难看到。

而对我来说却有意外的收获。

我在扬起的看不见却呛着我的呼吸的灰尘中重新看到了我那些曾经读过的书，很亲切，往事一一涌上心头。那天整个晚上我没有做别的事情，一直在看我的笔记，我的书籍，尤其笔记里的墨迹干了，却再现了记笔记的点滴生活和感受。那天就把所有的笔记汇集到一起，有16K英文笔记正反面3本，其他读书笔记3本，其他课程笔记8本，还有日记本1本，论文底稿3本，那是三年里的几乎所有的文字记载。

那时还很不习惯在电脑上打字,虽然打字速度比较快。现在看见那些墨迹斑斑的笔记,充满了对过去的回忆。现在突然觉得在本子上记日记和读书笔记仍然是很好的方式,可是我已经习惯在电脑上操作了,偶尔的读书笔记,也在匆忙的生活中显得十分珍贵了。

这本黄纸皮的哲学笔记本,本来是单位的理论学习读书笔记本,类似古老的备课本的样子,但是很实用,正反面都可以写,我的字很小,因为都是在听课的时候记录的,还有自己激动时的随感,字迹潦草。记得当时住在对面宿舍的历史和现代文学专业的两个师妹借我的笔记看,中间敲我的门问那看不清楚的字是什么,后来她们告诉我,其实又有几处看不懂的,因为不熟悉,想问但是又不好意思而对我那些奇怪的字符猜测了很久,把我狠狠地取笑了一番。现在我自己看也有一些看不懂的字。

不过这些都不重要,只要重读那些潦草的文字,我仍然能记得当时听课的情景及那时的感受。柳延延老师是政法学院的博士生导师,是一位睿智的女性,她的眼睛闪烁着智慧的光芒。她是复旦大学物理专业毕业,后来研究生读的哲学,所以总感觉她的语言跟不上思维,虽然那些语言充满了诗性的色彩。

我总坐最前排,总是在课间与老师讨论问题。我不知道自己哪里来的那么多勇气,一个头脑糊涂、毫无逻辑的人下课跟博士生导师谈论哲学问题,我现在没有机会问她是不是我可笑得像个小学生。后来在校园里见面,她总是给我拥抱礼。我想,她一定认为这个年龄比较大的学生实在是傻得可爱。

2003年12月9日的笔记中,谈到了"张扬个性",随着资本主义文化模式的发展,人越想显露自己的个性,越是一致地从众。孤独与自由是一个问题的两个方面,害怕孤独就失去自由,能在人群中间保持一个很独立的状态,如果从众的话,就失去自由。奥地利的诗人李尔特每当谈到自己的孤独,就像遇到轻柔珍贵的东西,他说:"先生,你要爱自己的寂寞。"

波德莱尔在《巴黎的忧郁》中说:"谁不会让孤独充满人群,谁就不能让自己独立存在。"所以寂寞感是自己独立存在的先决条件。

亚里斯多德在《伦理学》中说："当一个人自己是自己最好的朋友的时候，他就喜欢独处。人们在反抗和自我反抗中，自我意识会得到发展。"

谁要是表现出自己的个性，就面临着被大众排斥的危险。

我当时不是好学生，没有对此做过深刻地思索，如果那时就真正消化了，那么我想我会有更多的机会把寂寞当作幸福的事情来享受。

可是，是不是以后的寂寞和孤独就一定是幸福的呢？真正的孤独是身处最热闹的环境中心灵的切肤疼痛。最悲哀的是，每天的相处却不能走进心灵，而偶遇后的交流却难舍难分。

同事谈外出学习两三个月，学习结束分离的时候，那些40多岁的男男女女，都无法克制地哭泣，才三个月就难舍难分了。我连自己用过的破损的手机套也不舍得丢掉，手机坏了，换新的，那么旧的也要保存。我是说，与自己朝夕相处的家人，自己的同事却似乎没有这么汹涌的感情，人人自危，充满了提防和觊觎。人为什么不能先爱身边的人，珍惜身边的感情呢？

见过那么多充满了纯真的笑，言语没有提防，把周围的人看作最亲的人的人，受伤最深。我自己也有过体验，因为纯真，因为无提防。那么已经释放的纯真和坦诚常被别人当作取笑和攻击的话柄，自己的善良、友爱和坦诚遭到了嘲讽。于是人就不再纯真，不再坦率，坦率被视为幼稚，于是孤独就真正产生了，即所谓"近在咫尺，远在天涯"。而人们舍近求远，跑到外面寻找真正的感情和友谊。

多么脆弱的人，多么脆弱的人的感情！把关心和爱给身边的人，无论是家人还是同事，更有意义。

孤独有很多层次吧。哲学里谈到的孤独应该是思想的孤独，而生活中的很多孤独往往是人为的。

28. 与漫谈等朋友漫谈文学与爱情

一口气读了好几遍博友们的评论。关于文学与爱情，笔者也是很难定论，为几个年轻人着急上火。

我大概激起了漫谈同志对文学的愤怒，足见漫谈富有社会责任感。我是一路读着文学作品长大的，也是从里面走出来的，爱也文学，恨也文学。其实文学没有罪，只是人人把握自己的能力不一样。如漫谈所说的"心智不全"，可是现实生活中，面临生活工作的沟沟坎坎，有多少人真正地心智健全了呢？又有几人能心智健全地认为自己是心智就健全呢？愚者自感心理的成熟远不及漫谈，也远不如漫谈的深刻，所以仔细揣摩漫谈的话语。

"在现实生活的那些所谓从事文学的青年男女们，他们的脚已经离开了能够使他们坚实生长的大地，走进了只有文学才能构建出来的虚幻园地，他们却以为这一步迈得勇敢和坚定，迈得从来没有过的从容和值得。"是的，可是年轻人总是这样重复别人走过的老路。

"应该看到，用文字书写出来的从来就不是人生（包括爱情），那就是文字，谁会相信它。只有用人生书写出来的'文字'，那才是真正的人生，爱情只有在生活的实践中真切的感受中去寻找。"漫谈的这段话，真正揭示了文学创作的虚伪性。

中国文坛每天都诞生很多文学作品、文学评论，可是有多少是真正人生的写作？哗众取宠的多，上半身写作、下半身写作、美女写作、美男写作、谩骂写作等，都是为了吸引人的眼球，刺激感官，而没有用心灵写作，于是那么多作品付诸东流了。

已经老去的一代和正在变老的一代人，读了中外经典文学作品，被作品中的爱情而感动，同时，还有作品中醉人的人性美，甚至人性丑，在作者真实书写的文字里感受人性，他们的爱情观是在作品的文字美、人情美中提炼出来的。人们在读宝玉、黛玉爱情故事的同时，也试图变成宝玉的率直，试图拥有黛玉的才情。人们读《飘》，就在郝思嘉的疯狂的爱情里读出了不断与命运抗争的勇气，读《简·爱》，从他们的爱情里读出了女人的尊严和自强……

没有单纯的爱情作品，总是在审美的同时把握了爱情。

至于琼瑶的小说，也是伴随着愚者从少年长大，很长的一段时间，一脚踏在琼瑶小说的爱情里，一脚在自己的生活里，也常常为现实和理想的分歧而痛苦，好在经过那么长时间的理想与现实的磨合，心智才越来越成熟，对爱情的认识也逐渐有了自己的看法。

宽容那些爱情男女吧，他们仍在成长，也许与年龄无关。

29. 阅读迟子建

迟子建是20世纪60年代出生的女作家，那个年代出生的女作家很多，作品都很有特色，诸如海男、池莉、陈染、林白等，她们和50年代作家的重要区别是：话题基本远离了"文革"。在众多的女作家群中，我尤其喜欢迟子建。她漂亮美丽，但是不是美女作家；她关注寻常百姓，甚至笔下的人物都卑微得可以被人视为不存在，却蕴含着浓厚的温情和人性的温暖；她不关注大的社会问题，却紧紧贴近北极村那些常常被人们忽视的人群；她没有解释自己内心的隐秘，却在质朴而俊美的文字中尽情地展现了她内在灵魂的美丽。

90年代读《亲亲土豆》、《白银那》，初次接触就钟情于她的文字，空灵、纯美、质朴的文字给人无限回味的空间，确切地说是她的心灵淡定，从容不迫。

今日读《解冻》，重温了她小说的感觉，主人公苏泽广从容的生活态度给人一种启发，人既要生活在当下，更要有内在的生活品位，这生活的品位不是吃喝拉撒金钱房子事业等，而是在这些乱七八糟等方面背后的寻常态度。

"文化大革命"时任小学校长的苏泽广被发配养猪，养猪有什么不好呢？期间苏校长学会喝酒，有一次醉酒，就把酒桶里剩下的二斤白酒搅拌在猪食里，喂给了一头猪，结果这头猪醉得连几步之遥的窝也回不去了。到第二天他醒了去喂猪的时候，发现猪还醉睡中，看见旁边的酒桶才知道，自己把猪当作酒友了，之后这头猪不停地掉膘，这苏校长就悄悄将猪食上淋一点酒前去试探，结果种猪对掺了酒的食物大为青睐。他自己的酒都供不上，再加上一头猪，显然要赔本了，就再给猪戒酒，可是这头种猪到第二年直打晃儿，虚弱得无法交配了。就这样琐碎的不能再琐碎的生活状态，使人似乎亲眼目睹了这个场景，尤其是这样细细碎碎地描述，更觉得苏泽广这个人作为普通人最普通和人性化的一面。

平反后不久，继续做校长的苏泽广依旧过他平静的小日子。一日上级召见，苏泽广想到可能是回头看，弄不巧被召见就有可能回不来，他做了两件大事，避免他的离开会给妻子和家庭带来灾难。

第一件事情是，他把日常偷闲写的诗翻出来，俨然判官，裁决哪些诗该存，哪些该枪毙。当他读到"三更里，雨潇潇，五更后，心犹寒"时，觉得太颓废了，就放在被处决之列；而"我在月下独酌，邀一朵云彩，做我怀中的新娘"，又过于小资情调了，也被放入阵亡者名单中。又端详裁定了五首诗，仔细端详，发现"我的泪，落入黑暗，于是黑暗有了种子，生长出了黎明"也容易惹祸，被列为殉葬品。还把一本手抄的《纳兰词》一并投入火炉里。读到这里，我的心一直跟着隐隐作痛，最后投入火炉的文字居然也把我的心给灼伤了，而苏泽广则拍拍屁股去了供销社买了高粱酒去了朋友家……

就是这样的细节，这样娓娓道来的述说，直接一股脑儿地把读者的心给掏去了，那是因为迟子建也曾有过类似的体验吗？让人为她的主人公心疼，而人家只顾喝酒去了。

第二件事情是，苏泽广知道此去的"回头看"也许回不了头，有去无回了，可是他要把自己的妻子、儿女及土地托付予一个值得托付的人，而这人偏偏是他婚前的情敌。现实生活中有哪个男性能够大度到把自己的太太托付给自己的情敌呢？这得有相当的信任和胸怀，他却专程跑去了情敌的家，把妻子及土地托付给他的情敌。而对方在他离开之后，首先关照了苏校长家的土地，扔下自己的地不管，先给他家的地施肥。对方乃一君子，君子也许与文化无关。苏校长回来后，还买烟去感谢情敌，心里却隐隐的醋意，他对妻子说："我这次从兴林平安回来了，好像不称你的意？你是不是巴望我出事？好有人帮你过日子，我在这个家，是不是多余？"

苏泽广在大事面前很清醒，对妻子的追求者有足够的信任，作为男人把家托付给一个妻子过去的追求者，足见两个男人都是厚重的。而他又无法摆脱男人内心深处的狭隘和隐忧，自己把妻子委托出去，又对妻子说出不无醋意的话，迟子建把男人的人性勘察得细致入微。而妻子因为苏校长买了一本音乐书，猜测可能是送给学校的音乐老师（曾经因为歌唱打动苏校长的一个女教师）而很不悦，无名的恼火和醋意致使晚上睡觉时也不与苏校长一个被窝了。结果针对苏校长的醋意，妻子说："谁说你是多余的了，我是不给你吃了，还是不给你穿了？你说清楚！"

故事就是以他们夫妻俩及孩子的对话结束的，"你身为妻子，不和我一个被窝了，这对我是最大的不公！""凭什么非要跟你一个被窝啊，法律有规定吗？"苏泽广正要发作，上小学的女儿跟上了："吵吵什么，妈妈不和你一个被窝，我和你一起睡！"夫妻俩僵在那里，想笑又笑不出来……

孩子的话把夫妻俩微妙的猜疑化解了，彼此想念而换成那样的醋意展现出来了。迟子建一定钻到人的心理勘测过，对人性把握得淋漓尽致。

故事琐碎又耐人寻味，读小说，就是读作者本人，即使说的不是她自己，却总是刻上自己心灵的痕迹，迟子建本人也许远不是我从作品里感受到的那样注重内在的感受，而疏于言语的人。但是看到她的照片，再看她的文字，还是觉得文如其人，描写寻常百姓的日子，即使是烦恼也充满了人情味和诗意，温情久久弥漫在脑子里。

也许生活中过多的烦恼是因为没有如此感念生活本身琐碎而卑微的那些

细节，就如那些海边的沙子，每一粒都很重要，否则何来金色的沙滩？又如人生，每一个细节、每寸的光阴都很重要，否则何来美丽的人生长卷呢？

30. 阅读杂感

整整一天，我待在六楼的房间里，残存的零食打发了饥饿的肠胃，外边的强风裹挟着校园里的各种树叶和那些穿行在小道上去上课的老师和学生，风的吟唱不时送进我的耳朵。在这栖居的小屋里，我只和斯宾格勒对话，在他的《西方的没落》里，我感受着文明的产生和败落；在从文化到文明的历史中，从拜占庭文化到哥特文化，从乡村文明的产生到城市文明的繁荣，自己像一个卑微的尘埃，在这晦涩而漫长的历史中游离着。

也常常感觉自己是驾驶者，阅读途中的风景、展开的空间，皆属于我的世界，书的内容、书的世界就在它里面，伸手可及，这些内容和这个世界使书中的每一部分变形。它们在里面燃烧，从里面发出光焰；它们不只位于它的书皮或它的文字中，还被珍藏在章节标题和篇头字母、段落之中。我就在其中，在它们的字里行间穿行，在片刻的游离之后重新打开它们，在我曾驻足的地方让我感到惊奇。

我试图从古香古色的阅读中抽出一些对现实有用的东西，却发现这种欲望越强烈，要抵达的目的就越遥远，我很快得知，阅读当为非功利的。

阅读是累积式的，以几何式的进程来增加，每种阅读都是建立在先前的阅读的基础之上。我知道随着《西方的没落》的阅读将尽，又会有一种新的恐惧将至，正如无数次曾发生过的一样。每一本书都是在我惶惑的心态下渐渐走近我，进入我的心灵。"执子之手，与子偕老"，常常闪现在我的阅读中。一旦读过一本书，我就无法忍受与它的分离之苦，要忍受它返回图书馆那无聊而孤寂的书架，忍受返回那也许远不如我重视它的朋友的手中。而我不只是读它，必须拥有它，宣称它归我所有，可我总是要一次又一次无奈地承受着这种失去的恐惧。每当这种恐惧来临，便十分同情那些偷书的人，是因为他们和我怀有同样的感情：一本书读过之后，不只是读了这个文本，所读的是某一个版本特定的一本，可借由其纸张的粗糙或平滑，第56页的一小滴眼泪还有某一行的铅笔划痕辨认出来，个中滋味不可言说。

记得初中读紫式部的《源氏物语》，懵懵懂懂，迷迷糊糊，却沉湎于紫夫人与源氏的故事里不能自拔，不明白源氏深爱紫夫人却又为何处处留情，十分花心。紫夫人的先他而去，那所有得不到回应的刻骨相思，成了他晚景的一道最凄惨的也是最美丽的残阳般的风景。少年不更情事，却总弄不明白是怎么回事，这个故事便成了一个悠长的牵挂和心事，老想为他们设计一个幸福的结局，于是心事未成，就不愿还掉书本，便一次又一次地跟学校图书管理员撒谎，说书被朋友借去未还。终于以一个牵强的借口将这本小说据为己有，是以三倍于书价的罚款得来的。那时家境贫寒，买不起书，可是想买到这本书在一个小县城更是难上加难。阅读这本书及后来的很多书，最初是从一个暑假开始，最喜爱的阅读场所就是蚊帐罩住的小床，趴在上面，双脚钩在一张椅子之下，常常在半夜三更时，在半梦半醒的朦胧状态中，我的小床便成了最安全、最幽静的阅读场所。我不曾记得感到孤独。事实上，在与其他孩子碰面的场合中，我发现他们的游戏及谈话远不及我所读之书中的冒险和对白有趣。

心理学家詹姆斯·希尔曼曾说，那些在童年时代读了许多故事或听说过很多故事的人"比起那些没有接触过故事的人来说，会有较好外表和前景……及早接触故事，它们就会对生活产生关照"。对希尔曼来说，这些最初的阅读变成"你要生活其中并克服的东西，一个灵魂得以安身立命的道路"。为了那个理由，我至今仍频频地回顾这些读物。

从小到大，不停地变换着场所和图景，可书便成为我永久栖居的家，不管睡在多么奇怪的房间，或是房子内外的声音多么嘈杂难听。有多少个夜晚，曾有父母在旁边勤奋地工作，曾有丈夫在电脑前操作的噼里啪啦的声响，也曾有孩子的嬉笑，我会拧开床头的灯，一边想把正在读的书读完，一边想尽可能延迟结束的到来，所以就不断地翻回前页，寻找喜爱的段落，检查有无遗漏的精彩细节。

从前，我很少把阅读的事告诉别人，感觉有和别人分享的需要是后来才出现的，有那么一段时间，我极端自私，而且我十分认同斯蒂文生的诗行："这就是世界，而我就是国王；蜜蜂来我旁边歌颂，燕子为我飞翔。"

每本书都自成一个世界，可以让我逃到里面避难，虽然自知无法像一个作家一样编故事，我常常感到和他们心有灵犀，并且借用蒙田的话"我逐渐习惯于远远跟在他们后面，喃喃地说着'听呀，听呀'"。后来，我终于可以将自己从他们的小说中分离出来，可是在我以往生活的很多时光里，书中的内容不管怎样诡奇，在我阅读的时候，总是将其当真，而且就像书本的纸质一样确切可触及。

阅读中，我还有一个十分老旧的毛病，对我来说最先读到的一本书的那个版本就变成了初版，其他版本，无论经过怎样的修订，都必须以此作比较，并且终抵不过这个版本的魅力。这也促成了我的恋旧书癖，越是发旧发黄的书，越觉得它是神秘、魅力无穷的。翻开古旧的书页，或许会有前人阅读过的痕迹，当碰巧前者做标记的地方正是使我产生共鸣的片段，于是不管他是谁，那瞬间产生的心有灵犀的温暖会传遍全身。

我是一个俗人，曾多次想在阅读的时候，能谋取点对生活有利的东西，每每如此，心灵和情感便走入了困境，阅读便无法进行下去。可当拂去这些功利性后，在闪现中的匆匆一瞥中，在一字半语中，突然发现那文字中具有无法抗拒的吸引力，阅读的魅力正隐藏在纯粹的阅读中。于是常以土耳其小说家欧汉·帕姆克在《白色的城堡》里的一段话告慰自己："但是假如你有一卷在握，不管那本书是多么复杂和艰涩，假如你愿意的话，当你读完它时，你可以回到开头处，再读一遍，如此一来就可以为艰涩处有进一步了解，也会对生命有进一步的领悟。"

31. 遭遇阅读的困境

我烦躁不安，心神不定，整个周末就是这样度过的，其实周末我做了很多事情，打扫卫生、洗衣服，一大早去买了好多青菜，辅导小侄子的学习。家务是很愉快的过程，特别是看到房间里干干净净、清清爽爽的时候，心情也格外爽朗。而小侄子的惰性和偷懒，几乎时时激怒了我，我努力克制着没有发作，因为我要利用周末的时间为他查缺补漏，使他能够及常规水平。如果他也能像柳青子那样自觉和会学习，我想我在培养孩子方面将比较轻松了，恰恰小侄子屡屡让我生气。可是，毕竟小侄子有效地利用了时间，确切地说是我利用了周末切实辅导了小侄子。

可是我仍然不是很开心，惶惑不安，我没有读书，没有按照计划中的那样去做。没有读书，生活中就少了很多色彩。读书对我有什么用呢？虽然不见得有直接的用处，但不阅读是万万不能的，我的心就像被挖空了一样。

那本莱辛的《影中漫步》已经在我的手上来回从家里到办公室，从办公室带回家里很多次了，如果不是包了书皮，早就被我摩挲脏了。试图在班车上的黄金时间阅读，可是莱辛的这本自传体的作品远不如先前读过的那些书好读，我没有看到明显的性别色彩（其实，我还是本能地喜欢女作家的作品，更接近我自己的心灵），努力把自己当作莱辛，可是总也进不了角色。

莱辛更多地以20世纪四五十年代的同共产党的纠缠为背景，她接触了英国、法国、俄国等多个国家的共产党，她早期加入共产党，在与共产党人及组织接触的过程中思考自己的写作，这篇文章里经常出现这样的字眼：

"作家团对文学的讨论和党的路线格格不入。"

"共产党作家团将我置于尴尬的境地。"

"我被一大堆问题包围着，诸如金钱，我的孩子，我的母亲，我的心理治疗师，我的爱人以及——绝不是最不重要的问题——企图可以从党组织中悄悄溜走。"

"我在那个委员会待了一年，讨厌那一年的每一分钟。"

"我一直在会见现在你永远不会想到的那些本可以成为共产主义者的人，他们曾经是那样的道德高峰。"

……

我替莱辛感到很辛苦，那么个需要辨别和选择的年代，她用大量的时间考察共产党，她参与了那么多的组织活动，可是上述的那些文字暗示着她最终离开了共产党。

到此，我读不下去了，我要细细地、有耐心地继续，所以就不可能在短时间内对她做全面的了解。

这是一次失败的阅读。于是莱辛被我搁置在桌子里，坐班车的时候就带上了车。

期间我拾起了今年获得诺贝尔文学奖的勒克莱其奥的《乌拉尼亚》，作为案头的小说，也进行了一周多了，尽管文字很优美，故事很纯真，但仍然没有进行下去，我缺乏阅读的动力和精神头，靠在床上阅读的时候，常常成为催眠剂了。

倒是订阅的杂志里的地理散文还能够激起我片刻的波澜，最近跟着杜拉斯游历了加尔各答，那个充满了殖民色彩和旧时代富贵的城市，看起来老旧磨损的城市的墙壁仍然无法遮蔽当年的辉煌。加尔各答居然是那么充满了风情，跟我想象的脏乱、车水马龙、满大街闲逛着说着蹩脚英语的印度人的情景相去甚远，我没有去过印度，也就在文章里感受一番了。

我是很麻烦的，需要调整自己，时间是有限的，我要寻找固定的阅读时间比较难。

我无法放弃阅读，又无法沉浸于阅读，就这么痛苦着。

本是想把教育孩子的系列感受一一写出来，也就这么搁置了，我的心懒洋洋的，那个写了一半的工作研究论文也放到一边了。

难道这是阅读问题带来的困境吗？

32. 做独特的女人——克里斯蒂娃印象

女人都要做自己，做着做着就把自己归属于男权社会之下，沦为男人的附属物了。那就看看克里斯蒂娃的言论吧。

克里斯蒂娃是一个独特的女人，作为法国批判知识分子，任教于巴黎第七大学，指导语言、文学、图像、文明史以及人文科学等领域的博士生，法国精神分析学会会员，结构主义及解构主义理论家。

克里斯蒂娃作为女性主义最重要的言论是：女人最重要的是要具有独一无二性，在任何时候都要保持"独自一个"。她在2006年的新作《独自一个女人》中说："你们可要牢记必须使自己不再成为过去的自己，你们必须以自身的特性创造你及你自己。"她超越了20世纪80年代从"文化大革命"及更深远的历史中走来的女性主义者舒婷的"作为树的形象和你站立在一起"，舒婷们也只是把女人"木棉"作为于男性"树"的类似物。克里斯蒂娃也超越了波伏娃的《第二性》，去复制男性权利的意指内容，波伏娃以自己和萨特同居而不建立婚姻关系以表明自己的独特性，用俗人的眼光看，仍然付出女人的代价，陷入另外一个牢笼。

而克里斯蒂娃强调，全世界的女人必须不断创造自己，注重自己的天分，她对女性的分析超越了传统的男女二元对立模式，也不满足于对一般条件的探讨，而是彻底摆脱束缚，通过生物学与生理学的特殊性，把女性当作耽搁了的象征性代表人物，突出地表彰女人独一无二的、卓越的"自我生存方式"，表彰她们以自身的特殊生命历程和富有个性的生活方式。只有深刻分析女性的身体和思想的独一无二性，才能最终实现超越女性主义的目标。

克里斯蒂娃的理论无疑是形而上的，是理论界的阐述，而普通妇女无从汲取力量和支撑，女性的生存依赖于社会，又与对立面男性是无法分割的，无论是家庭和社会，都无法斩断与男性的联系。

女人是感性动物，很少有女性不是把自己的幸福感建立在与男性的情感纠葛之上，单纯从女性看，女性无法离开男性。而对男性而言，同样不能离开女性，无论刚阳的男性需要女性的阴柔，还是天生的恋母型，抑或作为性本身……二者是彼此依存的。从这方面可以看出，男女无所谓谁更依赖谁。

而具体现实生活中，作为"藤"去攀援男性（树）的女性，更多的不是精神的依赖，而是经济的依赖，习惯的依赖，家庭单元的依赖。

女性真正做到独一无二，一要经济独立；二要工作的独立；三要精神独立；四要感情独立；五要情操独立；六要尊严的独立。把自己的幸福建立在独立的自我之上，就不会因为过于依赖男性而丧失自己，丧失了自我也就丧失了魅力，丧失了生存力。

男性的劣根性是，多数男性没有意识到自己出自母体，向往母性而又鄙夷女性。常见生活中的男性谈及某个比较有能力的女性时，言辞间的狠毒劲毫不掩饰。难怪，女性是不能和男性并列站立，而只作为附属的，即使言辞没有流露，内心由衷的敌意也无意泄露于表情了，或者卑劣的、恶意的笑已经尽显猥琐。

而真正温和的、有教化的、彬彬有礼的男性的确是少数。同事的男同学那句话也许有道理："男人有两类，一种是假正经，一种是不正经。"能够假正经的也算是修养比较好的了。

过多地谈论男性或许本身就是女性的不自信，如老公的同学的太太，十几年以来，一直与我谈论她的丈夫如何不好，而话题又从未离开他，十几年来一直生活在丈夫给自己带来的不愉快中，而又不能离开他。我自知说服能力比较强，对她却毫不奏效，甘拜下风。每次只当听众，说完也就安宁了，周而复始。

与其如此，不如把精力放在做独特的女人上。

当然，做独特的女人也不是那么容易，需要修炼，需要学习，需要有自律意识。

结语　一本书的命运

  编写完一本书，到底是种什么感觉？因人而异。我梳理完了以往的这些文字，就如同数查过去的日子，让它们一个个在眼前跳过，重温旧梦与过去。意识流使人放松，也使人变聪明，多做白日梦真是个美妙的行为。一本书的命运也许是一个人一生的命运，也许是一段时光的流逝。而流失的岁月在我脑海里总会形成一种重逢感，告别昨天是为了明天与它再相聚……

  生活是立体的，没有仪式的仪式才更具有仪式感。从来没有人规定，生活要脱离工作，更没有人规定，生活与审美是两分离的。生活、工作、审美本来就是你中有我，我中有你。

  些许文字的记录，本来就是原生的情绪，原生的感受，来源于生活和工作本身。佛经言"悟道"，我觉得真正能够悟清楚的"道"，恰恰隐藏在生活中的角角落落，不是大道理，不是高深的文字，不是烦琐的求证，而是源于内心深处的审美和洋溢于工作和生活的平凡中。

  这些文字始于2006年的新浪博客，它方便快捷，让我拣拾了每一个夜深人静的夜晚、数不清楚的午后、倦怠的下班之余的零碎时间。刹那的记录，短暂的自省，片刻的安宁，这些小篇幅就是这样不失时机记录下来。十年后，再次翻看，却发现了以前不曾细细感受的东西，关于那时的情景、那时的情绪、那时的人物、那时的事件、那时的一切……却也融合了那时的幼稚和纯真。有位长者曾评价我"身上纯真太多"，当时觉得这个评价并非完全褒义，而今也并没有成熟多少，到了快"知天命"的岁月，性格不会有太大的改变了，纯真又何妨？不去故作高深，不去故作姿态，只保持生活的原生状态，纯真的工作，纯真的人际关系，纯真的生活……纯真便是审美。

纯真的状态，应感恩于工作的环境本身，始终与学生为伍，始终保持育人的情怀，做什么就去关注什么，尽管没有沉迷于专业的研究，却也从来没有脱离教育和文化。个人认为，教育的至高境界便是审美，多层次多角度地理解教育，善待教育对象，并从中发现美，感受美。生活的至高境界也是审美，生活无处不审美，这里包含着生活的态度和信念，更包含着对理想的追求。

天下苍生，很多人肩负着更大的责任，承受着更大的磨难，体会着更加深刻的快乐，我却简单地前行，认真地承担着并不繁重的责任。一次次的工作变更，一次次的适应，一次次的转换，恰与内心寻找安宁背道而驰，却不由己地去背负、去爱，直到变得像呼吸一样自然。在新媒体发达的今天，信息广泛并无限延伸，感知他人和世界来得更加快捷和方便，总有人不喜欢把自己的生活展示给别人看。而以文字的形式的释放首先是自我内心的表达和释放，不背离灵魂，不背弃生命，更好地体会那时生命的质感。

感谢大灰狼对这本书的编辑，他放弃了自己做学术的宝贵时间，催促我，鞭策我。夫妻往往在生活琐事上纠缠，但是专业的相同也多少擦出一些火花，彼此影响，彼此感知，对方的存在也成就了一些生活与工作的感受。感谢工作和生活本身，还有出现在其中的人物和事件，他们是这些感想和文字的基础。

2017 年 10 月 10 日